À PROPOS DE L'AUTRICE

Férue d'Histoire et de belles histoires, Anna Lyra a une formation d'historienne et nourrit une véritable passion pour le passé, les vies de nos ancêtres telles qu'elles ont pu être. L'écriture, elle la vit depuis qu'elle sait tenir un crayon : elle a remporté son premier prix littéraire à douze ans, a été publiée à dix-sept ans sous un autre nom. Cette jeune maman a coutume de dire qu'elle a les pieds dans le présent, le cœur dans le passé et la tête dans les nuages. Sa plume pétillante nous emporte dans un tourbillon de romance, d'Histoire, d'aventures, avec une petite touche d'humour.

Le feu sous la dentelle

Collection : VICTORIA

HARPERCOLLINS FRANCE
83-85, boulevard Vincent-Auriol, 75646 PARIS CEDEX 13
Service Lectrices — Tél. : 01 45 82 47 47 - www.harlequin.fr
ISBN 978-2-2804-6329-4 — ISSN 2493-013X

Composé et édité par HarperCollins France.
Imprimé en mai 2022 par CPI Black Print (Barcelone)
en utilisant 100% d'électricité renouvelable.
Dépôt légal : juin 2022.

MIXTE
Papier issu de sources responsables
FSC® C159065
FSC www.fsc.org

Pour limiter l'empreinte environnementale de ses livres, HarperCollins France s'engage à n'utiliser que du papier fabriqué à partir de bois provenant de forêts gérées durablement et de manière responsable.

ANNA LYRA

Le feu sous la dentelle

Victoria

HARLEQUIN

À tous ces hommes et femmes qui, de 1789 à nos jours, se battirent pour la Liberté et l'Égalité.

Postérité ! Tu béniras tes pères ; tu sauras alors ce qu'il leur en aura coûté pour être libres ; leur sang coule aujourd'hui sur la poussière que doivent animer tes générations affranchies !

L. A. DE SAINT-JUST,
SECOND DISCOURS SUR LE JUGEMENT DE LOUIS XVI,
26 DÉCEMBRE 1792.

NOTE DE L'AUTRICE

Avec ce roman, j'ai esquissé mes premiers pas dans le XVIIIe siècle, et pas dans n'importe quelle période… La Révolution et ses suites, la Terreur, Thermidor et le Directoire, me passionnent depuis toujours et c'est donc tout naturellement que j'ai décidé de situer ma romance au cours de cette période, finalement assez peu explorée dans le monde de la romance historique.

C'est une époque qui dut être difficile pour le peuple parisien. Une époque à la fois marquée par un désir profond de retour à une stabilité politique et à des divertissements débridés, et par les stigmates encore douloureux de la Révolution, de la Terreur et de Thermidor.

Je me suis intéressée à la vie de ces hommes et de ces femmes qui vécurent dans ce siècle, et j'ai essayé de les comprendre. Mes personnages, baptisés Constance et Gabriel par mes lecteurs VIP (que je salue au passage), reflètent l'essentiel des mentalités du Directoire. L'une, ancienne aristocrate déchue bien décidée à prendre son destin en main tout en profitant de la vie ; l'autre, Jacobin repenti qui rejette la légèreté du moment tout en se souciant de l'avenir de la République.

Deux êtres fragilisés mais solides. Deux survivants.

J'espère que leur histoire, où la tendresse éclot lentement entre leurs âmes torturées qui se découvrent âmes sœurs malgré leurs différences, saura vous emporter dans le tourbillon de l'Histoire au lendemain de l'une des plus sanglantes pages de notre passé.

Prologue

19 thermidor an II – mercredi 6 août 1794

Ils vont revenir pour moi.

Constance vit avec cette certitude de jour comme de nuit. Curieusement, elle ne ressent plus nulle colère : elle a appris, dans la douleur, à accepter le Destin tel qu'il se présente. Il ne sert à rien de se rebeller… De chercher à comprendre.

Seule compte la détermination à survivre, si Dieu le veut.

Voici la grande leçon que tous, entre ces murs, ont assimilée. Chaque âme confinée en cette geôle nourrit un but commun : survivre, si c'est possible. Le reste n'est que futilité.

Même Rose, naguère si insouciante, a récemment pris des allures de déesse guerrière de l'Antiquité. Elle ferme résolument les poings, fronce les sourcils au-dessus ses yeux verts dénués de larmes. Tout sourire envolé, elle arbore une ride permanente sur son front blanc couronné de mèches ternes aux boucles affaissées.

Justement, son regard tombe sur Constance.

— Ne vous tourmentez pas, ma chère, murmure-t-elle de cette voix suave qui roule ses « r » comme une rivière ses galets. L'espoir fait vivre !

Constance ne trouve pas la force de répondre. De l'espoir, elle n'en a plus guère ; mais cela lui est égal. Elle n'éprouve plus le besoin de croire en des jours meilleurs : l'Apocalypse se déchaîne sur cette Terre et nul n'y échappera.

Ils vont revenir pour moi, c'est certain.

Elle lève la tête vers le graffiti que Rose a écrit sur l'une des pierres jaunes du mur, à l'aide d'un crayon à papier, durant les premiers jours de leur emprisonnement dans l'ancien couvent des Carmes. Ses yeux virevoltent d'un mot à l'autre par habitude. Elle a tellement lu et relu ces phrases qu'elle peut les réciter les yeux fermés...

« Liberté, quand cesseras-tu d'être un vain mot ? Voilà aujourd'hui 17 jours que nous sommes enfermés ici. On nous dit que nous sortirons demain, mais n'est-ce pas là un vain espoir ? »

Ce muet cri de désespoir confié à la pierre est signé « Joséphine, veuve de Beauharnais, d'Aiguillon » et « Citoyenne Tallien » : il date du temps où Rose se faisait encore appeler de son second prénom par coquetterie... Du temps où d'autres infortunés partageaient leur cellule. Depuis, la plupart des femmes que Rose et Constance ont côtoyées sont montées dans la funeste charrette quotidienne qui mène les prisonniers à la guillotine. D'autres, comme Thérésa, l'amie de Rose qui a signé le mur avec elle, ont simplement été transférées ailleurs dans l'attente que leur tour vienne.

Car leur tour viendra. Il vient toujours ! Aussi vrai

que le soleil se lève chaque matin, la charrette n'épargne personne.

Rose et Constance sont seules, désormais. Elles ont au moins la chance de partager une cellule relativement spacieuse et dénuée de rats. Tous les prisonniers ne peuvent en dire autant… La nuit, on entend souvent un cri étouffé lorsqu'un rongeur affamé vient croquer dans la chair d'une main ou d'un orteil.

Constance et Rose font encore l'effort d'une maigre toilette à l'aide du broc d'eau qu'on leur octroie chaque jour, préférant conserver une hygiène de base au lieu de boire, mais elles ne parlent plus beaucoup. C'est inutile.

Ils vont revenir… Ce sera aujourd'hui.

Constance sourit. Si la charrette vient pour elle, cette fois, elle connaîtra au moins le bonheur de retrouver les siens avant la tombée du jour. Son père, sa mère, Antoinette sa sœur aînée… Elle reverra très bientôt leurs visages chéris, et cette pensée répand une douce chaleur dans son corps amaigri.

Elle ne les a guère revus depuis leur arrestation, au point du jour, dans leur hôtel particulier rue des Francs-Bourgeois, pour le simple crime d'appartenir à la noblesse. En vertu de la Loi des suspects[1].

Depuis, Constance vit un véritable cauchemar. La jeune fille de bonne famille qu'elle était, uniquement préoccupée de musique et de broderie en attendant

1. Décret voté par la Convention sur proposition du député Cambacérès, et qui stipule que toute personne suspectée de nourrir des idées contre-révolutionnaires sera immédiatement arrêtée et ses biens confisqués.

l'arrangement de son mariage, n'est plus et nulle autre n'a encore pris sa place.

Constance a la sensation de se trouver entre deux eaux. Ni elle ni une autre. Ni vivante ni morte.

Pour l'instant.

La nuit, elle ne cesse de rejouer la scène derrière ses paupières closes. Sa mère, en chemise et bonnet, s'agrippant au bras de son père entraîné par des hommes armés de piques et de pistolets. Antoinette en larmes, bousculée, malmenée. Et elle, jeune fille de dix-sept ans à peine, figée en haut de l'escalier, refusant de croire que son monde était en train de s'écrouler…

Un matin, elle les a entendus monter dans la charrette sans même pouvoir les apercevoir ; la fenêtre est bien trop haute pour elle. Le doute, cependant, n'est point permis. Les sanglots de sa mère et de sa sœur la hantent encore.

La voix de Rose la ramène brusquement à la réalité.

— Écoutez !

Constance se fige sur sa couche, une simple banquette de bois dotée d'une couverture élimée, et prête l'oreille. En effet, elle ne tarde pas à entendre à son tour le lointain grincement des roues de la charrette. La mince fenêtre de leur cellule donne sur l'avant de la prison des Carmes, là où s'arrête l'attelage.

Rose et Constance fixent sans les voir les barreaux de fer qui condamnent leur horizon. Silencieuses comme des nonnains, mais le cœur battant la mesure d'un quadrille endiablé.

Ils reviennent pour moi.

Le sourire de Constance se fane tandis qu'elle sent son

cœur se serrer, ses entrailles se rebeller. Le martellement de ses tempes devient si puissant que des points noirs envahissent soudain sa vision.

Rose se précipite pour lui enserrer les mains.

C'est une habitude qu'elles ont prise pour attendre ensemble l'arrivée de la charrette et découvrir si l'une d'elles, ou bien toutes deux, fera partie ou non de la « livraison » du jour à Dame Guillotine, que d'aucuns surnomment le Hachoir National[1].

Constance fixe les ongles de Rose, aussi noirs que les siens. Le peu d'eau qu'elles ont ne suffit pas à en ôter la crasse, elles préfèrent l'utiliser pour laver leurs pieds et leur visage.

L'aigre sanglot de l'essieu, fourbu par tant de funestes trajets, s'intensifie de même que le regard de Rose dans les yeux de Constance.

— Ce ne sera pas pour nous, répète Rose spasmodiquement, comme si une ferme conviction pouvait rendre son souhait prophétique. Ce ne sera pas pour nous !

Constance serre plus fort les mains de son amie.

Elle connaît les raisons de son espoir sans bornes, de sa ténacité à survivre quoi qu'il arrive. Il y en a deux, blondes et rieuses, âgées de treize et onze ans, répondant aux noms d'Eugène et d'Hortense. Orphelins de père, le premier placé en apprentissage chez un menuisier, la seconde confiée aux bons soins d'une gouvernante amie de Rose, Mlle Lannois.

Rose ne peut pas se permettre de mourir et n'en a nullement l'intention. Elle se bat chaque jour contre

1. Surnom de la guillotine à partir de la multiplication des exécutions en 1793.

l'attrait de la reddition. Pour eux. Constance, une fois de plus, ne peut s'empêcher d'admirer le courage de son amie. D'élégante et raffinée épouse de vicomte général de l'Armée du Rhin, elle s'est révélée une guerrière acharnée. La prison et l'approche de la mort, qui peut frapper à tout moment, possèdent ce curieux effet de dévoiler la véritable nature des êtres.

Le grincement expire au pied de la fenêtre.

Le pas lourd d'Aimé, le cocher au prénom si peu approprié à son physique rustique et à son éternelle grimace morose, résonne sur les marches du perron. D'autres pas résonnent bientôt dans les couloirs, derrière la porte de chêne nantie d'une énorme serrure.

Mieux vaut qu'ils viennent réellement pour moi… Rose doit vivre, pour ses enfants.

Constance se lève, résignée à son sort mais décidée à supplier, si besoin, que l'on épargne son amie mère de famille. Elle ne quitterait pas cette existence de misère sans faire entendre sa voix !

— Que faites-vous donc ? s'agace Rose en la forçant à se rasseoir. Ce ne sera pas pour nous ! Si nous y croyons suffisamment fort…

— Merci pour tout, Rose. Pour votre perpétuelle espérance, votre combativité. Cela m'a aidée.

— Ne dites point de sottises ! Ce n'est pas un adieu, Constance, nous ne savons même pas qui va…

— Ils viennent pour moi et c'est bien ainsi. Ne soyez pas triste pour moi, chère Rose, car je vais retrouver les miens…

Constance n'a pas parlé depuis longtemps, et sa

voix éraillée lui paraît celle d'une autre. Rose secoue violemment la tête et lui broie le poignet.

— Êtes-vous donc si pressée de faire cette ultime promenade vers la place de la Révolution ?

— Je ne les laisserai pas vous emporter aussi, souffle Constance en évitant son regard aussi affûté que la lame oblique du Hachoir National. Je prendrai votre place, si nécessaire, je prierai à genoux que l'on vous épargne.

— Ne… Ne soyez point sotte !

— Vous reverrez vos enfants.

— Je vous interdis de me laisser seule ici, Constance !

Soudain, un cri éclate dans le couloir, met fin à leur dispute. D'autres roues cerclées de fer approchent, puis une cavalcade de sabots pressés et des bruits de course entre les cellules.

— Que se passe-t-il ? s'écrie Rose en faisant face à la porte close.

— Par Dieu, je l'ignore.

Il y a beaucoup de monde dans la prison. Des portes claquent. Il y a des sons métalliques de clés qui tournent. Des cris. Des sanglots.

Constance se plante près de Rose, décidée à faire montre du même sang-froid que son amie.

— Pensez-vous qu'ils… Enfin, que nous partions tous, aujourd'hui ? Peut-être vont-ils tous nous emmener !

— Cette agitation ne peut signifier qu'une chose : il s'est produit quelque événement important.

Rose lui jette un regard désemparé. Pour la première fois, Constance croit y voir briller le scintillement d'une larme et une vague de chagrin la submerge aussitôt.

Son amie partageait ses craintes, sachant bien qu'un

« événement important » signifie bien souvent la mort d'innocents.

— Oh ! Rose… Je suis désolée.

La veuve se reprend bien vite, tamponne ses yeux d'un geste élégant à l'aide de sa manche sale, puis arbore un sourire qui achève de crever le cœur de Constance.

— Il ne faut pas, ma chère. Montrez-vous digne, faites honneur à vos pauvres parents. Nous sommes les navires bien malheureux qui traversent une tempête sans pareille : quoi que nous fassions, il semble que le naufrage nous guette.

Les deux femmes se prennent les mains, comme toujours lorsqu'elles attendent de voir qui montera dans la charrette quotidienne.

Une clé cliquette dans la serrure.

Nous y sommes.

Constance serre les dents, sans oser lâcher le regard vert de son amie où montent inexorablement des larmes.

Elle ne voit pas l'homme qui fait irruption dans leur geôle, mais son hurlement joyeux la frappe aussi violemment que l'eût fait un coup de bâton.

— Vous êtes libres ! Le Boucher[1] est mort. Allez, allez, sortez tous ! Au nom de la Convention nationale[2], vous êtes tous libres !

Interdite, Constance suit son amie à l'extérieur, le pas

1. Maximilien de Robespierre, guillotiné le 10 thermidor soit le 28 juillet 1794, en compagnie des chefs de file des Jacobins.

2. Assemblée élue qui gouverne la France depuis 1792 avec pour mission de donner une Constitution à la France, et qui a fondé la Première République. Après la chute de Robespierre, on l'appellera Convention thermidorienne.

chancelant et le souffle court. Un homme la soutient. Elle ignore qui et ne cherche pas à le découvrir : se concentrer sur ses foulées malhabiles pour ne pas chuter relève déjà de l'exploit. La foule se fait de plus en plus dense à mesure qu'elle approche de la sortie…

La sortie. Ce rectangle lumineux, au bout du couloir, représente-t-il réellement le salut, après avoir matérialisé la porte des Enfers pour des centaines de prisonniers avant elle ? Constance n'ose y croire.

Elle se retrouve sur le perron, déséquilibrée par la cohue ; l'homme qui l'aidait la lâche et ses jambes manquent céder sous son poids.

— Venez, ma chère !

Au moment où elle croyait tomber et se faire piétiner, voici que Rose lui tend la main. Elle s'y agrippe. Son amie n'est guère vaillante elle non plus, mais toutes deux parviennent à s'éloigner de la frénésie qui règne maintenant dans la prison des Carmes aux portes ouvertes en grand.

— Ne vous l'avais-je pas dit, Constance ? murmure Rose avec ferveur. Nous ne mourrons pas sous leur hachoir ! Nous voici vivantes et libres.

Constance place une main en visière au-dessus de ses yeux pour se protéger de la luminosité.

Libres ?

Elle peine encore à réaliser. Quelques instants plus tôt, elle était persuadée de devoir rendre son âme à Dieu… D'avoir achevé son parcours terrestre, de laisser derrière elle souffrance et injustice pour rejoindre le Royaume des Cieux où elle aurait enfin trouvé la paix.

Et à présent, la voici libre.

Mais libre de quoi ? De reprendre une vie qu'on lui a volée ?

Sa famille n'est plus. Sa maison a été confisquée.

Que va-t-elle faire, à présent ? Que *peut*-elle faire ? Constance commence à paniquer en réalisant qu'elle n'a pas même un endroit où aller.

Et si sa sœur, ses parents avaient vécu quelques jours ou semaines de plus ? Ils auraient été épargnés aussi, ils se seraient retrouvés ! Ils seraient ensemble, heureux, en ce moment même.

Au lieu de cela, Constance est dorénavant seule au monde et sans ressources. Quelle iniquité ! Quel coup du sort…

La confusion la gagne.

Elle balbutie des mots épars, refuse les paroles de Rose qui cherche à l'apaiser. Elle n'écoute que sa propre peur, sa douleur immense et sa colère qui s'exprime enfin.

Elle pleure des larmes de rage tandis que sa poitrine lui semble s'ouvrir en deux tant la souffrance devient insupportable.

Une résolution naît alors en son cœur, lui insufflant une force nouvelle.

Elle va vivre, puisqu'on l'y oblige.

Mais elle vengera sa famille.

Chapitre 1

17 ventôse an IV – lundi 7 mars 1796
Près de deux ans plus tard

Constance termina de nouer le ruban de soie blanche autour de sa chevelure rassemblée en un chignon flou, qui laissait libre cours à toute l'indiscipline de ses boucles de feu. Elle les aimait ainsi. Plus tard, elle poserait sur sa tête un bonnet muni d'une longue plume pour se rendre au bal de Thérésa, et se couvrirait les épaules d'un châle. Ce serait suffisant… De toute façon, elle ne possédait guère de manteau fourré.

S'il y avait bien une chose qu'elle appréciait dans la mode féminine, à présent que feue Sa Majesté la reine Marie-Antoinette ne dirigeait plus ce domaine, c'était la liberté qui lui était accordée. Peu importait ce qu'elle portait, du moment que l'effet obtenu était suffisamment élégant et exempt de toute allusion au régime monarchique.

Elle jeta un regard par la fenêtre. C'était la fin d'après-midi ; le soir tombait déjà. Le bal avait déjà débuté mais Rose mettait un point d'honneur à arriver systématiquement en retard. Se faire désirer était, selon elle, le meilleur moyen de marquer les esprits tout en indiquant l'importance de son rang.

De la poudre aux yeux, comme tout le reste... Mais peu importait. Il fallait maintenir les apparences à tout prix.

Nul ne devait soupçonner que la veuve de Beauharnais quémandait de l'argent tous les mois à sa mère, restée à la Martinique ; qu'elle convertissait cet or en de nombreux assignats, à la faible valeur mais acceptés pour les loyers, et vivait de ses fragiles spéculations. Nul ne devinerait qu'elle avait contracté plusieurs prêts à des taux ahurissants, ni qu'elle avait vendu des bijoux de prix pour continuer à louer cette maison rue Chantereine à son amie Julie Careau, l'ancienne épouse de l'acteur Talma, pour quatre mille livres par an[1]...

Tout cela, Constance le savait.

Elle n'était pas sans ignorer la difficulté de la vie parisienne pour une femme seule, fût-elle une digne veuve aux nombreux appuis. C'était la principale raison de son futur mariage, d'ailleurs : sécuriser son existence et celle de ses enfants, grâce à un mari qui subviendrait à ses besoins. Restait à savoir si ce petit militaire au nom étrange, que Constance n'avait pas encore rencontré, parviendrait à couvrir les dépenses fastueuses de son épouse ! Car son amie Rose, qui aimait à se faire appeler à nouveau Joséphine depuis ses fiançailles, ne transigeait pas sur son style de vie – même lorsqu'elle traversait de graves difficultés financières.

1. Véridique. La maison de la rue Chantereine deviendra plus tard l'Hôtel Bonaparte, et n'existe plus de nos jours.

Allons ! Ce soir, c'est à moi de jouer pour prendre les rênes de ma propre vie.

Elle devait bien à Joséphine de prendre enfin son indépendance ! Elle ne supportait plus que son amie doive encore subvenir à ses besoins.

Après deux années à se composer une nouvelle vie, patiemment, douloureusement, Constance était devenue une jeune fille en vue de la bonne société du Directoire. Grâce à son amie Rose – enfin, Joséphine –, elle fréquentait à présent les cercles les plus recherchés du moment.

Elles se rendaient toutes deux à un bal privé donné par Thérésa, l'amie de Joséphine et leur ancienne compagne de geôle. Mais ce n'était pas le plus important pour Constance, car elle avait déjà assisté à nombre de bals et de réceptions. Non. Si elle était nerveuse, c'est parce qu'elle avait attendu ce moment depuis de longues années.

Enfin, elle allait savoir !

D'après les renseignements glanés par Joséphine, un membre du cabinet du député Cambacérès serait présent. Un certain Louis Bacot – qui se faisait appeler Paul pour ne point attiser les rancœurs et risquer sa tête, ce que Constance comprenait parfaitement. Tout ce qu'elle demandait, c'est que cet homme lui confirme ce qu'elle soupçonnait déjà… Qu'en plus d'être à l'origine de la Loi des suspects qui avait causé son malheur, c'était bien le député Cambacérès qui s'était approprié les biens de Constance.

Elle reconnut le pas léger de Joséphine dans le couloir, puis son habituel petit coup sec sur la porte.

— Êtes-vous prête, ma chère ?

— Entrez ! J'ai terminé.

Constance s'observa sans complaisance dans le grand miroir de sa chambre, tandis que son amie pénétrait dans la pièce.

Constance se trouvait plutôt jolie, avec sa taille fine, ses membres déliés et ses courbes gracieuses. La robe de coton blanc qu'elle avait choisie mettait en valeur sa peau veloutée, ses grands yeux noisette, ainsi que la fraîcheur de son jeune âge. Elle se trouvait à croquer.

— Magnifique ! s'exclama la veuve de Beauharnais, qui pour sa part avait opté pour une robe rouge rappelant la teinte du mouchoir créole planté sur ses boucles brunes.

— J'hésite à porter cela…

Constance prit sur sa coiffeuse le petit camée prêté par son amie, qui lui avait conseillé de le porter à un endroit stratégique afin d'attirer le regard de ces messieurs là où elle le désirait.

— Ne trouvez-vous point que cela est trop… Enfin…

— Pas du tout ! Il faut oser. Laissez-moi faire, vous allez voir comme ce simple petit bijou peut parfaire votre style de jeune fille pure et innocente.

D'un geste précis, Joséphine agrafa la broche sous la poitrine de Constance, ce qui eut pour effet d'accentuer sa minceur tout en rehaussant légèrement ses seins, qu'elle avait ronds et menus comme le préconisait la mode du moment.

Joséphine s'éloigna, la tenant par les épaules, afin de juger de sa silhouette.

— Constance, si vous ne faites pas chavirer les cœurs ce soir, je veux bien brûler toute ma garde-robe !

— Ce serait un tel gâchis que je vais tenter de ne pas vous décevoir à ce sujet, s'amusa-t-elle. Et puis, du moment que Paul Bacot n'est pas insensible à mes charmes… C'est tout ce que je souhaite.

Le léger sourire de Joséphine, qu'elle maîtrisait toujours à la perfection afin de ne pas dévoiler sa mauvaise dentition, s'effaça tout à fait.

— Je sais que vous songez en priorité à obtenir cet aveu, et Dieu sait que je comprends quel soulagement cela pourrait vous apporter, mais… Pensez également à vous amuser ! Dansez, goûtez à tout. Et ne négligez point les avances de ces messieurs, c'est un si doux agrément que de se laisser courtiser !

Constance prit une grande inspiration.

— Je vais essayer. Il est vrai que j'ai fort envie de me divertir un peu, et j'aime la danse… Nous verrons ! Une fois que j'aurai obtenu ce que je souhaite, bien sûr.

Son amie hocha gravement la tête, compréhensive. Constance fut soulagée d'avoir son approbation. Joséphine était tellement plus qu'une amie pour elle ! Un véritable modèle. Belle, forte, intelligente et ambitieuse, elle se démenait pour son avenir et celui de ses enfants. Constance aurait aimé lui ressembler davantage. Son inexpérience, toutefois, faisait d'elle une simple apprentie au jeu de la survie.

Un petit chien pénétra dans la pièce tel un boulet de canon, et Joséphine le réprimanda sévèrement pour avoir piétiné l'ourlet de sa robe.

— Fortuné ! Ce ne sont pas là des façons, voyez ce que vous avez fait !

Le carlin grogna puis sauta sur le lit, où il entreprit de s'attaquer à l'oreille de Constance.

— Fortuné ! cria Joséphine en le prenant tant bien que mal dans ses bras. Dieu m'en soit témoin, vous êtes l'animal doté du pire caractère que je connaisse !

— Ne vous en faites pas, temporisa Constance en gratifiant la bête d'une caresse sous le menton. Il est jeune et souhaite s'amuser.

— J'ai hâte qu'il prenne de l'âge, dans ce cas ! Hâtez-vous, Constance. François attend dehors avec le demi-fortune[1]. Dieu, que je hais ce nom… Nous aurons un petit brasero pour ne pas trop souffrir du froid. Oh ! et une dernière chose ! J'ai peut-être trouvé quelqu'un qui vous aidera à recouvrer les biens de votre famille.

Le cœur de Constance manqua un battement.

— Vraiment ? Qui est-ce ?

— Mon ami Merlin[2] m'a recommandé un confrère avocat, un certain Gabriel Rocheran. Vous le rencontrerez ce soir également : il a été invité par Thérésa à ma demande et Merlin l'a informé de votre… affaire.

C'était inespéré ! Constance désirait tant retrouver la maison de son enfance… Avec un peu de chance et de solides relations, peut-être parviendrait-elle à ses fins, à l'image de Joséphine qui avait réussi l'exploit de récupérer les biens de son défunt époux.

1. Voiture hippomobile à quatre roues et un cheval. Son nom dérive de son coût modéré, et du fait que son possesseur était donc supposé n'être qu'à demi-riche.

2. Antoine Merlin, dit Merlin de Thionville, député à la Convention.

— Comment le reconnaîtrai-je ?

— Je vous le présenterai. Merlin lui a donné pour instruction de venir me trouver en priorité, afin que nous évoquions ses émoluments.

Encore une dette que Constance contracterait envers son amie… Elle n'était plus à cela près. Si tout se passait bien et qu'elle finissait par recouvrer son patrimoine, elle serait en mesure de la rembourser de ses bienfaits.

Elle jeta un dernier regard dans le miroir, resserra encore la broche sous ses seins et quitta la pièce d'un pas décidé.

Audaces fortuna juvat.

« La fortune sourit aux audacieux. »

Le trajet fut bref et silencieux. Constance était tendue. C'était la première fois qu'elle allait réellement jouer de ses charmes dans le but d'obtenir quelque chose et le doute enflait en elle.

Serait-elle à la hauteur ? Elle craignait de ne pas attirer suffisamment l'attention, dans sa tenue toute simple. Et il lui fallait faire taire son amour-propre, ce qui s'avérait finalement fort ardu.

Si Mère me voyait… Seigneur !

Elle descendit du demi-fortune à la suite de Joséphine, resserra les pans de son châle autour d'elle tel un rempart.

C'était le moment ou jamais de se souvenir de toutes les leçons apprises auprès de Joséphine ces deux dernières années. Et la première avait été de ne jamais hésiter à utiliser les armes dont Dieu avait pourvu les femmes.

Constance laissa bâiller légèrement l'étoffe sur sa poitrine et suivit son amie dans la maison Tallien de l'allée des Veuves[1]. Thérésa, récemment divorcée de son époux, était parvenue à conserver cette magnifique demeure, où ses habitués se rendaient tous les lundis pour des réceptions en vue. Un bal était donné, suivi d'un dîner sous forme de buffet. Une excentricité de Thérésa dont raffolait Joséphine.

La deuxième leçon de Joséphine avait été de masquer à tout prix ses véritables pensées et sentiments, et Constance se montrait particulièrement habile à cet exercice. Après tout, ne cachait-elle pas à tous sa nostalgie de l'ancien temps tout comme sa soif de vengeance ?

Elle dansa.

Elle grignota une pomme, puis du rôti accompagné d'un morceau d'omelette, et but une flûte de champagne.

Elle badina avec de jeunes hommes sensibles à son sourire. Cela n'était point déplaisant, pour être honnête.

Elle rencontra enfin le fiancé de Joséphine, ce soldat au regard vif dont la coiffure en oreilles de chien datait de la saison dernière. En sus, cet homme maigrichon était affublé d'un prénom imprononçable – Napoléon, a-t-on idée ! Lorsqu'il darda sur elle ses yeux d'un bleu sombre comme l'océan, toutefois, Constance sentit son dos se raidir sous l'autorité dégagée par cet homme à la présence brûlante.

— Mademoiselle, fit-il laconiquement en inclinant la tête, avant de se détourner pour observer, plus loin, la conversation du directeur Barras avec le député Morisson, fraîchement revenu de Vendée.

— Général, répondit Constance avec une courbette.

1. Aujourd'hui l'avenue Matignon, près des Champs-Élysées.

J'entends tellement parler de vous depuis ces derniers mois !

— Merci, mademoiselle.

Son accent était atroce. Son ton, sec et autoritaire.

Joséphine agita sous le nez de son fiancé un doigt sévère, le tançant sur son avarice de mots, ce qui le fit sourire. Sa voix se fit étonnamment douce pour lui répondre, ce qui confirma à Constance que le militaire devait être fortement épris de sa fiancée.

— Madame ! protesta-t-il. Il serait malséant de faire la conversation à d'autres dames que vous, qui régnez seule sur mon cœur.

— Ne comptez-vous plus converser avec aucune femme, une fois que nous serons mariés ? Me voilà comblée !

— Une fois que nous serons mariés, madame, j'ose espérer que ma conversation sera le cadet de vos soucis. Tant d'autres occupations me viennent à l'esprit !

Le sourire de Constance se figea sous l'allusion, nettement perceptible sous les sonorités chantantes de sa voix basse, un peu traînante. Voilà un homme qui ne s'embarrassait pas de bienséance ! Ni de frivolités comme la politesse ou la danse.

Que diable faisait-il ici, dans ce cas ?

Ah, oui. La politique.

Joséphine adressa un regard de braise à Bonaparte, qu'il lui retourna sans hésiter, ensuite elle le conduisit vers Barras avec un naturel éclatant qui était loin de révéler que le directeur avait été son amant par le passé. Constance la regarda s'éloigner avec grâce, jalouse de sa capacité à évoluer aisément dans toutes les situations.

Constance les observa de loin. Une femme d'une trentaine d'années, aux dents légèrement proéminentes, aux boucles brunes savamment enroulées autour d'un turban rouge et or, s'approcha du petit groupe.

Mme de Staël.

Constance lui avait été présentée mais n'avait guère osé prendre la parole en sa présence tant elle l'avait impressionnée – en vérité, elle n'aurait pas *pu* prendre la parole même si elle l'avait voulu. La dame était fort prolixe.

Elle dévorait Bonaparte des yeux sans égard pour sa fiancée pourtant présente, tout en bombardant Barras et le général de questions politiques et économiques. Elle se savait intelligente et instruite, et brillait fort bien en société. Elle captait si bien l'attention de ses interlocuteurs que tout le charme des Merveilleuses en était éclipsé.

Constance surprit une phrase adressée à Bonaparte avec un haussement de sourcils suggestif :

— Dites-moi, général, quelle est pour vous la meilleure des femmes ?

Elle s'attendait visiblement à un compliment sur sa conversation ou son analyse politique, mais en fut pour ses frais.

Cinglante, la réponse du corse ne se fit pas attendre.

— Celle qui fait le plus d'enfants, madame[1].

Germaine de Staël hoqueta de stupeur et tourna les talons, sous le rire de Barras.

1. Cette repartie de Bonaparte à Germaine de Staël est authentique, mais postérieure puisqu'elle date de l'année 1798. J'ai choisi de jouer un peu sur les dates pour la faire figurer ici.

Constance se détourna en affichant toujours son sourire factice, mais elle s'amusait intérieurement. Avec ses paroles brutes, ce général corse promettait de semer la pagaille dans chaque réception où il se rendrait !

Soudain, elle le vit.

Louis Bacot. Enfin, « Paul » Bacot. Grâce au portrait qu'on lui en avait fait, elle aurait pu le reconnaître entre mille : entre deux âges, un gros crâne rond atteint de calvitie, le teint maladif et les mains soignées de tout bureaucrate qui se respectait…

Allons, Constance ! Pour Père, pour Mère, et pour Antoinette ; Dieu ait leurs âmes.

Elle fit mine de trébucher devant sa cible, accepta son bras serviable avec reconnaissance – non sans se cambrer légèrement au passage pour lui proposer une vue plongeante sur son décolleté.

— Tout va bien, mademoiselle ?

— Oh ! oui, monsieur, grâce à vous. Merci mille fois ! Mais… Si je puis me permettre… N'êtes-vous point le fameux monsieur Bacot dont mon amie Joséphine m'a parlé ?

L'homme se rengorgea.

— Si fait, mademoiselle. Je suis honorée.

— Et moi, ravie ! Vous êtes mon sauveur, monsieur.

— Allons, allons… Ce n'était pas grand-chose. Tout au plus vous ai-je peut-être évité une vilaine foulure…

— … qui m'aurait empêchée de danser durant des semaines ! Alors vous êtes réellement mon sauveur, n'en doutez point !

Les grosses joues de Paul Bacot se teintèrent de rose, ce qui rassura Constance. Son badinage outrancier portait ses fruits. Elle demanda une flûte de champagne supplémentaire à son « sauveur » afin de « se remettre de ses émotions » et il la lui fournit bien volontiers.

Le jeu commençait.

Au bout d'une demi-heure de travail acharné, consistant pour moitié en poses aguichantes et pour le reste en une flagornerie éhontée, Constance parvint à ses fins.

Bacot, d'une voix rendue pâteuse par tout le champagne absorbé alors que Constance vidait régulièrement sa propre flûte dans les plantes vertes toutes proches, divulgua l'information qu'elle recherchait.

— Le Citoyen Cambacérès dispose d'un hôtel situé rue des Francs-Bourgeois, sans en avoir l'usage. Mieux vaudrait qu'il le vende ou bien qu'il y donne des bals avant qu'il tombe en ruines, ce qui sera probablement le cas d'ici quelques années. Pour l'avoir vu de mes propres yeux, je dois dire que ce bâtiment a dû être une pure merveille ! Grand escalier, dorures aux murs, des lustres, ma chère… Mais je vous ennuie certainement, pardonnez-moi.

Une boule dans la gorge, Constante se contenta de sourire. C'était sa preuve ! Le député Cambacérès l'avait personnellement spoliée de son bien. Il ne devait pas ignorer que Constance était en vie, et la seule héritière de sa famille !

Elle dut prendre une grande inspiration pour affermir sa voix.

— Pas du tout, monsieur ! J'aime tant les belles maisons. Était-ce une demeure de personne célèbre ?

Elle attendit la réponse, le cœur battant.

— Non, je le crains, s'excusa le secrétaire en secouant la tête. Seulement celle d'une famille disparue. Les… Les d'Albert, oui, c'est cela.

« Disparue » ? Assassinée, plutôt.

Continuer à sourire était si douloureux que Constance se détourna pour boire une longue gorgée. Les bulles lui chatouillèrent le nez. Elle se réjouit que la musique joue si fort, à présent que la soirée débutait, car elle l'aidait à masquer la vulnérabilité de sa voix.

Lorsqu'elle revint à son interlocuteur, dont elle surprit le regard vissé à ses reins, elle avait retrouvé la pleine possession de ses moyens.

— Fascinant, monsieur ! Pensez-vous que vous pourriez convaincre votre employeur de donner un bal dans cette magnifique demeure ?

— C'est que…

— Ce serait si merveilleux !

— Le Citoyen Cambacérès n'est guère homme à donner des bals, je le crains, mademoiselle… Puis-je me permettre de vous demander votre nom, belle apparition ?

— Cela ne se fait guère, rit Constance en jouant les effarouchées.

— J'insiste ! J'aimerais pouvoir vous donner un nom dans mes rêves, lorsque vous vous y inviterez.

— Vous m'y nommerez donc Daphné[1].

— Quelle cruauté, alliée à une intelligence vive !

— Ceci dit, monsieur Bacot, je dois avouer que je suis surprise. Je pensais que les biens des… personnes

1. Nymphe de la mythologie, transformée en laurier afin d'échapper à Apollon.

disparues pendant la Révolution appartenaient désormais au gouvernement, non ?

Bacot darda sur elle un regard étrange. Consciente d'avoir commis une erreur, Constance partit d'un grand éclat de rire en se détournant, dans le but de l'abandonner là comme le ferait une coquette jouant avec son soupirant…

Elle se heurta à quelqu'un de plein fouet.

Deux bras la saisirent avec rudesse.

Chapitre 2

— Vous ne pouvez pas faire attention ?

Les mots étaient sortis d'eux-mêmes, durs et froids. La musique les avait couverts, si bien que nul n'avait prêté attention à l'incident.

La jeune femme recula en serrant sa flûte vide. Si Gabriel ne l'avait pas aperçue un peu plus tôt en train de faire du charme à ce pauvre vieil homme tout pantelant, qui avait maintenant pris la poudre d'escampette, il aurait pu croire que le reflet humide de ses grands yeux dorés trahissait des larmes contenues… Cependant, il connaissait trop bien les femmes dans son genre pour s'émouvoir de son jeu d'actrice.

Elle parut se ressaisir, d'une façon, il fallait le reconnaître, tout à fait convaincante.

— Je vous demande pardon, monsieur.

— Vous pouvez !

Elle hoqueta, visiblement choquée de sa grossièreté. Tant mieux. Gabriel avait envie de la brusquer, de lui montrer qu'il ne rentrait pas dans le jeu des intrigantes comme elle.

— Pardon ? s'offusqua-t-elle.

— Vous vous répétez, madame.

— Mademoiselle.

Nous y voilà !

Elle cherchait donc un époux. Au moins, Gabriel lui avait rendu service en chassant sa proie à moitié grabataire : Bacot n'était pas riche et, surtout, il était déjà marié. Elle ne se renseignait donc point sur ses cibles ? À moins qu'elle ne recherche qu'un amant nanti d'un poste de pouvoir, si possible assez âgé pour la laisser libre et riche dans un futur proche.

— Je suis navrée, ajouta-t-elle plus bas. Peut-être pourriez-vous demander à un valet de quoi vous nettoyer ?

Gabriel baissa les yeux sur sa veste, qui ruisselait insolemment de coûteux champagne sur le tapis de Mme Tallien.

Sa fureur augmenta. Il n'était point assez nanti pour se permettre de gâter ainsi un vêtement, par la faute d'une écervelée ! Une jolie écervelée, certes, mais tout de même. Il avait ces femmes en horreur.

Après les dures heures de la Terreur, certains se croyaient autorisés à vivre sans contraintes, sans règles, et ne pensaient que plaisir ou ambition. Gabriel haïssait ces personnes, ces muscadins sans honneur ! Tant d'hommes et de femmes de valeur avaient péri sous la lame de la guillotine, pour permettre à ces inconscients de s'amuser sans réserve. De dilapider leur fortune pour certains, comme Thérésa Tallien et la veuve de Beauharnais, tandis que le peuple français ne mangeait pas à sa faim !

— Je pense qu'il suffit de brosser un peu votre veste, ajouta la jeune fille.

Du champagne ! Il était recouvert de champagne alors que des miséreux vivaient de la charité à deux rues de là.

Gabriel serra les poings. Il haïssait ces gens, cet endroit, cet étalage de luxe et de frivolité.

Si ce n'était sa mission du jour, jamais il n'aurait mis les pieds dans une réception de Notre-Dame de Thermidor[1]. À ce propos, il songea que la veuve de Beauharnais se faisait désirer, comme à son habitude : depuis leur entretien, une demi-heure s'était écoulée et elle n'avait toujours pas reparu pour lui présenter enfin sa future cliente. Une rescapée des Carmes.

— Hâtez-vous, reprit la jeune beauté devant lui, avant que le tissu ne se gorge de liquide…

— Je n'ai pas besoin de vos conseils ! répliqua-t-il. Êtes-vous lavandière ?

— Êtes-vous sot, monsieur ? grinça-t-elle, ses yeux lançant des éclairs. Je vous donnais ce conseil pour votre veston, rien de plus. Peu me chaut qu'il soit bon à jeter, pour dire la vérité. Rien, en revanche, ne peut pardonner votre goujaterie ! Je vous ai présenté mes excuses ; à présent je vous abandonne.

Il la retint par le bras dans un réflexe irréfléchi, la détailla plus avant. Une tenue provocante, une chevelure de feu à peine domestiquée… Il n'y avait nul doute à

1. Surnom donné à Thérésa Tallien. Emprisonnée aux Carmes, elle écrivit à son amant, le député girondin Tallien : « Je meurs d'appartenir à un lâche. » Ce qui motiva Tallien à participer au coup d'État du 9 Thermidor, qui aboutit à la chute des Jacobins, par une théâtrale déclamation et l'exhibition d'un poignard.

avoir. Après une jeunesse débridée, elle recherchait activement un amant ou un mari.

Elle frémit sous son regard dénué de bienveillance, ce qui amusa Gabriel. Elle ne devait pas avoir beaucoup d'expérience… Il lui aurait donné la vingtaine, âge respectable qui devait probablement la pousser à trouver un protecteur fortuné.

— Je vois, lâcha-t-il après avoir considéré le décolleté de Constance avec un haussement de sourcils. Eh bien, je ne vous retiens pas plus, *mademoiselle* : je m'en voudrais de gâcher vos chances de rencontrer votre futur mari ce soir. Si je puis me permettre, évitez de lui renverser votre verre dessus, c'est une approche totalement dépassée de nos jours.

— Non, vous ne pouvez pas vous permettre ! Et non, ce n'était nullement une approche… Je ne vois pas comment un homme aussi rustre que vous aurait pu attirer mon attention.

— Vous m'en voyez ravi. Je m'en serais voulu de devenir involontairement votre cible.

Relevant le menton avec fierté, la jeune fille toisa Gabriel de toute la hauteur de son probable arbre généalogique : c'était une aristocrate, comprit-il alors. Elle cachait bien son jeu. Il n'y avait qu'une femme née dans un cocon protecteur, élevée pour graviter dans de luxueux salons tout en portant la progéniture d'un mari titré, pour avoir ainsi le mépris chevillé au regard.

— Peut-on connaître votre nom, monsieur ?

— Je ne préfère pas, non… Je ne souhaite pas figurer dans votre carnet de bal, mademoiselle, car je ne recherche ni épouse ni maîtresse.

— Alors pourquoi me retenir ?

Il lâcha son bras, qu'il n'avait pas eu conscience d'emprisonner.

— Je vous souhaite une soirée fructueuse, mademoiselle.

Il allait s'éloigner lorsque la voix mélodieuse de Joséphine éclata tout près.

— Gabriel ! Enfin, vous voilà.

Elle lui présenta sa main, qu'il saisit avec raideur.

— Madame.

— Je vois que vous avez fait connaissance avec ma protégée, Mlle Constance d'Albert.

Dieu du ciel !

Gabriel se tourna vers la jeune femme avec, il le sentait, la même grimace horrifiée qu'elle arborait elle-même.

— Vous êtes Constance d'Albert ?

— Vous êtes Gabriel Rocheran ?

Joséphine les considéra tour à tour avant de laisser échapper un rire mutin.

— Eh bien, il semble que la Providence vous ait réunis. C'est parfait ! Je vous laisse donc converser de votre affaire.

Gabriel leva une main pour protester, mais Joséphine avait déjà disparu dans un tourbillon de tissu écarlate.

Enfer et damnation !

Il aurait dû s'en douter. Ou, tout au moins, se méfier. Il savait pourtant que la veuve de Beauharnais paierait ses services au nom de sa cliente, une certaine femme de la noblesse déchue par la Révolution.

Il n'aurait pas imaginé qu'il s'agirait d'une telle écervelée capable de se donner de grands airs. À croire qu'elle n'avait rien retenu des malheurs qu'elle avait vécus ! En même temps, à quoi s'était-il attendu ? Elle se pensait supérieure à lui car on l'avait éduquée en ce sens. Elle ne souhaitait que s'amuser car cela avait été l'unique but de sa vie.

La jeune fille lui adressa un regard consterné, auquel il choisit de répondre par la froideur. Nul ne savait jouer de l'indifférence mieux que Gabriel…

— Alors, c'est vous, fit-elle d'une voix plus assurée que ce qu'il pensait.

— C'est moi. Et donc, c'est vous aussi.

— Il semblerait. Vous ne ressemblez pas à un avocat…

— En connaissez-vous beaucoup ?

— Eh bien, vous : c'est amplement suffisant.

Ils se dévisagèrent en silence. L'animosité ambiante était si palpable que Gabriel avait l'impression d'étouffer sous l'épaisseur moite d'un linceul.

— Madame de Beauharnais m'a rapidement résumé votre situation, reprit-il. Vous souhaitez entrer en possession des biens de feu votre père, c'est bien cela ?

— Je veux recouvrer mon héritage, ce qui est bien naturel, ne trouvez-vous pas ?

— Je n'ai pas à me positionner sur le bien-fondé de votre démarche.

— Fort bien, cela m'est égal. Du moment que vous faites correctement votre travail…

— Ma réputation professionnelle n'est plus à faire, mademoiselle.

— Êtes-vous de taille à affronter un député, monsieur ?

Cette fois, Constance obtint enfin une réaction sur

ce visage de marbre. Rocheran plissa les yeux, clairement intrigué.

— Qui ?

— Eh bien, je viens justement d'obtenir une information capitale qui révèle qu'un député très en vue de la Convention a personnellement mis la main sur mon héritage, et…

— Qui ? répéta Rocheran avec un claquement de langue impatient.

— Le député Cambacérès.

Il leva un sourcil.

— En vérité ? Et sur quelle stupide présomption s'appuient vos dires ? Une rumeur de salon, ou bien une confession d'oreiller ? Il me faudrait bien plus que cela pour intenter quelque action que ce soit.

Elle afficha un demi-sourire clairement provocant.

— Oh… Je vois. Vous ne vous sentez pas à la hauteur de la tâche, monsieur Rocheran ?

Crénom ! Quelle arrogance dans une si jolie bouche…

Gabriel se rapprocha d'elle, si près que son veston souillé de champagne frôla la robe blanche de l'insolente demoiselle, qui tressaillit mais ne recula point. Sans doute trop prétentieuse pour cela.

— Sachez, mademoiselle, que je ne ressens nul besoin de vous prouver mes compétences en quoi que ce soit. C'est non.

Ses yeux s'agrandirent de stupeur.

— « Non » ? Que voulez-vous dire par là ?

— « Non » est une négation. Le contraire de « oui ».

— Merci bien ! Dois-je comprendre que vous ne prendrez pas mon affaire ?

— C'est exact.

Cette fois, ses yeux envoyaient de tels éclairs que Gabriel fut tenté de reculer, lui. Il parvint à ne pas le faire au prix d'un gros effort de maîtrise de lui.

— Je suis pourtant dans mon droit ! ragea l'héritière d'Albert.

— Avouez que la tendance n'est pas à récompenser les anciens aristocrates en leur rendant leurs privilèges…

— Il n'y a plus de privilèges et vous le savez fort bien.

— Croyez-vous ?

Gabriel jeta un regard circulaire autour de lui, embrassant tour à tour les danseurs vêtus de tissus colorés, les dames couvertes de bijoux conversant avec des artistes ou des hommes politiques, puis l'orchestre et le buffet couvert de plats succulents… et terriblement coûteux.

Gênée, Constance d'Albert déposa sa flûte sur le plateau d'un valet, puis elle attendit qu'il se soit éloigné pour tenter une autre approche.

— Votre maître est un ami de…

— Peu importe, la coupa-t-il. Je n'ai pas pour habitude de me laisser fléchir au nom d'amitiés ou de relations quelconques. Ce serait de la corruption.

— Tiens donc… Seriez-vous aussi cruel et borné que l'Incorruptible[1] ?

Que savait-elle de la politique ? La mention de Robespierre mena Gabriel à perdre son sang-froid.

— N'évoquez point des sujets qui vous dépassent. Les femmes ne font pas bon ménage avec la politique !

— Oh ! vraiment ? Serions-nous plus à notre place

1. Maximilien de Robespierre, député jacobin de la Convention.

en cuisine, monsieur, ou dans la chambre à coucher pour faire des enfants ?

Gabriel ne pensait pas ainsi : il prônait l'égalité entre les hommes et, si possible, entre hommes et femmes lorsque la situation le permettait. La liberté et le bonheur de tout être humain lui semblaient les buts à atteindre, dans ce nouveau monde éclosant à peine. Cependant, il désirait tant se disputer avec cette sotte représentant tout ce qu'il détestait qu'il mentit. C'était instinctif.

— Vous le reconnaissez vous-même ? Parfait. Contentez-vous d'utiliser vos talents, mademoiselle, et oubliez donc le passé. Il est bel et bien révolu, pour le plus grand bien du peuple français. Bonne soirée.

Il la salua brièvement de la tête et prit congé, pressé de fuir cet antre de l'exubérance.

Il dut éviter deux danseurs un peu trop enthousiastes, qui manquèrent lui rentrer dedans, puis le bras d'un acteur en train de déclamer passionnément des vers de Racine.

Enfin, il fut dans le hall, puis dans la rue.

Gabriel inspira à fond l'air frais de ce début de soirée. Le Ciel soit loué, son épreuve était terminée !

Il se mit en marche, renonçant à héler un fiacre par souci d'économie. Il était encore tôt, et un peu d'exercice aurait l'avantage d'apaiser la répulsion qui s'était emparée de lui dans l'hôtel Tallien. Et puis, cela le réchaufferait.

Comme il avait bien fait de refuser cette affaire ! Certes, il avait prêté l'oreille en entendant le nom de Cambacérès… Un homme de pouvoir, sans doute corrompu, contre qui il aurait été utile de disposer de dossiers… Mais pas au prix de fréquenter une coquette comme cette demoiselle d'Albert, ça non !

Gabriel croisa les bras derrière son dos et avança sans se préoccuper des fêtards qui circulaient bruyamment dans la ville, à cette heure séparant le jour de la nuit. Quand on avait connu le Paris d'avant, celui de la Révolution, on avait bien du mal à le reconnaître aujourd'hui…

La misère côtoyait à nouveau la richesse, comme sous les Bourbons. Sauf que cette fois il s'agissait d'une honteuse dilapidation associée à un tel relâchement de mœurs que Gabriel, pourtant guère puritain par le passé, aspirait à présent à une rigueur morale qui lui aurait semblé plus appropriée au deuil national que tous auraient dû respecter.

Tant d'hommes et de femmes étaient morts.

Tant de vies gâchées… Tant de sang versé au nom d'un idéal. Gabriel avait fait partie de ces jeunes gens utopistes qui, à l'aube de temps nouveaux, avaient cru pouvoir mettre fin à la tyrannie monarchique pour le bien commun. Pour un monde nouveau ! Vierge de toute corruption d'un pouvoir trop prégnant. Un monde pur, où l'égalité aurait enfin pu s'épanouir entre les citoyens.

Cruelle chimère.

À quoi avaient donc servi tous ces sacrifices sur l'autel de la patrie ? À permettre à tous ces sots de boire, danser et s'amuser sans se soucier des conséquences ? De personnes vertueuses, capables de mener le pays dans la bonne direction, il ne restait rien…

Bien dommage, en vérité, que tout se termine ainsi.

Sans doute était-ce inévitable. Lorsqu'un peuple se découvre une soif de liberté longuement ignorée, il est tel un petit enfant : exubérant, ivre de joie, dans le refus des responsabilités. Puis vient le temps du réveil, avec ses désillusions. Il viendrait. Mais pour l'heure, la toute jeune République entrait à peine dans l'âge adulte et se cherchait encore des repères.

Gabriel s'extirpa de ces moroses réflexions pour presser le pas. Il avait un long chemin à parcourir. Son étude et la chambre attenante se trouvaient dans un immeuble appartenant à Antoine Merlin, à l'angle de la rue Saint-Dominique et de la rue de Bourgogne[1]. Sur l'itinéraire de la charrette de la prison des Carmes…

Gabriel réprima un frisson, comme à chaque fois que ses pensées le ramenaient à cette période honnie.

Combien de condamnés avait-il vu passer de sa fenêtre, au troisième étage ?

Beaucoup trop.

Il parvint sur la place des Champs-Élysées[2], passa sans sourciller devant le Salon de Flore, une guinguette d'où s'échappaient des rires et des notes plus populaires que chez Mme Tallien.

Deux jeunes hommes visiblement éméchés manquèrent le renverser, s'éloignèrent sans s'excuser pour entrer dans le petit cabaret. Un peu plus loin, un falotier[3] dépenaillé montait sur une échelle pour allumer un réverbère, sifflotant un air à la mode. Un air bien connu qui gaussait la nouvelle mode féminine, tellement minimaliste…

1. Dans le 7e arrondissement.

2. L'actuel rond-point des Champs-Élysées, qui existe depuis 1670.

3. Allumeur de réverbères.

Grâce à la mode,
Un'chemise suffit,
Un'chemise suffit,
Ah qu'c'est commode,
Un'chemise suffit,
C'est tout profit !

Gabriel pesta tout bas.

Le monde est gai. Il a oublié le deuil qu'il devrait porter…

Il s'éloigna dans l'obscurité grandissante, sans parvenir à chasser de son cœur un immense sentiment de gâchis.

Chapitre 3

Le même soir, dans la maison de la rue Chantereine

— Alors, chère Constance, comment s'est déroulée votre entrevue avec cet avocat ?

Constance, qui s'apprêtait à retirer les épingles de son chignon, suspendit son geste. Dans le grand miroir de sa chambre, le sourire engageant de Joséphine ne l'encourageait guère à s'épancher... Comment lui résumer le fiasco de ce tête-à-tête ? Non seulement elle n'avait plus d'avocat, mais elle s'était disputée avec Rocheran devant tout le monde à l'hôtel Tallien. Non que quiconque leur ait accordé la moindre attention... Constance en concevait toutefois une grande honte.

Elle reprit sa tâche en adoptant un ton neutre savamment travaillé.

— Il a l'air compétent, répondit-elle en libérant une longue mèche rousse. Malheureusement, il a refusé l'affaire.

— Refusé ? répéta Joséphine, sourcils froncés.

— En des termes fort clairs.

Joséphine jura, ce qui lui arrivait rarement – pour ainsi dire jamais.

— Merlin me l'a pourtant recommandé avec chaleur ! Comment a-t-il refusé, exactement ? Que vous a-t-il dit ?

— Peu importe, fit Constance en haussant négligemment une épaule. Nous trouverons quelqu'un d'autre, n'est-ce pas ?

— J'imagine que oui... Mais je suis profondément déçue : je vais envoyer un mot à Merlin pour l'informer de ce refus.

— Surtout pas !

Interdite devant sa subite expression de terreur, Joséphine secoua la tête.

— Très chère, je ne comprends rien à tout cela. Que s'est-il donc passé ?

— Pour commencer, j'ai renversé du champagne sur son veston : c'est ainsi que nous fîmes connaissance. Par la suite, nous avons échangé des propos... un peu houleux.

— Vraiment ?

Constance ôta les dernières épingles et secoua sa chevelure de feu.

— Cet individu fort rustique s'est montré à la limite de la malséance. J'ai parfaitement saisi qu'il n'aime point ce que je représente : l'élite de l'ancien temps. Ne serait-ce pas un Jacobin[1] ?

1. Du nom du club fondé en 1789 rue des Jacobins, dans un ancien couvent. Robespierre étant jacobin, cette doctrine qui prône la souveraineté du peuple sera très mal vue dès la Convention thermidorienne, et par la suite.

Le regard de Joséphine se voila, comme toujours lorsqu'elle se plongeait dans d'intenses réflexions.

— Merlin m'a dit une chose… Qu'était-ce donc ? Que Rocheran était un peu particulier mais qu'il pourrait certainement vous aider… Non, qu'il *voudrait* certainement vous aider ! Il est vrai qu'il paraît très réservé et plutôt mystérieux, ceci dit.

En fait de mystère, il était surtout d'un abord glacial et d'une grossièreté jamais égalée. Il avait agressé Constance d'une façon qui l'avait fait bouillir de rage. La comparer à une lavandière ! Et se targuer de ne pas susciter son intérêt ! Comme si ce dernier, en admettant qu'il ait pu voir le jour, aurait eu pour effet de le couvrir d'opprobre…

Quel mufle !

Une épingle sauta de sa main fébrile, et Constance se baissa pour la chercher sur le tapis.

— Et nos idées semblent radicalement opposées.

— C'est-à-dire ?

— Il s'est montré fort méprisant envers moi : il n'aime guère les gens bien nés, j'en jurerais.

Ses doigts se refermèrent enfin sur l'épingle. Elle se redressa et prit sa brosse à cheveux sur la coiffeuse.

— Ma foi, reprit Joséphine avec détermination, jacobin ou non, il n'aurait pas dû se montrer discourtois envers vous.

— N'écrivez pas ce mot, Rose, je vous en supplie !

— Mais… pourquoi donc ?

— Je ne tiens vraiment pas à revoir ce grossier personnage.

— Vous n'y pensez pas ! Renonceriez-vous à votre combat pour une simple animosité ?

— De toute façon, Rocheran ne reviendra pas sur sa décision. Il m'a paru un homme de principes peu porté sur le revirement.

Joséphine poussa un bref soupir, puis l'ombre d'un sourire apparut sur ses lèvres.

— Qu'il en soit ainsi, puisque vous le voulez ! Je constate cependant avec la plus grande joie que vous possédez désormais un instinct très sûr. C'est aussi l'impression que j'ai eue en rencontrant cet homme. Bien ! Allons nous coucher, dans ce cas.

— Passez une bonne nuit.

— Vous de même, très chère ! N'ayez pas d'inquiétude, nous trouverons une autre solution. Je connais un moyen efficace de ne pas vous morfondre de ce contretemps : accompagnez-moi à mon mariage !

Avait-elle bien entendu ?

Constance fit répéter son amie, incertaine de la réponse à donner à cette invitation pour le moins inattendue.

— Je croyais que le général Bonaparte ne souhaitait pas d'invités, ni de cérémonie trop longue…

— En effet, ne doivent être présents que les témoins et le maire, néanmoins je refuse de vous laisser nourrir des idées noires pendant que je convole en justes noces. Je persuaderai le général. Allons, c'est décidé !

— Mais… je ne peux pas ! C'est dans deux jours. Que porterais-je ?

— Peu importe, ma chère amie : votre présence me réchauffera le cœur en me remémorant à quel effroyable destin nous avons échappé toutes deux, et ce, quoi que vous portiez.

Constance s'inclina. Elle posa sa brosse, commença à natter ses cheveux pour la nuit en cherchant ses mots.

— Rose, il y a… Enfin, il y a du nouveau au sujet de la confiscation de mes biens.

— Formidable ! Le secrétaire de notre ami a donc livré des informations ?

— Il semblerait que le député Cambacérès ait mis la main en personne sur l'hôtel de ma famille.

Le sourire de Joséphine s'évanouit. Constance sut alors qu'elle ne s'était pas trompée : son héritage était certainement perdu. Si encore les bâtiments avaient été réquisitionnés par la Convention, peut-être aurait-on pu faire valoir les droits de Constance en tant qu'héritière… Cependant, malgré son réseau de relations, son amie ne pourrait rien faire contre un homme de la trempe de Jean-Jacques Régis de Cambacérès. Et s'il avait mis la main sur ces propriétés, c'est qu'il n'entendait point se les faire reprendre.

Enfin, la jeune veuve se redressa.

— Je peux tenter d'en parler à Paul[1]. Je ne pense pas qu'il entreprenne quelque action que ce soit à l'encontre de cet homme, malheureusement… Il est trop utile au Directoire. Et trop dangereux à défier, je le crains.

— Je le sais, soupira Constance en croisant les bras sur son peignoir.

Joséphine se dirigea vers la porte, non sans avoir déposé un tendre baiser sur le front de Constance.

1. Paul Barras, membre du Directoire et ancien amant de Joséphine.

— Ne baissez point les bras ! Je vous l'interdis.

Constance répondit par un sourire et formula des vœux pour son avenir d'épouse, ensuite les deux femmes se séparèrent.

C'était une union d'arrangement, bien entendu. Néanmoins, Bonaparte avait l'air si sincèrement épris de sa promise que Joséphine avait au moins la certitude d'être correctement traitée. Et elle-même paraissait nourrir une tendresse touchante pour son petit militaire, comme elle l'appelait.

Constance se mit au lit en prenant soin de vérifier que le verrou de sa porte n'était pas tiré. Une habitude issue de son emprisonnement aux Carmes. Il lui était intolérable de se sentir enfermée quelque part, fût-ce dans le confort douillet de sa propre chambre.

Elle observa un instant les chauds reflets qui dansaient sur l'acajou de sa coiffeuse et les entrelacs du tapis.

Après tout, ce Rocheran n'était qu'un homme ordinaire, fort sot et grossier… Son opinion ne comptait pas pour elle. Et leur dispute serait bientôt reléguée aux oubliettes de son esprit.

Je survivrai à cela comme au reste.

Survivre, elle savait le faire.

Une fois la bougie soufflée, Constance se retrouva seule avec ses pensées et les bruits de la rue.

Des cris, des rires, le crissement de roues cerclées de fer sur les pavés. Une musique lointaine rappelait que certains ne se coucheraient probablement pas de la nuit… En ces temps bénis pour les survivants de la Terreur, il fallait profiter de la vie à tout prix.

Et Constance le comprenait. Malgré ses propres pertes et le sentiment d'insécurité qui ne la quittait jamais, elle ressentait également l'envie folle de savourer chaque jour qui lui restait à vivre, autant dire le plus possible. S'amuser, pour que sa survie n'ait point été dépourvue de sens. S'étourdir, pour mieux oublier.

Elle remonta le drap jusqu'à son menton d'un geste résolu et décida de cesser de se tourmenter pour un pauvre sot aussi fermé qu'une huître.

Chapitre 4

19 ventôse an IV – mercredi 9 mars 1796

Il régnait une fervente agitation, ce soir-là, dans le cabinet du maire du 2e arrondissement de Paris.

La cérémonie était prévue initialement à 20 heures. Les aiguilles de l'horloge en marqueterie et bronze doré qui trônait sur le bureau affichaient cependant 20 h 45, et le futur marié n'était toujours pas là.

— Mais que diable fout-il ?

Constance se tourna vers Paul Barras, dont l'impatience avait eu raison du vocabulaire, et considéra avec circonspection l'homme le plus puissant du Directoire. De haute taille, les épaules aussi volumineuses que ses favoris et la parole virulente, le Citoyen Barras n'était pas un homme que l'on osait contredire. Fort malheureusement, ce n'était pas non plus un homme prompt à prendre des décisions, et il détestait par-dessus tout qu'on lui forçât la main.

Personne ne répondit.

Personne n'osa esquisser le moindre mouvement.

Les autres témoins étaient au nombre de trois : un

capitaine du nom de Jean Le Marois qui était l'aide de camp du général Bonaparte, Jean-Lambert Tallien et Étienne Calmelet, l'homme qui avait aidé Joséphine à recouvrer les biens de son défunt époux.

Le maire, absent, était remplacé par un commissaire du nom de Collin-Lacombe, qui prenait si peu ce rendez-vous au sérieux qu'il ne cessait de bâiller en fixant l'horloge.

Joséphine, qui savait si bien manier Barras, se morfondait dans une bergère en tâchant de garder l'air digne dans sa magnifique robe brodée. Elle ne pouvait être d'aucune aide.

— Que fout-il, bon sang ? A-t-il oublié qu'il devait se marier ?

La situation était délicate.

Décidant de prendre les choses en main, Constance s'approcha de Barras, armée de son plus irrésistible sourire.

— Ne dit-on pas que les unions tardives sont les plus heureuses ?

Barras darda sur elle son regard d'un bleu lumineux, à cette heure aussi sombre qu'un océan sous l'orage.

— Je n'ai jamais entendu dire cela !

— En ce cas, décidons d'inventer nous-mêmes ce proverbe ! Qu'en dites-vous, directeur ? Ce serait follement amusant !

Constance eut la satisfaction de discerner un adoucissement certain des traits de Barras. Elle assura sa victoire finale par un battement de cils jouant l'innocence, et cette fois toute ride s'envola entre les sourcils du directeur.

— Ah ! mademoiselle, votre fraîcheur a eu raison de ma maussaderie.

Elle s'inclina et entama une conversation légère au

sujet des représentations théâtrales qui feraient fureur ce printemps. Barras n'était plus le même homme. Il aimait les femmes, elle le savait – comme tout Paris, probablement. Son inclination pour le beau sexe n'était un secret pour personne dans les salons de la capitale.

De son côté, Joséphine s'était reprise et divertissait à présent le capitaine Le Marois, Tallien et Calmelet en leur contant quelques anecdotes – pures inventions, à n'en point douter – de sa jeunesse à la Martinique.

Comment des imbéciles peuvent-ils nier l'extraordinaire pouvoir des femmes ?

Constance riait à un trait d'esprit du directeur lorsqu'un pas vif résonna dans le couloir.

Tous se figèrent.

— Enfin, maugréa le commissaire en rajustant la cocarde tricolore bien en vue sur son chapeau.

Pourtant, à la place du visage affûté comme une lame du Corse, c'est la silhouette plus haute et charpentée d'un homme tout de noir vêtu qui se présenta sur le seuil du bureau.

Gabriel Rocheran ?

Le rire cristallin de Constance s'étouffa dans un borborygme. Lui, ici ? Et toujours avec cette expression de froideur qui la déstabilisait au plus haut point.

L'odieux homme marcha vers elle en saluant à peine l'assistance.

— Veuillez pardonner cette intrusion, mais… je constate que je n'interromps rien, n'est-ce pas ?

— En effet ! rugit Barras, qui semblait avoir subitement retrouvé toute sa bile. Nous attendons le promis.

— Oh. J'en suis navré.

— Que fais-tu ici, Citoyen ? Qui es-tu ?

Rocheran se présenta avant de donner la raison de sa présence, sans quitter Constance des yeux.

Elle demeurait muette, prise de court. En la présence de cet homme dépourvu de la moindre once de sociabilité, elle ne parvenait pas à conserver sa légèreté de façade. C'était plus fort qu'elle : il fallait qu'elle réplique à sa froideur par un élan d'hostilité au moins égal au sien.

— J'ai appris par le journal la date et le lieu de votre union, madame… euh… de Beauharnais, encore ?

— Oui, pour quelques minutes encore ! plaisanta Joséphine.

— Je tenais à parler de toute urgence à votre amie, Mlle d'Albert ici présente ; j'ai supposé, avec raison semble-t-il, qu'elle serait invitée à la cérémonie.

Les yeux de Rocheran ne l'avaient pas lâchée une seule seconde. Ils n'avaient pas cillé non plus. Quel diable d'homme était-ce là ? Il refusait son affaire et manquait créer un esclandre au cours d'un bal, puis il faisait irruption à un mariage auquel il n'était pas convié sous prétexte de lui parler !

— Puis-je vous dire un mot en privé, mademoiselle ?

— Vous n'y songez pas ! s'insurgea Constance.

— Je me suis mal exprimé, je ne voulais point vous attirer dans un bureau désert mais vous inviter à me suivre dans le couloir afin que je vous fasse part d'une importante nouvelle ayant trait à votre affaire.

Voilà qui était incompréhensible.

Pourtant, Constance n'avait aucune envie de s'isoler avec ce malotru qui risquait de la rudoyer une nouvelle fois.

— Mon affaire ? s'enquit-elle d'une voix forte, dans

le but avoué de le mettre mal à l'aise. Celle que vous avez refusée ?

— Celle-là même.

Définitivement, cet homme est fou.

La tentative de Constance de le déstabiliser avait lamentablement échoué, c'était un fait. Était-il seulement possible de troubler ce regard dur, aussi froid qu'un ciel d'hiver ?

La curiosité l'emporta.

— Fort bien, mais j'ai peu de temps à vous accorder : le général Bonaparte ne tardera guère.

Sans prêter attention au silence de la petite assistance qui braquait tous ses regards sur eux, Constance suivit Rocheran jusque dans le couloir. Son cœur battait si fort qu'on aurait dit un tambour de guerre.

Gabriel conduisit la jeune femme un peu plus loin, là où les oreilles indiscrètes ne pourraient entendre leur conversation s'ils baissaient suffisamment la voix. Sauf s'ils se querellaient encore… Mais Gabriel était résolu à s'en arranger.

Avait-il le choix ?

Car il aiderait cette Constance d'Albert, tout inintéressante et frivole soit-elle… Il savait qu'il le ferait malgré toute la répulsion que cette personne lui inspirait. C'était là toute sa faiblesse.

Il le ferait par loyauté envers son maître, Antoine Merlin, qui était un ami de la veuve de Beauharnais : il ne pouvait décemment pas refuser ses assignats. Il le ferait également parce qu'il n'aimait pas voir une femme en difficulté, fût-elle l'une de ces sottes de « Merveilleuses », d'après ce nom pompeux qu'elles s'attribuaient…

Mais, surtout, Constance d'Albert était également une femme spoliée de son héritage par l'une des nombreuses injustices de la Terreur. Gabriel ne pouvait se résoudre à ne pas prendre sa défense.

— Ainsi, vous avez donc revu votre jugement ? attaqua-t-elle sans attendre.

Gabriel esquissa un sourire. C'était parfait ! Il détestait perdre son temps.

— Pas exactement, mademoiselle. Il se trouve que j'ai un intérêt personnel à approfondir cette affaire.

— Lequel est-ce, s'il vous plaît ? Si nous devons collaborer, autant nous montrer francs l'un envers l'autre.

Gabriel la considéra avec indifférence. Pouvait-il répondre librement ? Non, bien entendu. Il ne fallait pas confier de secrets à ce genre de personne. Il existait cependant une information toute simple qu'il pouvait lui révéler sans se trahir.

— Eh bien ? s'impatienta-t-elle.

— Le citoyen Cambacérès, lâcha Gabriel en plongeant dans son regard. Il s'agit d'un homme de pouvoir, comme vous le savez, et je souhaite approfondir cette histoire. Il est toujours bon de détenir des informations capitales sur les hommes de pouvoir : cela évite l'émergence de tyrans.

Un nom. Il avait suffi d'un nom pour que, la nuit même qui avait suivi leur dispute à l'hôtel Tallien, il se décidât à changer d'avis.

Si c'était vrai, si un député de la Convention jadis soupçonné de fomenter un coup d'État monarchiste avait spolié une héritière noble de ses possessions, l'affaire pouvait faire du bruit. Et Gabriel ne pouvait résister à l'opportunité en or de dénicher une faille susceptible de faire tomber un homme tel que Cambacérès.

— Vous voyez, reprit-il sans la lâcher des yeux, je ne vous cache rien. À vous d'en faire autant.

Elle prit une grande inspiration et se pencha légèrement vers lui pour baisser encore la voix.

— Comme vous le savez, monsieur, vous êtes engagé pour m'aider à recouvrer mes biens.

— Les biens de votre famille, rectifia aussitôt Gabriel.

— C'est tout comme.

D'un regard hautain, elle le défiait de la contredire. Il s'en abstint pour l'instant. Plus vite cette conversation serait terminée, plus vite il pourrait rentrer chez lui.

— Bien. Quels sont les biens à recouvrer, exactement ?

— Il y a l'hôtel particulier de ma famille, rue des Francs-Bourgeois, ainsi que notre maison de campagne dans le Hurepoix.

— De l'or ? Des biens monnayables ?

— Tout ce que nous possédions a été volé, monsieur.

— Réquisitionné au nom de la République.

— De biens jolis mots pour couvrir ce qui n'est que du vol, pur et simple.

L'éclat furieux de son regard égaya Gabriel. Il n'aimait nullement tout ce qu'elle représentait… Et il avait bien du mal à discerner dans cette fille superficielle une survivante de la Terreur. De la fameuse prison des Carmes, de laquelle nul ne réchappait avant la chute de l'Incorruptible. Du moins, à ce qu'on disait.

Comment cette femme avait-elle pu réchapper de

justesse à la guillotine et devenir si frivole ? Ce mystère paraissait insoluble à Gabriel.

Avisant son minois discrètement maquillé et sa silhouette élégante, il fut soudain frappé par sa jeunesse. Lors de leur rencontre, il n'avait vu en elle qu'une intrigante et ne s'était donc pas arrêté à l'apparence qu'elle présentait, certainement le fruit de savants artifices. Mais ce soir, à la lueur des quelques chandelles qui brûlaient sur les meubles et projetaient un halo d'or sur Constance, il s'aperçut qu'elle était réellement jeune. Du moins, en âge ; Gabriel ne se serait pas risqué à parier sur son innocence.

Il fit un geste du bras pour montrer le couloir où ils se tenaient.

— Regardez autour de vous. Cet hôtel fut réquisitionné au marquis de Mondragon. Votre demeure est loin d'être la seule à avoir changé de mains durant la Terreur, et rien dans la loi ne prévoit un retour aux légitimes propriétaires – dont la légitimité n'était en fait reconnue que sous le roi Louis.

— Je suis la seule héritière de ma famille, répliqua Constance, d'une voix si ténue qu'il dut prêter l'oreille. Je me battrai pour faire valoir mes droits !

— Je dois vous avertir, avant toute chose, que vos origines familiales vous desservent. La lutte sera rude et je vais avoir besoin de solides appuis pour faire entendre votre voix.

Constance lui jeta un regard en coin.

— Permettez-moi de vous avertir également, monsieur Rocheran : je ne tolérerai aucun autre manquement aux règles sociales les plus élémentaires !

— Qui sont ?

— La politesse, monsieur. La galanterie. Un ton agréable en toutes circonstances.

— Je ne puis. Je suis souvent d'une humeur de chien, ce qui fait que je me trouve dans l'incapacité de vous garantir un ton agréable en toutes circonstances.

Elle sourit avec réticence. Gabriel n'y décela pas trace de tentative de séduction et se détendit notablement. En réalité, elle avait un don pour l'effrayer, avec ses airs de courtisane.

Pas question de me laisser piéger une nouvelle fois.

Un bruit de bas résonna dans l'escalier, et tous deux s'écartèrent brusquement tels deux conspirateurs pris sur le fait. Ou pire, deux amants interdits surpris en pleine étreinte.

Pourquoi diable cette pensée lui venait-elle ? Gabriel ne considérait plus les émois amoureux sous un autre angle que celui des inconvénients.

Ils virent arriver, les joues rouges comme des coquelicots, expirant comme un soufflet de forge, un jeune garçon qui les dépassa dans un claquement de souliers à semelle de bois.

— Le messager du directeur Barras, précisa Constance à son intention.

Gabriel retint un commentaire acerbe. En fait de messager, le jeune garçon en question n'était sans doute qu'un valet que Barras traînait probablement derrière lui pour rappeler à tous son statut supérieur. Il ne l'avait croisé qu'en de rares occasions, mais à chacune d'elles Gabriel avait été heurté par ses vêtements de prix couplés à un gigantesque chapeau à plume tricolore. Voir parader un homme qui avait voté la mort du roi en cape brodée et chapeau à plume, déguisé en souverain d'opéra, revêtait à ses yeux une dramatique ironie…

— Il arrive ! brailla le gamin d'une voix instable, en pleine mue. Il… Il avait oublié.

Des éclats de voix explosèrent dans le bureau du maire.

Une main légère se posa sur le bras de Gabriel, et il tressaillit à ce contact imprévu.

Constance retira sa main avec vivacité, ajoutant encore à sa confusion. Avait-elle ressenti cela, elle aussi ? Cette tension soudaine mêlée d'effervescence, comme si elle avait franchi là une étrange et invisible limite ?

— Bien, grommela Gabriel pour retrouver une contenance. Revoyons-nous à mon étude, rue Saint-Dominique. En mai.

Mieux valait passer pour malpoli que pour un puceau effarouché !

— En mai, réellement ? Et pourquoi pas aux calendes grecques ?

— Il se trouve que je travaille sur une affaire de la plus haute importance qui ne peut souffrir de retard. Lorsque tout sera terminé, j'ouvrirai votre dossier. Je préfère de loin reporter le début de notre affaire et pouvoir ensuite m'y consacrer pleinement ; je ne fais jamais les choses à moitié, mademoiselle d'Albert.

— Voilà au moins un trait de votre caractère qui me sied.

Il sourit, amusé. Si leurs rapports étaient toujours empreints de ce perpétuel affrontement, au moins il ne s'ennuierait pas.

— Je vais rassembler les textes de loi qui vous intéressent et je vous ferai un bilan de votre situation. D'ici là, si vous changez d'avis…

— Je ne changerai pas d'avis, monsieur.

Un étrange raclement résonna subitement à l'étage inférieur, suivi d'un énergique martellement de bottes.

Le général Bonaparte fit irruption sur le palier et, comme le gamin un peu plus tôt, dépassa Constance et Gabriel sans leur accorder d'attention.

— Je dois vous laisser, fit Constance. Vous me ferez parvenir la date précise du rendez-vous à votre étude.

Gabriel hocha la tête.

Du bureau du maire leur parvint la voix sèche de Bonaparte.

— Allons, mariez-nous ! Je suis pressé.

Constance se précipita dans un froissement de tissu, et Gabriel l'observa se précipiter pour ne point manquer une seule seconde d'une cérémonie aussi superficielle que dépourvue de sens.

Un folklore inutile, d'après lui. On pouvait certes conclure une union par calcul – pour quelle autre raison s'aliéner à un autre ? –, mais ces simagrées sociales l'ennuyaient. Surtout à présent que le divorce existait.

Il tourna les talons sans écouter les marmonnements du commissaire remplaçant le maire, pressé de se mettre au travail. Il laissait aux autres le loisir de convoler en justes noces. Il avait une double mission à remplir : réparer un tort commis sous la Terreur – un de plus – et faire le point de ses dossiers sur Jean-Jacques Régis de Cambacérès.

Chapitre 5

Des hirondelles dansaient sous le soleil printanier. Frêles, gaies et bavardes. Leurs voltes aériennes, véritable enchantement, emportaient l'âme.

Une main sur son chapeau de paille, Constance riait en les contemplant, admirative de leur liberté… Que n'aurait-elle donné pour déployer ses ailes, à son tour, et s'élancer dans l'immensité des cieux pour fuir loin de ces pierres froides.

Les hirondelles avaient disparu.

À la place, Constance fixait des barres noires lui interdisant un ciel encombré de noires nuées. Si seulement elle pouvait sortir… L'orage se déchaînait au-dehors, pourtant cet abri lui paraissait pire que le tonnerre !

Un grincement éclata, la poussant à couvrir ses oreilles de ses mains. Un craquement d'essieu.

Une clé dans la serrure, une silhouette sombre qui pointa un doigt sur elle.

L'éclat luisant d'une lame en biais qui s'abattit dans un vacarme infernal.

Du sang partout.

Des têtes, sur le sol. Celles de son père, de sa mère

et d'Antoinette, les yeux écarquillés de stupeur. On la poussa vers l'échafaud où l'attendait un homme au visage recouvert d'une cagoule noire.

Constance s'éveilla en hurlant.

Elle mit quelques secondes à calmer les battements effrénés de son cœur. Elle resta là, assise dans son lit, dans l'obscurité de la nuit, glacée de sueur dans sa robe de nuit. Les images de son cauchemar défilaient en boucle dans son esprit, lui arrachant de lourds sanglots.

Ces songes récurrents s'étaient pourtant espacés, ces derniers mois… Constance supposa que sa conversation avec Rocheran sur l'obstacle constitué par ses origines nobles avait fait resurgir ses anciennes peurs.

Calme-toi. Il n'y a plus d'exécutions sommaires. Les Carmes sont vides, ou presque ; la charrette n'accomplit plus de trajet quotidien.

La Terreur est terminée.

Constance inspira une grande goulée d'air et rabattit ses couvertures.

Ses pieds nus se meurtrirent sur le tapis un peu élimé – Joséphine louait la maison avec ses meubles, plutôt anciens –, elle saisit la chandelle sur sa table de chevet d'une main encore tremblante.

Elle s'exhorta au calme.

Ce n'était qu'un songe ! Un de plus. Les songes, contrairement aux hommes, ne peuvent rien te faire.

Accroupie sur le parquet froid, Constance pencha la bougie vers les braises de l'âtre. Lorsqu'elle obtint une belle flamme, elle revint bien vite à la sécurité de son lit…

Se ravisant, elle courut vérifier encore une fois que le loquet de la porte n'était pas tiré, dans les protestations sonores du vieux parquet ; puis elle se réfugia enfin sous ses couvertures.

Les paroles familières d'une prière qu'on lui faisait réciter enfant avant de se coucher lui revinrent spontanément aux lèvres. C'était Antoinette qui la lui avait apprise ; Constance se souvenait de la moue agacée de son aînée lorsqu'elle se trompait dans les paroles... Les mots roulèrent sur sa langue, la rassurèrent peu à peu. Elle se détendit, ferma les yeux et recommença sa prière encore une fois. Puis une autre.

Au bout de plusieurs récitations, Constance rouvrit les yeux. Apaisée. Ce maigre lien la relierait toujours à sa vie d'avant, à sa famille qui lui manquait tant.

Soudainement, la colère jaillit à nouveau. Un feu sans cesse renouvelé embrasa ses veines.

Jamais elle n'oublierait.

Jamais elle ne *pardonnerait.*

Il ne lui restait qu'à prier pour que cet avocat fruste, à l'abord glacial et aux manières exécrables, lui permette de parvenir à ses fins et d'obtenir réparation. Cela ne lui rendrait certes pas sa famille ni sa vie volée, mais...

Constance sentait qu'elle avait besoin que justice soit faite pour, peut-être, ne plus avoir de cauchemars un jour.

Si elle devait pour cela supporter cet horrible Gabriel Rocheran et affronter son mépris, alors elle le ferait. Malgré le courroux que son attitude suscitait en elle, et que Constance s'expliquait difficilement.

Bien sûr, elle exécrait les jacobins tels que lui ! Tristes

sires nostalgiques de la Terreur et des moissons de têtes au nom de cette République qu'ils ne cessaient de vanter. De véritables fauves, dissimulés le plus souvent sous des atours stricts, des cheveux courts et un malséant tutoiement, souvent assorti du qualificatif de citoyen ou citoyenne à tout bout de champ.

Rocheran correspondait presque en tout point à ce portrait ! Mis à part le tutoiement, fort heureusement. Sans doute ce dernier trait n'était-il pas usité au sein de sa profession, qui devait le mettre en contact avec des personnes puissantes, influentes. Réfractaires à cette vile familiarité, sans le moindre doute.

Réservait-il le même comportement indélicat à tous ses clients ? Voilà qui se révélait difficile à croire.

Une déplaisante pensée s'insinua dans l'esprit de Constance.

Et s'il ne me méprisait pas pour ce que je représente, mais pour ce que je suis, moi ?

L'éclat de glace de ses yeux perçants avait échoué à dissimuler totalement ce que Constance lui inspirait… Elle y avait lu de l'aversion. Un inébranlable dédain.

C'était bien la première fois qu'elle suscitait tant de répulsion chez un homme ! Cela l'inquiétait, la vexait et l'intimidait tout à la fois.

Au diable cet homme ! J'ai juste besoin qu'il travaille pour moi quelque temps, ensuite je ne le verrai plus de ma vie.

Pourquoi, alors, cette insatisfaction persistait-elle ? Pourquoi se rendait-elle malade de ce que pouvait penser ce grossier personnage ? C'était lui conférer trop d'importance.

Constance résolut à l'avenir de laisser son orgueil à la porte de l'étude de Me Rocheran.

Plus tôt dans la soirée, avant que Joséphine et Bonaparte se retirent dans leur chambre, son amie lui avait demandé ce qu'elle pensait de Rocheran et Constance n'avait pu éluder.

— Il paraît si distant que j'en suis désarmée, avait-elle avoué. J'ai le sentiment que rien de ce que je pourrais dire ou faire ne pourrait l'influencer. Rose, que feriez-vous face à un tel homme ?

La réponse l'avait plongée dans la perplexité.

— Ma foi, je ne pense pas que ce Rocheran soit un homme influençable, voilà tout. Il existe de tels hommes.

— Je n'en avais encore jamais rencontré... Il me fait penser à ce monstre de Robespierre, ou en tout cas aux portraits que j'ai entendus de lui.

— Ma chère enfant, avait répondu Joséphine, suivez ce conseil : n'essayez pas de jouer de vos charmes avec un homme qui se montre insensible ! Soit vos efforts ne mèneraient à rien, ce qui est déjà fort ennuyeux, mais de plus ils pourraient se retourner contre vous.

La panique envahit Constance comme elle comprenait qu'elle allait peut-être devoir abaisser ses barrières. Se montrer sans fard, en quelque sorte. Puisqu'il était inutile de tenter de séduire Rocheran, alors elle allait devoir changer de tactique.

Elle avait mis deux années à élaborer son personnage, afin que chacun voie en elle une simple jeune femme libre de son époque, bien décidée à profiter des plaisirs de la vie. Afin que nul ne se doute de la colère qui la consumait, ou de la soif de revanche qui la gardait éveillée la nuit…

C'était aussi une façon de se protéger de la violence du monde, de celle de ses concitoyens. Constance ne pourrait jamais oublier avec quel acharnement les gens de son milieu avaient été poursuivis, quelques années à peine en arrière. La plupart des membres de la vieille aristocratie des rois de France n'étaient plus là pour se défendre. Morts ou en exil. Et elle, petite Constance, ne savait que trop bien à quel point la vie ne tenait qu'à un fil.

En ces temps atroces, il était si facile de décoller une tête !

Certes, la guillotine avait pris un rythme très faible, depuis la mise en place du Directoire, mais méfiance était mère de sûreté.

Constance ne pouvait se résoudre à abaisser son masque de légèreté. Le simple fait de l'envisager lui donnait des sueurs froides.

Un long hurlement la fit sursauter et serrer sa couverture contre elle.

— Dieu du ciel, que se passe-t-il ?

Des imprécations en langue étrangère suivirent, accompagnées de paroles de réconfort. Constance reconnut la voix de Joséphine qui tentait de couvrir les vociférations de son nouveau mari et les jappements indignés de Fortuné.

— Voyons, ce n'est que le mollet… Assez, toi ! Fortuné, couché ! Lâche-le tout de suite. Et vous, cessez de hurler !

Elle sourit sous ses draps, amusée. Il n'était guère

étonnant que le carlin de son amie s'en soit pris à Bonaparte : il ne tolérait pas la concurrence ! Voir un homme prendre ses quartiers dans la chambre de sa maîtresse l'avait probablement mis dans une rage folle.

Voilà un modèle inspirant : même insignifiante, je ne compte point lâcher l'affaire contre mes voleurs, fussent-ils haut placés *au sein du Directoire. Persévérance et courage finiront par payer !*

Elle se rendormit paisiblement. Dans son esprit envahi par les brumes du sommeil, elle se visualisait sous forme de carlin, aboyant sans relâche contre le député Cambacérès et le directeur Barras.

Chapitre 6

21 floréal an IV – mardi 10 mai 1796
Deux mois plus tard

L'aube se levait à peine lorsque des poings affolés tambourinèrent la porte de Gabriel.

Il sauta de son lit, aussitôt sur le qui-vive.

Personne ne venait jamais chez lui, c'était plus sûr ainsi. Il vivait dans un petit appartement juste au-dessus de son étude, ce qui lui permettait de travailler tard sans courir le risque de traverser Paris de nuit.

— Qui est là ? héla-t-il tout en boutonnant sa chemise à la hâte.

— Germain, m'sieur ! Ouvrez vite !

Il s'exécuta aussitôt. Si Germain, son principal informateur dans la ville, l'éveillait aux aurores, c'est qu'il avait une bonne raison !

Le gamin des rues qui se tenait sur son perron leva vers lui des yeux paniqués.

— C'est votre ami, le…

— Tais-toi ! Entre vite et baisse le ton.

— Oui, m'sieur.

Gabriel servit au garçon un gobelet d'eau et lui laissa le temps de reprendre son souffle. Ensuite, il baissa la voix.

— Que s'est-il passé ? Parle sans élever la voix : les murs ont parfois des oreilles.

— Pour sûr, m'sieur ! Et je tiens à garder les miennes, ainsi qu'ma tête… C'est votre ami Babeuf.

Gabriel accusa le coup.

François Babeuf, qui se faisait appeler Gracchus par provocation, était dans la ligne de mire de la justice depuis quelques mois. Ses activités d'agitateur couplées à son dernier journal en date, *Le Tribun du Peuple*, le désignaient tout naturellement comme un ennemi du Directoire.

— Eh bien ? lança-t-il. Qu'a-t-il encore fait ?

— Il a été arrêté. Sa femme et ses enfants n'ont pas été inquiétés. Mais il est en prison, et à c'qu'on dit ils veulent prouver qu'il est derrière le… la… quelque chose des égaux.

La Conjuration des Égaux.

Gabriel connaissait bien les frasques de son idéaliste ami d'enfance qui l'avait entraîné, il fut un temps, dans ses activités illégales. Pétitions, réunions publiques, journaux politiques… Gabriel avait participé à cette vie aventureuse, tout en évitant la prison – à la différence de Gracchus. Ce petit chanceux avait réussi à échapper à la lame de la guillotine, mais pas à de récurrents séjours au cachot !

C'était avant que Gabriel ne réalise que la nécessaire évolution des choses exigeait des actes plus éclatants, et qu'il n'accepte l'offre d'emploi d'un certain député de l'Aisne à la chevelure resplendissante… Il avait travaillé pour lui durant quelques mois, avant de comprendre l'inutilité de la violence et de se retrancher dans une vie plus calme.

Cette fois, avec cette Conjuration des Égaux, Babeuf allait trop loin. Prôner les valeurs de la Révolution, soit. Vouloir rétablir la Constitution de l'An I, pourquoi pas ? Mais prétendre parvenir à l'égalité parfaite entre les peuples par la collectivisation des terres et des biens constituait, pour Gabriel, une perte de temps. Un projet utopique sans réelle consistance.

Il fouilla dans sa poche, en tira un décime de bronze. C'était fort peu, mais en ces temps la moindre piécette sonnante et trébuchante avalait bien plus qu'une pleine poignée d'assignats.

L'enfant l'attrapa au vol.

Gabriel savait que le petit Germain utiliserait cette pièce pour s'offrir à manger ainsi qu'à sa mère et ses frères et sœurs : il ne voulait donc pas le payer d'une monnaie qui, en dehors de certaines transactions, ne valait rien.

— Tu vas porter un message. Attends ici.

Gabriel saisit une feuille en partie couverte de ratures, qu'il déchira, puis ouvrit son encrier.

— Porte ce mot sans attendre au 4 rue de la Harpe, dans le Quartier latin.

— Oui, m'sieur.

La plume courait sur le papier.

— Si mon destinataire n'est pas chez lui, poursuivit Gabriel, repars avec le message. Ne le laisse à personne d'autre que lui, tu m'as compris ? Il s'agit d'un avocat, comme moi, grand, à la chevelure blanche. Il porte des lunettes. Il a une voix de basse. Tu te souviendras de tout ?

— Pour sûr, m'sieur ! J'ai d'la cervelle.

— C'est bien pour cela que tu m'es si utile, sourit Gabriel en appliquant son sceau sur la flaque de cire chaude qu'il venait de laisser couler sur le parchemin plié.

Le gamin prit le mot et disparut dans le couloir.

Gabriel referma la porte et se retourna vers son modeste logis. Il fit quelques pas, mains croisées dans le dos, réfléchissant à toute allure.

Cette fois, Babeuf allait avoir de sérieux ennuis. S'il daignait prêter attention aux sages conseils que Gabriel lui avait envoyés, via l'un de ses confrères qui était aussi en lien avec l'agitateur, au moins pourrait-il se défendre convenablement… C'était tout ce que Gabriel pouvait faire pour lui. Il se refusait à prendre plus de risques.

Il n'ignorait pas que, si la justice commençait à s'intéresser à la Conjuration des Égaux, sa propre vie ne tiendrait qu'à un fil. Il était des bribes de son passé qui devaient absolument rester dans l'ombre.

Chapitre 7

22 floréal an IV – mercredi 11 mai 1796

L'étude de Me Rocheran était à son image. Sombre, dépouillée, dénuée de toute originalité.

— Fermez la porte, voulez-vous ?

Constance fit signe à François, qui l'accompagnait pour conduire le demi-fortune, de s'exécuter. Il ne lui serait jamais venu à l'idée de se rendre seule chez un homme, sans chaperon. Il eût mieux valu une dame de compagnie qu'un solide valet, mais il fallait se contenter de ce que l'on avait.

Certes, les temps avaient changé et l'innocence des jeunes filles avait été aussi dévaluée que les assignats… Mais Constance ne parvenait pas à déroger à certaines traditions. Elle soupçonnait d'ailleurs que le succès qu'elle rencontrait auprès des hommes venait pour partie de la légère teinte aristocratique dont elle ne pouvait se départir dans son attitude, sa démarche, sa diction. Cela éveillait la nostalgie chez certains, l'envie chez d'autres…

Chez Me Rocheran, en revanche, cela n'éveillait que

du dédain. Elle ne craignait donc pas de le séduire par inadvertance !

Constance fit quelques pas dans la pièce, affichant ostensiblement sa désapprobation.

— Est-ce ainsi que travaille un avocat, maître ? Dans le dénuement le plus complet ?

Il émit un bref ricanement en lui faisant signe de s'asseoir face à son bureau. Et… il se rassit lui-même sans l'attendre.

Le goujat !

Il n'avait vraiment aucune éducation. Une petite voix glissa à Constance qu'elle s'était montrée impolie la première, mais elle la fit taire bien vite.

Rocheran lui répondit d'une voix posée.

— Ce que vous appelez dénuement, mademoiselle, n'est autre que sobriété. J'aime que mon espace de travail soit dégagé.

— C'est tout à votre honneur.

Il lui jeta un regard d'avertissement, comme pour prévenir de sa part toute tentative de conversation futile. Cet homme était bien triste… Ennuyeux au possible.

Il entra immédiatement dans le vif du sujet, lui parla textes de lois, précédents juridiques et procédures légales. Il parlait vite, comme pour se débarrasser d'une corvée. Ou bien la pensait-il inapte à comprendre son propos ?

— Ainsi, le coupa-t-elle à dessein, vous préconisez donc une recherche dans la jurisprudence plutôt que dans la loi elle-même ?

Constance jubila devant l'expression interdite de l'avocat. Qu'il ne s'avise pas de la prendre pour une sotte…

Il hocha la tête sans la quitter des yeux.

— C'est tout à fait cela. Comprenez-vous pourquoi ?

— Parfaitement. La loi elle-même n'est pas strictement appliquée en tous les domaines et ne se suffit point pour régler des problèmes complexes comme le mien. La jurisprudence, composée de précédents réels, constitue une base bien plus fiable sur laquelle prendre appui. Est-ce bien cela, maître ?

Elle avait volontairement appuyé sur le dernier mot, plus par jeu que par pure provocation. Rocheran sembla le comprendre car un demi-sourire éclaira fugitivement ses traits. Oh ! il disparut bien vite ! Mais pendant cette brève seconde, Constance regretta que son habituelle mine austère dissimule si bien le charme de son sourire franc.

— Reprenons, voulez-vous ? fit-il en se raclant la gorge, sans doute gêné de cet accès de faiblesse qui l'avait rendu humain l'espace d'une seconde. Ceci établi, nous allons donc rechercher de précédentes situations similaires à la vôtre ; ce sera ardu, car beaucoup d'archives ont été détruites.

— Je l'ignorais… Quel dommage. J'imagine que cela va occasionner de nombreux problèmes administratifs à l'avenir ; pas seulement pour mon cas.

— Vous imaginez bien, mademoiselle. Bref. Je me charge de cette partie et vous tiendrai au courant de mes avancées.

Il s'adossa à son fauteuil, se frotta le menton d'un doigt concentré.

Était-il si séduisant, la première fois que je l'ai croisé ?

Outre sa haute taille et ses yeux clairs, force était

de constater que Gabriel Rocheran possédait d'autres atouts. Constance remarquait à peine maintenant son nez droit, ses épaules solides, ses grandes mains aux doigts déliés et aux ongles nets.

Pour un peu, il aurait pu être charmant.

— Autre chose, poursuivit-il sans se douter – fort heureusement – de la teneur de ses pensées. J'ai mené ma petite enquête, et il semble que votre information concernant le Citoyen Cambacérès soit exacte.

— Ah ! c'est donc lui qui a dérobé mon héritage !

— Vos biens immobiliers ont été confisqués au nom de la Convention et sont désormais Biens de la Nation.

Devant son froncement de sourcils, Rocheran s'expliqua.

— En vertu de la Loi des suspects votée le 17 septembre 1793, les biens de la Couronne, de l'Église et certaines propriétés de nobles déchus ont été confisqués au profit de la République. Cette loi fut abrogée en vendémiaire de l'an IV[1]. Dans ce cas précis, il semble que le député Cambacérès ait confisqué votre bien à titre personnel. Peut-être est-ce un acte récurrent… Je dois me renseigner à ce sujet.

— C'est scandaleux !

— Je conçois votre point de vue.

— Oh ! vraiment ?

— Vraiment. Je puis vous l'assurer. Veuillez restaurer votre calme, mademoiselle : nous sommes là pour trouver un moyen de vous rendre vos droits d'héritière.

Constance se tut, le cœur battant violemment contre ses côtes. Elle décida de se fier au regard dur mais droit

1. Octobre 1795.

de Gabriel Rocheran. Elle s'y agrippa, délaissant tout le reste. Plus rien d'autre ne comptait que la promesse muette qu'il semblait lui faire : il l'aiderait.

Rassurée malgré ses réticences envers lui, Constance lui fit signe de poursuivre.

Rocheran évoqua les difficultés à prévoir en s'attaquant à un député aussi puissant que Cambacérès, insista sur la prudence de mise dans une telle entreprise.

— Vous devez le rencontrer, conclut Constance.

L'avocat grimaça.

— J'hésite… S'il se sent attaqué, notre adversaire lancera sur nous des armées juridiques. Vous devez vous préparer à cela, mademoiselle d'Albert… C'est une sorte de déclaration de guerre.

Constance serra les poings, releva le menton.

— J'y suis prête, monsieur. Pour une fois, je verrai mon ennemi dans les yeux, sans attendre passivement que des inconnus décident de mon sort.

Les prunelles claires de Rocheran accrochèrent encore une fois les siennes. Indéchiffrables. Constance s'appliqua à respirer calmement pour montrer sa résolution, ce qui eut l'effet escompté.

Rocheran approuva.

— Bien.

— Rencontrerez-vous le député Cambacérès ?

— Je le rencontrerai, oui. Je vous ferai porter un message lorsque j'aurai du nouveau ; logez-vous toujours rue Chantereine ?

Constance hocha la tête.

Bonaparte était parti la veille pour l'Italie, après une lune de miel éclair. Joséphine devait le rejoindre d'ici peu, cependant elle avait promis que Constance pourrait continuer à occuper la maison – si elle acceptait de veiller sur Fortuné. Ce mignon petit chien étant doté d'un effroyable caractère qui s'accordait parfaitement au sien, Constance était ravie.

— Je ne compte point changer d'adresse, vous pouvez m'y joindre jour et nuit.

Bonté divine !

La lune de miel de son amie influait sur ses pensées ! Pourquoi songeait-elle à présent à l'intimité passionnée des jeunes mariés ? Pourquoi avait-elle prononcé ces mots à double sens ? Double sens qui n'avait certainement pas échappé à l'avocat, lequel leva les yeux de ses papiers.

— Si vous recevez un message de ma part, ce sera de jour. Toute autre missive ne serait pas de moi, est-ce clair ?

Comme de l'eau de roche.

Constance dut prendre sur elle pour acquiescer aimablement tout en affichant un sourire de façade, comme si elle ne venait pas de recevoir une rebuffade. Une de plus.

Les joues en feu, elle se leva, salua avec grâce et précéda François dans l'escalier branlant menant à la sortie de cet immeuble aux murs effrités.

Durant le trajet de retour, affalée contre le dossier du demi-fortune, elle s'efforça d'oublier cet incident sans importance ; ou du moins, elle tenta de se persuader de son insignifiance.

Rocheran n'est qu'un grossier personnage, mais j'ai besoin de lui. C'est une relation professionnelle qui ne doit en aucune manière m'affecter.

De toute façon, rien ne devait l'affecter. Pas même une relation… personnelle. Joséphine l'avait mise en garde pas plus tard que la veille, après le départ de son jeune époux : elle devait se trouver un mari, un protecteur, sans pour autant se permettre d'ouvrir son cœur.

« Quoi qu'il arrive, entraînez-vous à ne rien ressentir. À ne laisser parler que votre esprit et votre raisonnement. »

Telles avaient été ses paroles. Suivies d'autres, tout aussi déroutantes.

« Dieu nous garde des sentiments, Constance ! Ils mènent à notre perte aussi sûrement que ce brave Fortuné bave sur toute robe laissée à sa portée. Si un jour vous commencez à trop apprécier un homme, de grâce, abandonnez votre approche… On ne peut aimer qu'une fois mariée, et quelqu'un d'autre que son époux de préférence. Gardez-vous de conclure une alliance infructueuse ou bien fondée sur les caprices du cœur. »

Constance n'avait encore jamais songé à l'amour, lorsqu'elle envisageait son avenir… À la sortie des Carmes, elle s'était nourrie de son envie de revanche pour trouver la force de survivre, jour après jour.

Pourquoi Joséphine lui parlait-elle d'amour maintenant ?

Comme si j'avais besoin de cela !

Constance avait fait de la séduction son alliée. Ce n'était pas pour autant qu'elle caressait le projet d'épouser quelqu'un dans un avenir proche : cela revenait presque à se prendre à son propre piège.

Tandis que les cahots la secouaient sur la banquette et que les sabots du cheval claquaient sur les pavés en couvrant les sempiternelles clameurs des Parisiens, elle se remémora le sourire volé à Gabriel Rocheran et regretta qu'il soit si… jacobin. Elle n'aurait pas dédaigné lui accorder une danse ou même un baiser.

Comment ce satané petit avocat pouvait-il être à la fois si glacial, si malotru et si bel homme ?

Chapitre 8

27 floréal an IV – lundi 16 mai 1796

Le salon dans lequel on fit patienter Gabriel était meublé avec soin et respirait une richesse que l'on avait rendue ostentatoire. Chandeliers, tapis, fauteuils en tapisserie… Tout ce luxe oppressait Gabriel, qui avait préféré se tourner vers les hautes fenêtres qui donnaient sur de magnifiques jardins à la française.

Reliquat d'un autre temps, ou préfiguration de voltes à venir ?

Un frisson parcourut Gabriel. Il redoutait par-dessus tout une nouvelle offensive des partisans royalistes. Un retour à la monarchie. Que les valeurs de la Révolution soient définitivement enterrées, le glas de ses idéaux sonné par quelques ambitieux tout prêts à s'entre-déchirer pour se partager un pouvoir encore précaire.

— Suis-moi, citoyen.

Gabriel sentit son dos se raidir. Il se détourna de la fenêtre et marcha résolument vers une entrevue qui allait sceller le destin de sa cliente.

Le secrétaire, un jeune homme obséquieux au dos

perpétuellement courbé sous la servilité, introduisit le visiteur dans une antichambre richement décorée de portraits divers, puis dans un bureau surchargé de dorures.

Or sur les murs.

Or sur les cadres.

Or sur l'horloge de bureau.

Or sur le sous-main en cuir.

Le regard de l'homme qui l'accueillit, en revanche, n'avait rien de princier. Sous des sourcils noirs et broussailleux, deux prunelles noires se posèrent sur Gabriel avec suspicion.

— Il paraît que tu souhaites me parler d'une affaire urgente ?

— Oui, citoyen député.

— Assieds-toi. Tu es avocat, c'est cela ?

Gabriel acquiesça en prenant place face à cet homme étrange dont la perruque poudrée, tout droit tirée de l'ancienne monarchie, côtoyait la cocarde tricolore épinglée à sa veste d'un rouge criard. Il le tutoyait de façon extrêmement naturelle, et non de cet air pincé qui trahissait toujours l'interlocuteur choqué de ces manières républicaines… Et pourtant, il courait sur le député Cambacérès de bien déplaisantes rumeurs. Rumeurs qu'il était toujours parvenu à faire taire, évitant le scandale… Qu'il s'agisse de son goût pour les jeunes garçons de bonne prestance ou d'autres secrets encore mieux gardés.

— En quoi puis-je t'être utile ? s'enquit-il, un discret accent du sud de la France perçant sous ses inflexions parisiennes.

Gabriel débita le discours qu'il avait maintes fois répété dans sa tête. Il présenta sa cliente, la situation toute délicate dans laquelle elle se trouvait, en tâchant de ne pas trop se focaliser sur sa chevelure de feu toujours ensauvagée et son odeur de rose.

Peste !

À quel moment avait-il remarqué qu'elle se parfumait à l'eau de rose ?

Cambacérès, qui lui prêtait semblait-il une oreille attentive, l'interrompit soudain.

— Je vois, maître Rocheran. Je comprends la situation… exceptionnelle de ta cliente, et je conçois avec toi tout ce que cela peut avoir de déplaisant. Malheureusement, il m'est impossible de répondre favorablement à ta requête.

— Je ne l'ai pourtant pas encore formulée, citoyen député.

— Vraiment ? Tu n'es donc pas ici pour obtenir de moi que je rende ses biens à cette femme ?

— Si fait, citoyen député. Je formulerais néanmoins les choses ainsi : les propriétés en question n'appartenant pas à la Convention mais à vous-même, il s'agit d'une confiscation personnelle.

— Doucement, citoyen ! Je n'aime pas ta façon de présenter les choses…

— Ne possédez-vous point ces deux maisons en votre nom propre ?

Cambacérès hocha la tête, d'un geste clair et franc. Il ne se dissimulait pas derrière de faux-semblants. Pourquoi l'aurait-il fait ? Il était parmi les quelques hommes puissants qui régnaient sur Paris. Rien ne pouvait l'effrayer, et sans doute pas un petit avocat trop zélé flanqué d'une aristocrate déchue de dix-neuf ans…

Gabriel songea au passé trouble du député, aux accusations de complots qui avaient pesé sur lui. L'homme, qui avait défendu le roi Louis lors de son procès en tentant de lui sauver la vie, s'était ensuite rétracté en réclamant sa mort sous vingt-quatre heures. Il était à l'origine de la Loi des suspects qui avait spolié la jeune d'Albret comme des centaines d'autres nobles. Mais six mois plus tôt, il avait été soupçonné d'avoir trempé dans un complot royaliste… Bien audacieux aurait été celui voulant cerner les véritables idées du député Cambacérès !

C'était là une inconstance que Gabriel ne tolérait pas. Lui-même ne sacrifiait rien à ses idéaux.

— Ma cliente étant une héritière seule et dépossédée de ses biens, reprit-il, l'affaire pourrait faire grand bruit si elle parvenait devant un tribunal.

Sa tactique était risquée. On ne menaçait pas impunément un homme aussi puissant… Pourtant, tout colosse avait ses failles et celles de son adversaire se situaient dans sa réputation.

— Par chance, répondit le député, elle ne se présentera point devant un tribunal.

— Pourquoi pas ?

— Eh bien, citoyen, parce que je pense que tu ne souhaites pas voir évoquer devant des juges certaines de tes fréquentations.

Sonné, Gabriel se demanda s'il avait bien entendu. Son interlocuteur venait de le menacer de la plus sûre des manières, sans se départir de son expression sereine.

Comme s'il s'adonnait régulièrement à cette pratique et montrait là le fruit d'une grande habitude…

Gabriel se reprit rapidement.

— Je n'ai aucune mauvaise fréquentation, citoyen député.

— Certes ! Mais qui n'en a jamais eu par le passé ?

Cette fois, une traîtresse goutte de sueur perla au front de Gabriel.

*Foutredieu ! Comment peut-*il savoir ?

Enterrer son passé était devenu une seconde nature chez Gabriel, qui était parvenu à force de travail à se forger une place parmi les hommes de loi de la capitale. Une nouvelle existence, en somme.

Sauf que sous les cendres de son ancienne vie couvaient encore des braises, et qu'il suffisait d'un soufflet pour les raviver.

Il déglutit.

— Vous avez raison, citoyen député. Qui n'en a pas, en effet ?

— Nous sommes donc d'accord ? Tu abandonnes cette affaire ?

Cambacérès leva un sourcil, frotta d'une main légère son épais menton en galoche parfaitement rasé. Son regard s'était fait… différent. Plus réellement attentif mais impliqué d'une certaine façon. Il glissa sur Gabriel, ce qui accentua son malaise, puis le député haussa les épaules.

— Crois-moi, s'il m'était possible de te faire cette faveur, je n'hésiterais pas.

— Ce n'est pas à moi que vous devriez la faire, c'est à Constance d'Albert.

Il balaya l'air d'un revers de main.

— Je suis navré de devoir te refuser cette requête, conclut-il en se levant. Crois bien que je regrette le sort de cette pauvre femme, mais que veux-tu ? Je ne fais point la loi ! Ces deux bâtiments sont désormais propriétés de la nation et du peuple français.

C'est faux, et tu le sais. Tu as mis la main dessus personnellement, sans doute juste parce que cet hôtel particulier te plaisait, et à présent tu ne peux les rendre sans perdre la face. Sans attirer sur toi l'attention.

Voilà ce que Gabriel lui aurait dit, s'il avait pu.

Il se leva à son tour. Il s'était attendu à un refus. Son intention, en visitant le député, était surtout de jauger son adversaire tout en guettant la moindre information utile.

— Ces demeures ont-elles été vendues ?

— Pas encore, non. Tant de dossiers ont pris du retard…

— Le seront-elles prochainement ?

— Je l'ignore. Ta cliente compte-t-elle les racheter ?

Certainement pas. Elle n'en avait pas les moyens, Gabriel le savait : Constance logeait chez Joséphine, qui l'entretenait depuis près de deux années comme un membre de sa famille. Le seul moyen pour elle de récupérer ses biens était de saisir la justice. Et puis, il n'osait imaginer quelle serait son indignation à la pensée de devoir racheter son propre héritage aux bourreaux de ses parents !

Il secoua la tête sans trahir la moindre de ses pensées.

— Dans ce cas, citoyen… Passe une bonne journée.

— Le bon jour à toi aussi, citoyen député.

Gabriel retrouva avec joie l'air libre et les trottoirs de Paris – même souillés de détritus et empestant l'urine. Il déambula entre les passants, soucieux. Ce n'était pas un simple refus qu'il venait d'essuyer : il avait eu la sensation de se heurter à un mur.

Cambacérès ne céderait pas.

Pire : il l'avait clairement menacé, ce qui signifiait qu'il ne reculerait devant aucune fourberie pour remporter la partie.

Gabriel songea que cette entrevue lui avait au moins appris une chose : le député redoutait le scandale et ferait tout pour l'éviter. Restait à trouver le moyen de faire pression sur lui.

Gabriel serra les dents.

En le menaçant de la sorte, Cambacérès venait de ranimer son instinct de combat : il allait se battre ! Contre les puissants, contre l'impunité. Contre un homme qui en savait trop sur lui.

Et, pour commencer, il allait chercher des failles dans la procédure de confiscation de l'hôtel particulier du père de Constance d'Albert.

Chapitre 9

28 floréal an IV – mardi 17 mai 1796

Les pas de Gabriel claquaient sur les pavés mouillés. Il y avait fort peu de passants, non seulement en raison de la fine pluie qui trempait ses cheveux et s'insinuait dans son cou, sous les plis serrés de sa cravate blanche, mais aussi à cause de l'heure tardive.

Il avait passé toute l'après-midi à courir aux quatre coins de Paris, à interroger des contacts au sujet de la vie privée de Cambacérès, de ses habitudes, de ses propriétés. Il voulait comprendre pourquoi le député s'accrochait si fort à l'hôtel d'Albert, qui n'avait pourtant pas une immense valeur et dont il ne faisait rien, de toute façon. Il lui semblait y avoir là un mystère à éclaircir... À présent, il avait rendez-vous avec Constance et prévoyait de lui faire un compte rendu de son entrevue de la veille avec le député.

Une porte claqua dans son dos, des éclats de voix l'assaillirent avant de s'évanouir dans la nuit.

Gabriel obliqua dans une rue plus étroite. Elle était

déserte. Obscure, car dépourvue de réverbères ou de flambeaux.

Il pressa le pas, soudain inquiet. Les rues de Paris n'étaient pas sûres la nuit, encore moins lorsqu'on s'éloignait des boulevards et avenues bien éclairés et assez fréquentés jusqu'aux premières lueurs du matin.

Dans sa ceinture se trouvait une dague qui ne le quittait jamais. Une dague bien particulière, que Babeuf lui avait donnée à leur arrivée à Paris afin qu'il puisse se défendre. Sa présence apaisait toujours Gabriel, tout en lui remémorant certaines scènes qu'il aurait préféré oublier… Un jour de l'année 1793, en protégeant Babeuf d'un mouvement de foule après l'une de ses harangues révolutionnaires, Gabriel avait croisé la route d'un homme grand et mince aux lumineuses boucles. Un homme qui avait changé son destin en lui proposant un travail.

Cet homme était Saint-Just.

Gabriel s'était donc progressivement éloigné de Babeuf et de sa clique pour accomplir de courtes missions pour Saint-Just. Il avait porté des messages pour lui, escorté des hommes, parlé à d'autres. Rien de si terrible.

Pourtant…

Tout s'était terminé dans le sang et l'horreur.

Il revit le regard. Ce terrible regard plein de résignation qui le hantait encore… Des voix enflèrent dans sa mémoire. Comme à chaque fois qu'il revivait ces terribles instants.

Allons enfants de la patrie,

Le jour de gloire est arrivé…

Ses doigts serrèrent plus fort encore la garde de sa

dague, et Gabriel se demanda s'il aurait seulement été possible que les choses se passent différemment. Probablement que non. On ne luttait pas contre le Destin, et celui de la Révolution était de s'achever en bain de sang. Traîtres comme hommes de bien, tous ou presque avaient terminé leurs jours sous le couteau de la guillotine.

Les députés girondins Vergniaud et Hébert répétaient que la Révolution était un monstre, tel Saturne, qui n'avait de cesse de dévorer ses enfants ; Saint-Just avait rectifié dans l'un de ses discours en précisant qu'il ne dévorait que ses ennemis et les ennemis de la République…

Quoi qu'il en soit, des années après l'exécution publique de tous ces députés de factions opposées, Gabriel était forcé de constater que les Girondins avaient vu juste.

De tous ces hommes qui s'étaient entre-déchirés jusqu'à la mort au nom de leurs principes, il ne restait personne aujourd'hui pour défendre les intérêts du peuple.

Les enfants sont tous dévorés et Saturne, la panse pleine, s'est rendormi pour les prochains siècles.

Perdu dans ces sombres pensées, Gabriel ne remarqua pas de suite les bruits de pas qui le suivaient.

Un coup le heurta soudain à la tête.

Il se retourna, dague au clair, prêt à faire face à des détrousseurs. Sans doute de pauvres hères qui n'avaient que le choix de voler pour survivre, et…

Il ne s'attendait pas à se trouver devant quatre hommes à la carrure impressionnante.

Ils s'avancèrent pour l'encercler. Gabriel tenta de

s'enfuir, mais l'un des hommes brandit un gourdin et un instant plus tard, il recevait un coup dans les jambes qui le fit chuter.

Il se releva promptement. Dans les ténèbres, Gabriel n'aperçut d'eux que leurs silhouettes étranges, déformées par un surprenant empilement de vêtements. Des chapeaux aux contours extravagants, de longs manteaux flottants, l'éclat d'un anneau d'or à l'oreille…

Des muscadins.

L'un d'eux l'interpella dans une gouaille insolite, suivant cette mode qui consistait à ne pas prononcer les « r ».

— Où crois-tu aller, merde de jacobin ?

— Que voulez-vous ? Je n'ai pas d'argent.

— Garde ton blé. Nous en avons plus que toi, charognard !

Ils s'exprimaient de façon déroutante, d'une voix hautaine mais avec un argot de rue.

— Alors que voulez-vous ?

— Ce que nous voulons, de toute façon, nous allons le prendre.

D'autres armes firent leur apparition, gourdins et couteaux…

Le sang de Gabriel se figea.

*Si je n'agis pas, bientôt je rejoindrai Saint-*Just et tous les autres. Nous pourrons même débattre de leur métaphore avec Vergniaud et *Hébert…*

Lui apparut alors le doux visage de Constance, capable de se muer en masque hautain en une seconde.

Cette vision fut comme un coup de fouet pour Gabriel.

Il n'était pas question qu'il se laisse assassiner en

pleine rue ! Quelque chose lui disait que Constance ne le lui pardonnerait jamais.

Gabriel rusa. Il fit mine de s'élancer sur sa gauche, roula sur sa droite et attaqua l'homme le plus proche de lui, qui hurla en recevant une estafilade au visage.

— Crevez-le ! cria un autre. Il ne doit pas se tirer !

Gabriel se battit de son mieux. Hélas, ses adversaires étaient trop nombreux et trop forts… Un coup de gourdin lui écrasa la main : il lâcha sa dague.

Alors ce fut un déluge de coups.

Roulé en boule, Gabriel encaissa de ses avant-bras, indifférent à la brûlure des lames transperçant son veston.

Enfin, il parvint à tendre un bras pour récupérer sa dague. Il écopa d'un coup de pied dans la mâchoire mais parvint à empoigner une jambe.

Il enfonça sa dague dans le mollet à bas de soie. Impitoyablement, il trancha dans la chair.

Un cri, et l'homme s'effondra.

Les autres reculèrent sous l'effet de la surprise.

En posture de combat, Gabriel ne réfléchissait plus. Il n'éprouvait plus ni tristesse ni nostalgie. La frontière entre réalité et souvenirs s'était estompée au point qu'il lui sembla soudain avoir rêvé ces dernières années…

La Révolution n'était pas terminée.

Il était à nouveau le jeune Gabriel fraîchement arrivé à Paris pour faire progresser ses idées républicaines et œuvrer au bien commun… Il était le compagnon d'aventure de Babeuf, l'homme de confiance de Saint-Just.

Il était tout cela, à nouveau. Et bien plus encore : il était aussi le protecteur de Constance. Il était prêt à se battre jusqu'à la mort.

L'un des trois hommes se jeta sur lui.

D'une habile torsion des hanches, Gabriel l'esquiva.

Il y eut un instant de confusion, des cris, des empoignades… Gabriel se défendit comme un diable et, soudain, des volets claquèrent au-dessus de leurs têtes.

— C'est quoi donc ?

Gabriel profita de cette diversion pour planter son arme dans le ventre de l'un de ses agresseurs. Sans pitié aucune. À la fenêtre, des hurlements explosèrent.

— À l'assassin ! Aux armes : on assassine !

Les trois voyous encore debout s'enfuirent sans demander leur reste, laissant leur compagnon agoniser sur les pavés.

Gabriel n'eut pas le loisir de l'interroger car des voisins se précipitaient, brandissant des armes de fortune… Il savait qu'en pareil cas personne ne l'écouterait : on le tuerait sur place pour avoir occis un homme.

Ce qui était probablement vrai, à voir la façon dont le pauvre bougre se vidait de son sang – et de ses entrailles – à ses pieds.

La gorge nouée, Gabriel prit la fuite malgré ses douleurs multiples et une jambe boiteuse.

Les élancements fouillaient ses entrailles de plus en plus vivement, et sa tête pulsait de désagréable façon. Il ne pensait pas être gravement atteint, cependant… un soudain vertige lui fit perdre l'équilibre et il s'étala dans une flaque nauséabonde.

Il se redressa, secoua la tête pour reprendre ses esprits.

La pluie délayait le sang qui maculait sa chemise. Le sien ? Probablement pas.

Il se traîna tant bien que mal jusqu'à la rue Chantereine. Il devait avertir Constance du danger… Il le devait !

Gabriel eut la force d'actionner le heurtoir de fer, puis ses jambes cédèrent, il se cogna la tête sur le seuil et sentit les ténèbres l'engloutir.

Chapitre 10

— Qu'est-ce donc que ce raffut ? grommela Constance.

Un bougeoir à la main, elle quitta sa chambre. La nuit était tombée et, avec cette pluie, on n'y voyait goutte sans chandelle. Joséphine était sortie, laissant tout loisir à Constance de recevoir son avocat afin de parler affaires.

J'espère qu'elle s'est bien couverte ! Il ne fait guère chaud.

Lorsqu'elle parvint dans le hall d'entrée où François, cocher et portier, se précipitait déjà, Constance songea à Gabriel.

Il était en retard. En réalité, elle ne l'attendait plus ; était-ce possible qu'il s'agisse de lui ? Avait-il été retardé par quelque affaire urgente ou par le déluge qui s'abattait sur Paris ? La pluie avait forci, au-dehors.

François ouvrit la porte, et Constance poussa un cri étranglé.

Son avocat, la tête en sang, gisait sur le pavé.

Inconscient.

Seigneur ! Est-il…

Elle bouscula François pour s'accroupir près du blessé.

Ses mains fébriles tirèrent un peu sur sa cravate rougie pour se glisser dans la chaleur de son cou.

— Il respire, Dieu merci…

— Ma… Mademoiselle, bégaya François. Vous connaissez cet homme ?

— Il s'agit de Gabriel Rocheran, mon avocat. Nous devions nous entretenir de mon affaire, mais il était en retard… Oh ! que s'est-il donc passé ?

Ses doigts quittèrent le cou de Gabriel pour explorer son visage, son torse, en quête d'une trace de blessure. Il y avait du sang un peu partout.

— Par tous les saints ! Oh ! mon Dieu !

François s'approcha pour se pencher par-dessus son épaule.

— Il aura eu un accident, pour sûr. Que… Que dois-je faire ?

— Emporte-le dans le salon, bien sûr ! Nous n'allons tout de même pas l'abandonner ici !

Elle aida François à caler le grand corps de Gabriel dans ses bras robustes, puis vérifia qu'il n'avait rien laissé tomber dans la rue et les suivit tous deux dans le salon.

— Allonge-le sur ce sofa, ordonna-t-elle au domestique. Cale un oreiller sous sa tête. Là, c'est bien. Envoie chercher le docteur de Joséphine, qu'il vienne sur-le-champ ! Dis-lui que c'est une question de vie ou de mort.

— Oui, mademoiselle.

Une fois seule avec Gabriel, Constance remarqua qu'elle se tordait douloureusement les mains et s'obligea à dénouer ses doigts.

L'angoisse la tenaillait.

Étendu de tout son long sur le sofa de Joséphine,

Gabriel ressemblait à un gisant du Moyen Âge. Un chevalier des temps anciens, héroïquement tombé au combat.

Constance fit un pas en avant, impressionnée. Le visage de Gabriel commençait à enfler là où il avait reçu des coups. Le souffle du jeune homme était si ténu qu'elle préféra vérifier encore qu'il respirait bel et bien.

Ses doigts s'attardèrent plus que de raison sur sa gorge, cherchant une blessure. Sur sa peau, qu'il avait fort douce au demeurant, le sang commençait à sécher. Selon toute vraisemblance, il avait coulé de sa tempe.

Constance remonta la piste sanglante, écarta avec délicatesse ses cheveux courts et ne tarda pas à trouver une boursouflure poisseuse.

Seigneur ! Il a presque eu le crâne ouvert.

Elle déglutit avec peine. Ses mains quittèrent la blessure pour couler sur les joues parfaitement rasées, à peine rugueuses, qu'elle caressa délicatement. Il paraissait si vulnérable ! Le teint blême, les yeux creusés de cernes… Et ces hématomes si sombres, ce sang si rouge sur sa peau si pâle n'en paraissaient que plus outrageux. Constance avait bien du mal à reconnaître en ce pauvre blessé l'homme qu'elle ne connaissait que sous un abord glacial et un rien bourru.

— Dieu sait que nous ne nous entendons point, monsieur, mais je déplore de vous voir ainsi… Je vous en conjure, ne mourez pas.

Ses yeux descendirent plus bas, au-delà de sa cravate froissée et tachée, sur sa veste à moitié ouverte.

Constance hésita. Une jeune fille de bonne famille

ne dénudait point un homme, même blessé… Et le médecin ne tarderait guère.

Pourtant, le ventre noué par l'appréhension, elle osa soulever un pan du vêtement.

— Sainte Mère de Dieu !

Elle se couvrit le nez, assaillie par l'odeur atroce du sang frais. La chemise de Gabriel en était imprégnée…

Il faudrait lui retirer ce veston.

Sans réfléchir plus avant, Constance finit d'ouvrir les boutons, écarta les pans humides de pluie et de sang, partiellement lacérés, et tira sur un côté pour ôter la première manche.

Bigre ! Un bras d'homme endormi était sacrément lourd. Elle parvint néanmoins à ses fins, non sans manquer perdre l'équilibre. Elle réitéra avec l'autre manche, puis souleva Gabriel sur le flanc pour, enfin, lui arracher le vêtement qu'elle jeta au sol.

Il n'avait pas bougé. Inquiète, Constance dénoua sa cravate qui rejoignit bientôt le veston sur le tapis. Au moment de défaire les boutons de sa chemise, ses doigts gauches se figèrent.

Je ne peux faire cela…

C'était fort inconvenant. Constance avait beau jouer son rôle de séductrice à la perfection, il n'en restait pas moins que dans les faits, elle était aussi innocente qu'à sa naissance.

Allons, du courage ! Il s'agit de voir s'il est grièvement blessé ou pas.

Prenant une grande inspiration, elle défit les boutons un à un, lentement, en focalisant son regard sur le tissu rougi de sang pour ne pas être tentée de dériver sur la nudité du jeune homme.

Ensuite, elle marmonna une courte prière, sans être bien sûre que cela rendrait son acte moins scandaleux, et souleva rapidement un côté de la chemise.

Rien.

Enfin… Constance ne remarqua aucune entaille, aucune blessure grave. Juste des taches de sang moins larges que celles qui maculaient la chemise : elle en déduisit que le sang s'était écoulé sur lui, mais provenait d'ailleurs.

De quelqu'un d'autre.

Cet exaspérant personnage s'est-il battu ? Si oui, pourquoi ? Et pourquoi s'être traîné jusque sur mon perron plutôt que de rentrer chez lui ou de quérir un médecin ?

Insoluble énigme.

Les pas lourds de François résonnèrent. Constance recouvrit le torse de Gabriel dans un sursaut plein de honte.

— C'est fait, mademoiselle : le docteur arrive.

— Bien. Tu peux me laisser, je vais le veiller jusqu'à l'arrivée du médecin.

Le domestique repartit aussi sec. Constance supposa que la vue du sang gênait quelque peu ce grand homme aux larges épaules, et en aurait conçu de l'amusement si l'état de Gabriel ne l'avait pas autant préoccupée.

Elle tenta de l'éveiller, en vain.

Rien n'y fit, ni paroles ni tapes sur la joue. Constance était nerveuse. Pourquoi ne s'éveillait-il point ? Sa blessure à la tête devait être sérieuse. Elle envisagea un instant qu'il puisse ne jamais plus ouvrir les yeux, puis en éprouva une telle panique qu'elle se mit à lui parler pour tromper son angoisse.

— On n'a pas idée de se mettre dans ses situations pareilles ! Je vous en veux beaucoup, entendez-vous ?

Respirait-il encore ?

Elle écarta à nouveau un pan de sa chemise pour vérifier. Son torse se soulevait si peu qu'elle dut s'approcher et plisser les yeux en se concentrant…

Grâce à Dieu, tout va bien.

Sa poitrine se soulevait légèrement. Le mouvement était clairement visible au niveau de ses poumons… Même si cela impliquait d'observer impudiquement sa nudité.

Nudité très intéressante, d'ailleurs. Constance savait Gabriel grand et bien bâti, mais elle n'aurait point imaginé pareille apparence athlétique ! Il n'était pas mince mais vigoureux. Ses pectoraux étaient dessinés et, sous le fin duvet qui formait un appel aux caresses, quelques muscles bien formés affleuraient sous son ventre plat. Un véritable torse de statue antique…

Que cet homme est bien fait, pour un simple avocat !

Rouge de confusion, Constance le couvrit à nouveau. Honteuse de ses pensées. Ce n'était vraiment pas le moment de se laisser entraîner par pareilles considérations indignes d'elle ! Elle n'appréciait même pas cet homme. Il était hors de question de s'autoriser à le reluquer dans son sommeil, et ce malgré la divine musculature de son torse.

— Réveillez-vous, Gabriel ! Cela suffit. Vous vous êtes assez reposé, il est temps pour vous de libérer ce sofa.

Bien sûr, il ne bougea pas. Sa respiration, cependant,

s'était affermie puisqu'elle pouvait l'entendre. Sans doute était-ce là un bon signe ?

Constance appliqua une main soucieuse sur son front. Il n'avait pas de fièvre. Ainsi endormi, ses traits paraissaient si doux ! Si altiers. Elle profita de l'occasion qui lui était offerte pour le détailler.

Il était beau, sans conteste. Un profil marmoréen, le nez droit, le menton volontaire. Il fleurait son odeur spécifique, qui évoquait à la fois l'encre, le papier, et les draps propres.

— Éveillez-vous, murmura-t-elle tout près de son visage. S'il vous plaît…

Le creux à la base de son cou pulsait régulièrement, maintenant. Ses lèvres roses, entrouvertes, laissaient passer un filet d'air tout à fait captivant. Constance sentit son cœur s'emballer tel un cheval furieux.

— Gabriel, je vous préviens : si vous persistez à jouer les Belles au bois dormant, je vais devoir employer des moyens plus radicaux et cela ne sera agréable ni pour vous, ni pour moi.

Quelle menteuse tu fais, ma pauvre Constance… Tu en rêves, voilà tout.

Le heurtoir résonna dans le hall. Le médecin arrivait !

Avant de pouvoir regretter son geste, Constance se pencha afin de déposer un baiser sur les lèvres du blessé. Elle l'embrassa avec toute la tendresse possible, puis chuchota contre sa bouche.

— De grâce, ne m'abandonnez point, vous aussi.

Lorsqu'elle se redressa pour mettre de l'ordre dans ses idées et sa tenue, elle croisa le regard fixe de Gabriel et se liquéfia.

Chapitre 11

Gabriel avait bien du mal à faire la part du rêve et de la réalité.

Que s'était-il passé ?

Il se souvenait du néant bienfaisant dans lequel il avait flotté, des songes qui l'avaient traversé... Certains agréables, d'autres moins. Il était certain d'y avoir rencontré Constance, d'ailleurs, qui dansait avec la légèreté d'une nymphe sur un bâtiment en ruines, puis il s'était retrouvé allongé dans une maison inconnue, et Constance était en train de l'embrasser.

Ils n'avaient guère eu le temps de parler. De toute façon, Gabriel n'en aurait pas eu la force. Ils s'étaient dévisagés en silence, ensuite un homme portant un sac de cuir noir était entré en trombe. Constance avait immédiatement quitté la pièce, lâchant quelques mots au médecin. C'est ainsi que Gabriel apprit qu'on l'avait trouvé inconscient sur le pas de sa porte.

En revanche, la question le hantait toujours : ce baiser s'était-il réellement produit, ou bien n'était-ce qu'un reliquat de ses errances oniriques ?

Et puis, que faisait-il là, allongé sur un sofa, quasiment torse nu, couvert de sang ?

Un guet-apens.

C'était cela. On l'avait battu, on l'aurait tué s'il ne s'était défendu, mais… La mémoire lui revenait lentement, par séquences d'images ou de mots. Pendant ce temps-là, le docteur lavait ses blessures – quelques entailles qui seraient vite guéries –, tâtait ses membres, ce qui lui arrachait parfois une grimace de douleur.

Il lui fallut endurer un long examen avant que la sentence tombe : le coup qu'il avait reçu à la tête n'était pas mortel mais sérieux. Il devait rester alité quelques jours.

— Mais c'est impossible ! s'exclama-t-il en tentant de se lever. Je… Je ne peux pas, je suis sur une affaire des plus sérieuses et…

La poigne du docteur l'avait immobilisé.

— Monsieur, si vous ne prenez point de repos, vous n'y survivrez pas. Suis-je assez clair ?

— Vous venez de dire que ce n'était pas mortel !

— La blessure en elle-même ne l'est pas. Il vous revient le soin de mener une bonne convalescence afin d'en guérir totalement. Un coup à la tête, vous savez… ce n'est jamais anodin.

— Mais je suis éveillé, à présent. Je me sens un peu fatigué mais je vais bien !

— Vous êtes resté inconscient bien trop longtemps : je vous prescris le repos le plus absolu durant une semaine. Voulez-vous que je vous fasse appeler une voiture pour rentrer chez vous ?

Gabriel bafouilla, complètement perdu.

La voix claire de Constance résonna depuis le seuil de

la pièce, où elle se tenait le dos droit, les mains croisées sur sa robe.

— Ce ne sera pas nécessaire, docteur. Monsieur Rocheran sera parfaitement soigné dans cette maison. Si vous voulez bien me suivre, je vais vous régler la consultation…

— Mais… Non, attendez !

Nul ne prêta attention aux protestations de Gabriel, qui fut laissé seul. Il jura, cria, appela… Sans succès.

Lorsquc Constance reparut, elle arborait un sourire satisfait.

Gabriel grogna.

— J'imagine que vous avez l'impression d'accomplir une bonne action en veillant sur ma convalescence ?

— Point du tout, monsieur. Le Destin vous ayant conduit jusqu'à ma porte, j'estime de mon devoir de veiller à ce que vous en franchissiez le seuil sur vos deux pieds.

Gabriel se toucha le front. Il sentait poindre une migraine.

— Qu'en dira votre amie, l'épouse du général Bonaparte ? Il s'agit de sa maison, non ?

— Elle est déjà rentrée et a rejoint sa chambre. Nous allons vous installer dans une aile inutilisée, où une bonne est en train de préparer une chambre. Oh ! peu confortable, sans doute…

— Une bonne ? Il n'en est pas question. Je n'ai guère besoin de l'asservissement d'autrui pour… Crédieu, ma tête !

Constance s'approcha, l'incita à se rallonger d'une main ferme.

— Cessez vos enfantillages ! Je disais donc que nous

allons vous installer dans la maison, dans une aile où vous ne croiserez personne : vous serez ainsi à l'abri jusqu'à votre complet rétablissement.

Il la fixa sans comprendre.

À l'abri ?

L'agression. Toutes ses questions resurgirent en un flot ininterrompu.

Qui étaient ces hommes, qui s'étaient jetés sur lui ? Ils n'avaient pas bu : leurs réflexes étaient affûtés. Ils lui avaient sauté dessus immédiatement, sans accrochage ni dispute d'aucune sorte… Il arrivait que des rixes éclatent entre factions opposées, mais cette fois ce n'était pas le cas. C'étaient des hommes qui recherchaient l'affrontement.

Alors, pourquoi ? Les muscadins étaient réputés pour traîner la nuit dans les rues et s'en prendre parfois à des passants, mais quelque chose chiffonnait Gabriel… Ces hommes l'avaient suivi, s'en étaient pris à lui sciemment. Comme s'ils le cherchaient.

Un frisson lui parcourut l'échine. Ils l'avaient pisté. Ils savaient qui il était, à n'en pas douter, et…

Ils m'attendaient ! C'est moi qu'ils voulaient.

Gabriel se redressa et saisit la main de Constance, brusquement affolé.

— Ce n'était pas une banale agression ! J'en suis certain.

Embarrassée, Constance tenta de libérer sa main mais il ne lui en laissa pas le loisir.

— Comprenez-vous ce que cela implique ? On m'a attendu, attaqué sur ordre. Ce qui ne peut signifier que…

Le fils de putain !

Gabriel retint de justesse son juron.

Le seul à l'avoir menacé récemment était le député

Cambacérès. Gabriel expira longuement, ébranlé par l'évidence qui se dressait sous ses yeux. Soit ce n'étaient pas des muscadins mais des gens qui s'en donnaient l'apparence, soit ce n'étaient pas *juste* des muscadins… Des gens que l'on avait payés pour cette agression.

Se pouvait-il qu'un député de la République fasse assassiner un gêneur en toute impunité ?

L'impunité… Quelle fumisterie. Tout finit toujours par se payer. Absolument tout, et avec les intérêts, encore !

Constance retira finalement sa main, ce que Gabriel remarqua à peine tant il était sous le choc. Il passa la sienne sur son visage, ce qui lui arracha une exclamation de douleur.

— Ne touchez pas ! l'avertit Constance. Vous ne serez guère beau à voir durant les prochains jours…

— Par les Enfers ! Est-ce vraiment visible ?

— Pour tout vous dire, vous avez l'air d'avoir été piétiné par un cheval.

Gabriel pesta tout bas. Les lacérations de ses avant-bras seraient couvertes par des manches, en revanche les ecchymoses qui lui couvraient sans doute le visage le rendraient difficilement présentable en société…

Raison de plus pour écouter les recommandations du docteur, même si cela ne l'enchantait guère. D'autant plus qu'il mettait peut-être en danger la vie de Constance et de sa protectrice, en s'installant sous leur toit !

Il tenta de faire valoir son point de vue, ne récoltant en retour qu'un rire léger.

— Voyons, Gabriel… Si vous avez raison au sujet de Cambacérès, je suis déjà en danger. Quant à Joséphine, elle est certainement notre assurance de protection : qui oserait s'en prendre à un invité de la veuve de Beauharnais, amie du Directoire et épouse du général d'Italie ?

Elle marquait un point. C'était indéniable.

— Si Cambacérès était prêt à se débarrasser de moi pour étouffer l'affaire, alors il ne tardera pas à essayer de vous intimider.

— Vous dramatisez ! Nul doute que ce coup sur la tête vous a endommagé le cerveau.

— Non, écoutez-moi ! Même si votre nom de famille n'est guère connu, tout le beau monde parisien doit être au fait de votre séjour aux Carmes, tout comme pour votre amie Joséphine. Le peuple aussi, de fait, doit savoir qu'une ancienne aristocrate cherche à récupérer ses biens ; cela promet un beau scandale ! Et Cambacérès ne reculera devant rien pour éviter de se trouver mêlé à un scandale, comprenez-vous ?

Elle haussa un sourcil, imperturbable.

— François va vous porter jusqu'à votre chambre et vous montera ensuite une infusion qui vous aidera à trouver le sommeil. Le bonsoir, monsieur Rocheran.

*Crédieu ! Pourquoi n'écoute-t-*elle rien ?

Désespéré, Gabriel se laissa retomber sur le sofa. Jamais il n'avait croisé de femme aussi entêtée ! Elle deviendrait une cible facile.

Si seulement Constance pouvait faire oublier ses origines… Mais cet espoir était vain, Gabriel en était fort conscient. Comment pourrait-elle gommer ses traits aristocratiques, son maintien de princesse, la touche mélancolique de ses yeux évoquant une reine en exil ?

Un étrange étau enserra le cœur de Gabriel, ce qui le rendit plus furieux encore.

Comment en était-il arrivé là ? Voilà qu'il prenait la défense d'une ancienne privilégiée, qu'il songeait à l'expression de ses yeux en lieu et place d'une contre-offensive pour sauver sa tête ?

C'était de sa faute, aussi : c'est elle qui l'avait embrassé…

L'avait-elle fait ? Il était bien ardu de définir s'il avait rêvé cet instant bouleversant, ou si cela s'était réellement passé.

Qu'importe !

Il n'y avait guère de place pour l'amour dans la vie de Gabriel. Non seulement il répugnait à entraîner une innocente sur une pente dangereuse compte tenu de son passé, mais de plus ses préoccupations étaient toujours trop sombres pour lui permettre de songer aux femmes. Quand on a vécu des malheurs et perdu des êtres chers, on ne parvient tout simplement plus à envisager l'amour pour soi-même. Il y a toujours plus important. Il n'y a simplement plus de place pour les bagatelles comme l'amour… Pas même pour les jeux de la séduction.

Jusqu'au jour où une étrange palpitation saisit à la fois l'âme et le corps. Une étrange mémoire viscérale qui surgit, rappelle à l'homme esseulé les agréments du charme féminin et lui fait regretter sa solitude.

Que l'Être Suprême me garde… Cette Constance me fascine trop pour mon propre bien.

Chapitre 12

2 prairial an IV – samedi 21 mai 1796

Gabriel marchait dans la rue d'un pas vif. L'aube jetait sur la capitale une lueur crayeuse qui engloutissait peu à peu la flamme des derniers réverbères.

D'humeur maussade, il gardait la tête baissée afin de dissimuler aux rares passants les colorations verdâtres des hématomes qui fleurissaient encore sur son visage. Une semaine s'étant écoulée, il s'était autorisé à sortir à nouveau pour une petite excursion supposée le renseigner sur le cœur de l'affaire d'Albert.

Il évita une flaque douteuse en ruminant encore et toujours le comportement étrange de Constance, tantôt désinvolte tantôt digne d'une tigresse. Quel étrange petit bout de femme était-ce là… Il la soupçonnait fortement de jouer un rôle, sans parvenir à cerner sa véritable personnalité.

Était-elle cette harpie butée qui prenait plaisir à le contrarier, ou bien la coquette qui ne songeait qu'à l'amusement ? Ou autre chose encore ?

Depuis quatre jours qu'il occupait clandestinement

la maison de Joséphine rue Chantereine, il n'avait pas revu Constance seule à seul ; en revanche, de sa fenêtre, il l'avait aperçue chaque soir lorsqu'elle quittait le domicile dans une nouvelle tenue provocante. Au bras de Joséphine puis, lorsque cette dernière avait pris la route pour rejoindre son militaire de mari en Italie, Constance se mit à sortir seule.

Seule ! Où avait-elle la tête ?

« Constance », comme ce prénom ne lui seyait guère ! Elle se montrait incroyablement inconstante, justement : tantôt pétrie d'un orgueil froid tout aristocratique, tantôt princesse de frivolité digne des Merveilleuses parisiennes. Il serra les mâchoires. À défaut de l'avoir observée durant ces après-midi et ces soirées de plaisirs, il l'imaginait se donner en spectacle. Jouer à séduire de fringants aristocrates ou des hommes d'influence qui auraient pu être ses grands-pères… Il imaginait le pire.

Cela lui donnait envie de la secouer pour lui remettre idées et vêtements en place !

Ces amusements idiots n'étaient pas la vraie vie. La vraie vie n'était que luttes et espérances. Souvent vaines, certes, mais l'important était de croire en un monde meilleur et de s'investir pour l'atteindre.

Les fêtes, les bals n'étaient que pour les écervelés.

En tant qu'orpheline, Constance ne devait-elle pas veiller à conserver sa dignité en mémoire de sa famille ? Toutefois, Gabriel haïssait le milieu social de Constance et sa dignité n'aurait pas dû lui importer.

Aussi ne m'importe-t-elle point !

Il tourna encore, arriva enfin rue des Francs-Bourgeois.

L'hôtel particulier des d'Albert était condamné par de solides planches. L'affiche proclamant « bien national » avait été déchirée, et des déchets de toute sorte traînaient devant sa porte.

Gabriel ne ralentit pas, ne souhaitant pas attirer l'attention ; il s'engagea dans une ruelle adjacente, jusqu'à l'ancienne entrée de service qu'il avait déjà repérée.

Pas de planches, ici : seul un épais verrou condamnait l'accès. Gabriel sourit. Cela ne serait pas suffisant pour l'empêcher d'entrer…

Après s'être assuré que personne ne le voyait, il sortit une tige métallique de l'intérieur de sa veste et crocheta la serrure. Un claquement résonna et, un gémissement de métal rouillé et un craquement de bois malmené plus tard, Gabriel se retrouva à l'intérieur.

La précision du geste retrouvé le sidéra. Comme quoi, on pouvait tenter de paraître quelqu'un d'autre, cela ne faisait jamais que farder notre nature profonde. Les anciens enseignements ne disparaissaient pas si facilement…

D'abord un homme poignardé, puis une serrure crochetée… Il ne faudrait pas que la mémoire me revienne trop aisément.

Il commença à explorer les lieux.

Telle une ombre silencieuse, Gabriel inspecta les pièces principales, attentif au moindre détail susceptible de revêtir une quelconque importance. Il n'y avait nul éclairage dans la bâtisse désormais aveugle : il lui fallait donc se fier à sa vision, qui s'était habituée à l'obscurité en quelques minutes, et à ses mains lorsque cela s'avérait nécessaire.

Les meubles étaient encore en place, pour la plupart. Des traces sur les murs révélaient parfois l'absence de tableaux, certainement déjà vendus ou bien prélevés par le député Cambacérès afin d'orner sa demeure personnelle.

Gabriel fouilla les tiroirs, dénicha quelques papiers mais rien d'important. Des feuilles de comptes. Du courrier personnel. Une fleur séchée entre les pages d'une bible. Jusque-là, rien n'expliquait l'entêtement de Cambacérès à conserver cette demeure !

En visitant les chambres, la gêne le saisit. L'une d'elles avait été celle de Constance… Laquelle ?

Lorsqu'il entra dans une petite chambre au papier peint rose pâle à moitié décollé, il sut.

C'est ici.

Sans savoir pourquoi, Gabriel était certain qu'il s'agissait de sa chambre à elle et non de celle de sa sœur – une certaine Antoinette, de cinq ans son aînée.

Gabriel passa le doigt sur la coiffeuse, récoltant une bonne dose de poussière humide qui fleurait le moisi.

Oui, c'est ici.

Il étudia le lit étroit, la cheminée froide, le tapis rongé par des visiteurs indésirables. Un livre reposait encore sur la table de chevet. Il s'en saisit.

Poésies sacrées, de Jean-Jacques Lefranc, marquis de Pompignan. Un ruban de soie blanche, qui avait noirci sous l'humidité, marquait une page où l'on avait souligné des vers.

Gabriel se rapprocha de la fenêtre condamnée pour

parvenir à déchiffrer les lignes sous la lumière filtrant entre les planches.

Grâce au ciel, dans la retraite
Où m'a conduit le Seigneur,
Je goûte la paix secrète,
Compagne du vrai bonheur.
Quand le jour s'éteint dans l'onde,
Au sein de la nuit profonde,
Je ferme l'œil sans trembler ;
Et l'astre éclatant du monde
M'éveille sans me troubler.

Gabriel haussa les épaules et reposa le livre dans un nuage de poussière. Il ne goûtait point ni les poèmes ni la religion, source de tant de déchirements alors que la concorde devrait unir le peuple français.

Il tourna sur lui-même, incapable de quitter cette pièce.

Constance avait dormi, rêvé et ri entre ces murs. Peut-être pleuré aussi, un soir où le cavalier convoité ne l'avait pas invitée à danser. Elle y avait lu et relu des poésies religieuses, quêtant sans doute un apaisement à ses tourments intérieurs. Gabriel se demanda brièvement quelles pouvaient être ses préoccupations d'alors. Souhaitait-elle épouser un homme en vue et fortuné, ou bien un beau prince tout droit issu de stupides romans ?

Il souleva une brosse à cheveux abandonnée sur la coiffeuse, la reposa. Ouvrit un tiroir. Découvrit une boîte en nacre emplie d'épingles à cheveux, un flacon de parfum à moitié vide, une broche en argent et diverses babioles de jeune fille.

Sans réfléchir, il empocha le flacon de parfum, la broche et la boîte d'épingles.

Puis il jeta un dernier regard à la pièce morte avant de poursuivre ses investigations dans les autres chambres.

Partout, des affaires laissées en place, ou bien jetées à terre dans la précipitation. Des gens avaient visiblement fouillé les lieux aussi, prenant des objets ou les déplaçant. Gabriel se faisait l'effet d'être un spectre venu hanter la propriété de quelque noble parti passer quelques mois dans sa maison de campagne.

Il reconstitua quelques événements.

Tous les lits étaient défaits. Témoins de la violence de l'intrusion des gens d'armes venus arrêter la famille entière. On avait apparemment quitté la maison avant que la bonne chargée de raviver les braises n'officie, puisqu'elle avait abandonné petit bois et tison près de la cheminée de la chambre du maître.

Gabriel remonta un couloir, se figea en haut d'un majestueux escalier de pierre où gisait encore une pantoufle de satin. Une traînée de sang maculait le plâtre et la rampe de l'escalier.

Ils se sont débattus.

Bien sûr, qu'ils se sont débattus. Les privilégiés d'alors n'étaient guère préparés à la fin de leur époque d'injustice…

Mû par un étrange réflexe, Gabriel descendit de quelques marches pour ramasser la pantoufle. Une vague de tristesse s'empara de lui – encore une fois. Il était regrettable que les révolutions se fassent dans le sang, dans la douleur… Mais pouvait-il vraiment en être autrement ?

Il avait appris dans la souffrance que non.

Le salut des peuples ne passait que par la violence de la rébellion, même si celle-ci rimait avec massacres. Avec injustice, parfois. Avec deuil, souvent ; avec douleur, toujours.

Il s'était pourtant pris à espérer que ce fut possible, après Thermidor[1]. Depuis, il refusait de voir la violence comme le seul moyen de créer le monde idéal auquel il croyait encore, malgré tout.

Allons enfants de la Patrie…

Gabriel ferma les yeux, repoussant de toutes ses forces un chant mélancolique, dépourvu de musique, qui enflait depuis les abîmes de sa mémoire pour le submerger tout entier.

Pas maintenant ! Non.

D'ordinaire, il parvenait sans trop de peine à enfermer ses souvenirs dans une boîte imaginaire qu'il enterrait mentalement au plus profond d'une forêt enténébrée afin qu'ils n'en sortent jamais. C'était mieux ainsi. Les souvenirs n'engendraient que souffrance ; de plus, ils pouvaient être dangereux.

Le jour de gloire est arrivé !

Non !

C'était la deuxième fois en une semaine ! Le passé était mort avec l'Incorruptible, Saint-Just et les Montagnards, en ce sanglant mois de thermidor…

Pour survivre, il fallait oublier.

Oublier ces voix.

Ce sang, partout.

1. Référence à la chute des Jacobins, en juillet 1794.

Cette odeur insupportable d'excréments qui planait sur la place de la Révolution[1].

Contre nous de la tyrannie...

Cette fois, pourtant, le son vibrant refusait de cesser de résonner en lui, de secouer chaque fibre de son être. Peut-être parce qu'il se trouvait dans cet antre de souvenirs malheureux qu'était l'hôtel d'Albert ?

Lâchant la pantoufle, Gabriel se boucha les oreilles. Il sentait la panique monter en lui.

Le couteau sanglant est levé !

Enfin, au prix d'un immense effort, Gabriel parvint à faire taire les voix, ces fameuses voix qui ne cessaient de le poursuivre.

Il se visualisa en train de tourner le dos à la place de la Guillotine, une fois le dernier des vingt et un députés girondins définitivement supprimé, sa tête rebondissant dans le panier de son ensanglanté.

Il avait tourné le dos, oui.

À l'exécution spectaculaire de ces hommes de conviction qui, tous, avaient chanté *La Marseillaise* jusqu'à être réduits au silence par le couperet. Vingt et une voix qui avaient vibré au-dessus des cris de haine des Parisiens, des voix de moins en moins nombreuses... Jusqu'au retour d'un silence oppressant.

Gabriel avait senti son estomac se révulser.

1. Rebaptisée place de la Concorde par Napoléon Bonaparte. C'est là que s'est dressée la guillotine du 11 mai 1793 au 8 juin 1794, puis du 28 juillet 1794 (le jour de l'exécution des robespierristes, que les thermidoriens voulurent décapiter sur les lieux mêmes où Louis XVI, Marie-Antoinette, Danton, Desmoulins, Hébert et les Girondins avaient aussi marché vers la mort) jusqu'au mois de novembre de la même année.

Alors, oui, il avait tourné le dos.

À la cruauté.

À l'horreur.

Mais point à ses convictions : Gabriel était toujours persuadé que la République devait s'orienter vers davantage d'égalité entre les citoyens. Simplement, il refusait que la voie vers ce lumineux destin passe par un bain de sang. Il n'avait que trop coulé…

Il songea à la suite de cet épisode. Comment son ami Saint-Just l'avait remis sur la voie de la raison, le soir même, en lui rappelant leur grande mission à la lueur du flambeau qui éclairait son bureau couvert de papiers griffonnés. Comment il avait su juguler sa peur et enflammer son esprit en quelques phrases sèches et impulsives : il était si passionné, si habile à éveiller les cœurs à l'appel de la vertu ! Sa voix grave, son ton solennel avaient le don d'emporter les foules vers sa vision d'un monde plus juste.

Gabriel s'en était remis à lui. Sur le moment, il avait éprouvé un grand soulagement car Saint-Just avait partagé avec lui ses propres doutes, ses projets, sa croyance dans un avenir meilleur. Gabriel avait cru, alors, que cette République était possible et s'était pris à rêver à l'après… Lorsque la violence ne serait plus qu'un mauvais souvenir.

Peu à peu, son souffle s'apaisa.

Gabriel relâcha ses oreilles, soulagé, puis s'aperçut que des larmes souillaient ses joues. Il les essuya rageusement et s'enfuit en courant vers l'entrée de service de l'hôtel d'Albert, pressé de retrouver la rue, le soleil matinal, la vie parisienne des survivants de la Terreur…

Il devait se rappeler qu'il vivait pour repousser les ombres cauchemardesques d'un passé guère lointain.

Lorsqu'il retrouva la maison de la rue Chantereine, entrant par la porte de service par souci de discrétion, il n'eut guère de difficultés à trouver Constance. La matinée était bien avancée et elle jouait à la balle avec cet affreux petit chien toujours en train de baver, dans le petit jardin.

Gabriel la rejoignit. Il dut cligner des yeux pour vérifier qu'il ne souffrait pas d'hallucination…

Constance avait troqué ses robes légères, provocantes, contre une tenue plus sobre. Le tissu n'était ni trop fin ni transparent, encore moins brodé. Son châle aussi était fort sobre, en coton fauve rappelant la teinte de ses cheveux.

Interloqué, Gabriel se demanda brièvement quel était son vrai visage… Jouait-elle la comédie pour lui ? Ou bien, au contraire, dévoilait-elle de sa personne en cet instant d'intimité volé ?

Elle détourna aussitôt le regard en lançant la balle au chien. Gabriel s'avança, la gorge sèche.

C'était leur première entrevue depuis… depuis son agression, le docteur, et la persistante sensation de secret qui étreignait Gabriel au souvenir de son rêve – si cela en était bien un. Comme si quelque chose lui échappait.

— Bonjour, maître.

— Bonjour.

Le ton était emprunté. Elle était aussi mal à l'aise que lui : n'était-ce point la preuve qu'il cherchait ?

Songe à autre chose, bon sang !

— N'étiez-vous point censé vous reposer, monsieur Rocheran ?

— Il se trouve que j'avais une enquête à mener en ville.

— Le docteur a pourtant bien stipulé que…

— Je me sens mieux, vous savez. Je pense pouvoir à présent regagner mon propre logis. Cela vaudra mieux : à présent que votre amie Joséphine est partie, le scandale serait bien plus grand si on apprenait que je dors sous votre toit.

Elle se mit à rougir de la plus adorable des façons.

— J'entends bien, mais… ne courez-vous point un danger ? Ici, vous êtes en sécurité. Personne n'imaginera vous trouver dans cette maison.

Elle touchait juste.

— Je ne peux vous contredire, reconnut Gabriel en baissant la voix. Cependant, il m'est également impossible de demeurer ici trop longtemps. Il faudra bien que je regagne mon étude !

— Restez au moins jusqu'à la fête de la Victoire, dimanche de la semaine prochaine. Vous m'accompagnerez, voulez-vous ?

— Vous savez, ce n'est pas le genre de divertissement que je prise habituellement !

— Je vous en prie, acceptez. J'ai déjà accepté d'y paraître au nom de Joséphine, je ne puis me rétracter maintenant… Et je n'ai guère envie de m'y retrouver seule, avec ce qui vous est arrivé dernièrement.

— Dans ce cas, vous pourriez aussi annuler cette sortie déraisonnable, mademoiselle ! Et nous garder en sécurité tous deux.

— Je ne le puis, enfin ! Les directeurs ont officiellement invité Joséphine, qui a dû décliner en raison de son voyage en Italie, donc j'ai été officiellement invitée au nom de Joséphine afin de la représenter…

— Et ?

— Enfin, vous ne vous rendez pas compte ! Cette cérémonie est donnée en l'honneur des victoires françaises en Italie, victoires remportées par le général Bonaparte ! Joséphine, à défaut d'être présente, doit être représentée au titre de son époux.

Gabriel s'inclina. Pour lui, toutes ces célébrations mondaines se valaient bien, et aucune ne méritait de prendre un risque personnel… Mais, visiblement, Constance n'en démordrait pas. Et il n'avait aucune envie de la laisser s'y rendre seule.

Il accepta à regret, puis coupa court à ses remerciements.

— Si je vous dérange ce matin, mademoiselle d'Albert, c'est parce que j'ai en ma possession certains objets à vous confier.

— Ah bon ?

Elle se leva, frotta sa robe d'un revers de main avant de s'approcher de lui. Gabriel nota qu'elle conservait une distance raisonnable entre eux et évitait toujours son regard.

Ils étaient tous deux mal à l'aise : autant en finir le plus rapidement possible.

— Je suis en possession de certains objets qui vous appartiennent peut-être…

Il plongea la main dans sa poche, en sortit la broche, la boîte en nacre et le flacon de parfum trouvés lors de son exploration illicite de l'ancienne demeure de Constance.

Il vit nettement son regard se voiler. Elle ne jouait plus aucune comédie.

— Que… Comment avez-vous…

— Peu importe.

— Vous y êtes allé ?

— Certainement pas, vous savez bien que l'accès en est interdit.

Il appuya volontairement sur le dernier mot, et cette fois elle capta son regard entendu. Elle parut saisir la vérité.

— Si fait, monsieur… Vous n'auriez point bravé cette interdiction, bien entendu. Ceci… Ceci est ma boîte à épingles, une broche en argent héritée d'une tante, et de l'eau de rose offert par mon père à l'occasion de mon dernier anniversaire… Le dernier que nous ayons célébré en famille.

Sa voix se fissura, ainsi que la carapace de Gabriel. Touché, il l'observa caresser les objets du bout d'un index tremblant sans oser les toucher réellement. Elle les dévorait du regard comme de véritables reliques.

Une larme unique roula sur sa joue. Elle inspira profondément, s'agita sur son siège comme pour se reprendre coûte que coûte.

Quel idiot ! Elle risque de se pâmer, à présent.

En tout cas, sa douleur n'était pas feinte.

— J'ai songé que cela vous ferait plaisir, lâcha Gabriel comme pour se justifier de lui causer tant de peine.

— Je… C'est merveilleux. Je vous remercie, monsieur.

Elle saisit les objets, frôlant ses doigts au passage, et s'apprêtait à les emporter lorsque les mots franchirent d'eux-mêmes les lèvres de Gabriel.

— M'avez-vous embrassé, mademoiselle ?

Elle se figea avec un hoquet de stupeur.

La profondeur de ses yeux noisette saisit Gabriel, qui fut pris d'un léger vertige. Son cœur se mit à battre furieusement lorsqu'il s'aperçut que la jeune fille, les joues aussi roses que des boutons de pivoine, lorgnait furtivement sa bouche.

— Absolument pas, monsieur, répondit-elle d'un ton étrange.

Gabriel reconnut le même ton entendu qu'il avait naguère employé pour lui faire comprendre qu'il était entré illégalement dans son ancienne maison, mais ne pouvait l'avouer… Un mensonge qui ne se cachait point…

Elle eut un sourire fugace et s'éclipsa, laissant Gabriel un rien ébranlé par cet aveu à peine dissimulé.

Chapitre 13

10 prairial an IV – dimanche 29 mai 1796

— Allons, mademoiselle. Cessez de scruter la foule de cette manière et profitez du spectacle ! N'est-ce pas ce que vous vouliez ?

Constance retint un soupir exaspéré et jeta un regard courroucé à Gabriel, juste derrière elle.

— Pensez-vous que nous soyons en sécurité ?

— Bien sûr. Nul ne prendrait le risque de faire assassiner deux personnes au vu et au su de tous, au milieu d'une telle foule. Une, encore… Mais deux, impossible !

— Ne soyez donc point si rabat-joie. Tout le monde est heureux, aujourd'hui, il n'y a que vous pour afficher cette mine maussade !

Elle adressa un salut à madame Tallien, qui fendait la foule dans une robe à l'antique fort économe en tissu, escortée d'une cohorte d'admirateurs.

Constance poussa un soupir nerveux et s'obligea à se détendre.

— Il est vrai que cette démonstration de force est

impressionnante. Quel plaisir d'honorer ainsi nos vaillants soldats !

La fête de la Victoire célébrait la victorieuse campagne d'Italie menée par le général Bonaparte. Le champ de la Réunion, anciennement Champ-de-Mars et rebaptisé en l'honneur de la fête de la Fédération de 1790, était entièrement occupé par soldats et spectateurs. On attendait du monde… Beaucoup de monde. Nombreux étaient ceux qui venaient s'extasier devant les parades militaires et les canons alignés sous le soleil, heureux de célébrer des victoires françaises ; des victoires de la *République* de France.

Au centre d'un cercle de cyprès, une statue personnifiant la liberté élevait vers le ciel un glaive victorieux ; derrière elle, on avait accroché une douzaine de drapeaux républicains à un grand chêne. Beaucoup de badauds tentaient de s'approcher de l'estrade dressée devant la statue en jouant des coudes.

Une atmosphère de liesse semblait avoir envahi l'esplanade. Les hommes discutaient, riaient, chantaient. Les femmes traînaient derrière elles des ribambelles d'enfants criant ou pleurnichant. Quelques vendeurs de cidre ou de vin coupé d'eau faisaient circuler pichets et gobelets ; mouchoirs et éventails s'agitaient de toutes parts. Des gamins dépenaillés, qui avaient réussi à tromper la vigilance du cordon de soldats à baïonnettes gardant l'entrée, vadrouillaient autour des bourgeois inconscients du danger. Pas mal de bourses seraient dérobées avant le soir…

Comme elle représentait Joséphine, Constance jouissait d'une place de choix tout près de la tribune où paradaient les directeurs, qui rivalisaient d'élégance et de longueur de plume à leurs chapeaux. Constance reconnut Barras et Lazare Carnot, alors président du Directoire. Autour d'eux se pressaient des ministres aux perruques poudrées ; au pied de l'estrade veillait la garde du Directoire.

D'une voix forte, le directeur Carnot entama son discours. Le silence se fit, crevé par ceux qui n'entendaient pas et manifestaient leur mécontentement.

Carnot présenta longuement les batailles décisives remportées par-delà les Alpes par la République française, à l'invincible bras armé tout prêt à étendre les bienfaits de la Révolution dans l'Europe entière.

Il parlait bien, il fallait le reconnaître.

Les ovations se succédèrent tout comme les orateurs, puis Carnot réclama le silence en écartant les bras.

— Citoyennes, citoyens ! À présent, je vous demande de saluer bien bas l'un des vainqueurs de notre armée d'Italie : le général Murat !

Une cavalcade se fit entendre.

À l'instar de la foule, Constance fut parcourue d'un frisson d'excitation. Elle écouta Lazare Carnot s'étendre sur le rôle majeur de Murat durant les conflits italiens, puis sur sa blessure valeureusement récoltée durant le siège de Mantoue.

Un groupe de cavaliers trottait vers l'estrade au son du tambour. Une haute silhouette caracolait au centre du groupe, des boucles noires comme la nuit s'échappant d'un bandage qui lui enserrait le crâne sous son bicorne. Derrière lui, une vingtaine de cavaliers levaient bien haut les drapeaux pris à l'ennemi.

Ce fut une explosion de joie. La foule acclamait le héros qui saluait élégamment de la main, un poing sur la hanche. Constance le trouva majestueux.

Les yeux rivés à sa haute silhouette qui ôta son bicorne devant l'estrade, elle fut soudain envahie d'une sensation étrange. Comme si on l'observait, *elle.*

Gabriel.

Elle pouvait sentir le poids de son regard sur sa nuque, de plus en plus lourd. Le cœur de Constance se mit à battre furieusement.

Elle lui jeta un regard à la dérobée. Plus immobile qu'une statue, grand et raide dans son costume noir, il aurait incarné à merveille l'un des juges de Canaan[1].

On fit tirer du canon.

Constance sursauta, et aussitôt la main de Gabriel vint presser rapidement son épaule.

— Ce n'est rien.

— Je le sais, monsieur ! J'ai simplement été surprise.

Une fanfare se mit à jouer, composée de trompettes, clarinettes et hautbois. Constance se souvint brusquement des partitions qu'on leur avait distribuées à leur arrivée…

Gabriel avait jeté la sienne, mais Constance avait machinalement enroulé son exemplaire et se tapotait nerveusement la cuisse avec.

Ce Gabriel Rocheran la mettait sur les nerfs !

Elle déroula le papier pour mêler sa voix à celle de la foule et, bientôt, un chant unique monta vers le ciel. La musique entraînante, cet ensemble de voix unies dans

1. D'après le Livre des Juges, dans l'Ancien Testament.

la ferveur possédaient une magie étrange, capable de projeter l'âme vers un idéal de fraternité qui fit vibrer une corde inconnue dans le cœur de Constance.

La cérémonie se clôtura par un grand bal, où les personnalités parisiennes les plus en vue paradèrent dans leurs plus beaux – et coûteux – atours. Les uns portaient de la dentelle à outrance, les autres laissaient à découvert un bras, une épaule ou, pour les plus audacieuses, un sein délicat. Constance paraissait bien pudique au sein de cette assemblée, mais cela ne l'empêcha guère de recevoir maintes invitations à danser.

Elle accepta chacune avec grâce, sous les regards de plus en plus courroucés de Gabriel. Il paraissait si guindé ! Trop sérieux, même si elle lui était infiniment reconnaissante de l'avoir accompagnée aujourd'hui.

Il ne l'avait pas abandonnée ! Sa présence aidait Constance à ne pas trop s'inquiéter, à profiter de la fête sans songer continuellement au pire. Après tout, Gabriel était justement là pour songer au pire à sa place, non ? Même si, pour l'heure, il conversait avec un homme fort repoussant, à la chemise sale et au bonnet de guingois.

Ce n'est pas mon affaire !

Aussi Constance s'efforça-t-elle de profiter de la danse en chassant provisoirement tous ses tourments. Elle avait toujours aimé danser… Virevolter au bras de beaux hommes galants se révélait fort grisant, et surprendre cet éclat particulier dans leur regard l'enivrait follement. Sans être une séductrice, Constance appréciait de plaire. C'était comme une potion d'oubli : les fantômes qui hantaient son esprit se dissipaient et elle n'était plus, le temps d'une danse, qu'une jeune fille bien vivante.

Ce petit jeu l'amusa un bon moment.

Puis, sans prévenir, une main solide lui empoigna le bras.

— Fini de jouer, mademoiselle d'Albert. Je vous ramène chez vous.

Outrée, Constance allait répliquer lorsque le regard flamboyant de Gabriel la cloua sur place. Sa colère était si puissante qu'elle semblait irradier de lui.

— J'ai dit : je vous ramène. Allez, venez !

Fou de rage, Gabriel la considéra avec amertume. Il l'avait quittée des yeux une poignée de minutes, et il la retrouvait en train de séduire un inconnu !

La colère faisait pulser son sang dans ses veines.

Il se contrôlait à grand-peine.

Il faut dire qu'il ne s'attendait pas à rencontrer ici un ancien de la bande de Gracchus… Jacquot l'avait apostrophé avec sa gouaille de Parisien pauvre, faisant remonter des souvenirs enfouis.

L'arrivée à Paris avec Gracchus, la rencontre de Jacquot et des autres dans un troquet, les premières pétitions lancées dans les rues, les premiers discours de Gracchus monté sur un tonneau…

Jacquot avait été celui qui les avait introduits dans le milieu populaire parisien. Gabriel s'était étonné qu'il ne fût pas en prison avec le reste de la bande, mais Jacquot avait ricané et prétendu être « plus malin qu'ces nigauds-là ».

Il lui avait proposé de l'aider à faire libérer leurs amis.

Gabriel avait accepté en échange de l'aide de Jacquot et de ses nombreuses connaissances – pas toujours très honnêtes – pour tenter une intimidation d'une personne en vue. Sans mentionner l'identité du député Cambacérès pour l'instant ; son objectif n'était pas de faire fuir Jacquot à toutes jambes !

— Tope là ! avait grogné son ancien camarade. Mais d'abord Gracchus, hein ? Ensuite on s'occupera d'ton sbire.

Gabriel avait noté l'endroit et l'heure du rendez-vous, heureux de saisir enfin une occasion d'agir. Le Destin était décidément bien facétieux !

Après le départ de Jacquot, qui s'était glissé dans la foule aussi facilement qu'un couteau dans une motte de beurre, Gabriel avait reçu un choc. Supporter la vision de ces Merveilleuses se trémoussant au bal était bien plus qu'il n'en pouvait supporter. Pouvait-on seulement appeler cela un bal ?

Constance se débattit, adressant un sourire impuissant au jeune homme avec qui elle avait dansé tantôt.

— Pourquoi ne pas m'avoir dit que vous aviez un jaloux ? grommela celui-ci en se détournant. Damnés maris, ils gâchent toujours tout !

— Allez au diable !

— Gabriel ! le réprimanda Constance. Ne soyez point grossier !

Pour toute réponse, il l'entraîna derrière lui loin de la piste. Un bal, ça ? Tout ce qu'il avait vu, c'était des hommes ridicules dans leurs costumes avant-gardistes à moitié débraillés et des femmes dépourvues de toute pudeur, agitant leurs seins à moitié nus et relevant leurs robes sur leurs jambes jusqu'aux cuisses... Il y avait même un sombre idiot avec un déguisement de guillotiné, un ruban rouge autour du cou, le teint cadavérique.

Une plaisanterie de bien mauvais goût, dans la droite ligne des loufoques et mortifiants Bals des victimes[1].

— Êtes-vous devenu fou ? protesta Constance.

— C'est *moi* qui manque de raison, selon vous ?

Le pire était d'avoir vu Constance s'y donner en spectacle. Oh ! certes, elle était correctement vêtue, elle ! Cependant, ses sourires enjôleurs ne trompaient personne : elle enchaînait les cavaliers comme elle aurait enchaîné les amants, pendant que lui œuvrait à faire avancer leur affaire commune !

Gabriel en concevait une sourde colère. N'avait-elle réellement aucune bienséance ? Une jeune fille de bonne naissance comme elle… Il l'avait observée. Discrètement, afin qu'elle l'ignore. Il ne manquerait plus qu'elle se méprenne sur ses intentions et le croie intéressé par ses charmes !

Plutôt monter à l'échafaud.

— Lâchez-moi, vous me faites mal.

— J'en doute, mademoiselle. La seule part de votre personne qui est en souffrance actuellement, c'est votre honneur – que je m'efforce de sauver !

— Vous n'avez aucun droit d'agir de la sorte !

— Avancez, tout le monde nous regarde.

1. Bals donnés, après Thermidor et la chute des Jacobins, par des associations de parents de guillotinés. La jeunesse thermidorienne qui avait eu un proche exécuté portait soit un costume de deuil, soit un « déguisement de guillotiné », cheveux coupés court pour le couperet et ruban rouge noué autour du cou.

— De quel droit me tyrannisez-vous ? lâcha-t-elle inconsidérément.

À ces mots, Gabriel s'immobilisa brutalement. Elle se heurta à son dos.

— Que savez-vous de la tyrannie, mademoiselle d'Albert ? cingla-t-il en faisant volte-face.

— J'ai subi la Terreur comme tout le monde, monsieur.

— Et la tyrannie des riches aristocrates, comme vous, qui ont vécu sur la misère des pauvres gens durant des siècles ? N'est-ce point la même chose ?

— Pas du tout.

Il plongea dans l'orage de ses yeux, se souvenant brusquement de tout ce qui les séparait, tous les deux.

Tout. Absolument tout.

Gabriel était reconnaissant au destin de lui rappeler cet état de fait.

— Je ne fais que mon devoir, mademoiselle, en m'efforçant de vous éviter le scandale. Vous êtes ma cliente et je n'ai guère envie de représenter l'une de ces…

— De ces quoi, au juste ?

— Ces impudentes. Ces dévergondées. Ces idiotes qui pensent qu'en l'étalage de chair réside la véritable liberté… Savez où se trouve la liberté, mademoiselle d'Albert ?

— J'ai mon idée sur la question !

— Eh bien, laissez-moi vous donner la mienne. La liberté, ce n'est point ce que l'on vous fait croire : ce n'est point obéir à la mode, à la société, qui vous dicte votre conduite ou vos pensées à seule fin de vous manipuler.

Il lâcha son bras sans reculer. Au contraire, même,

il se pencha sur elle pour murmurer ses derniers mots à son oreille.

— La liberté, Constance, c'est de vous sentir libre de *désobéir*.

Il se redressa, satisfait de déceler le doute dans son regard.

— Rentrez donc seule, puisque le cœur vous en dit. Quant à moi, j'ai respecté ma promesse de vous accompagner : ma mission s'arrête ici. Votre honneur ne me concerne point, après tout.

— Vous vous en apercevez enfin ? En effet, monsieur, vous n'êtes nullement concerné. Rentrez donc prendre une tisane et vous mettre au lit, vite ! Sinon vous risqueriez de ne pas être levé avant les poules, demain.

— Adieu, Constance. Je vais récupérer mes maigres effets et rentrer chez moi.

— Parfait !

— Ravi que nous partagions au moins ce point de vue.

— N'oubliez surtout pas votre ego en partant, je ne saurais où le mettre… Nos pièces sont si étroites !

Gabriel s'éloigna, jetant son estocade par-dessus son épaule :

— Ne vous en faites pas, votre honneur perdu a laissé suffisamment de place.

Chapitre 14

24 prairial an IV – dimanche 12 juin 1796

Gabriel rabaissa sur ses yeux le chapeau informe et certainement plein de vermine qu'il avait acheté à un pauvre hère en même temps que ses hardes. Bien malin celui qui aurait pu le reconnaître attifé de la sorte ! Même Jacquot s'y laisserait prendre, à coup sûr. D'autant que la nuit tombait.

Il se gratta le ventre à travers le tissu rêche de la chemise auréolé de taches sans âge.

L'inconfort n'était rien, comparé à l'importance de sa mission. Au contraire, il était même son allié car il lui garantissait l'anonymat. Il y avait tant de défavorisés dans les rues de Paris ! Invisibles pour les élites, ils pullulaient pourtant une fois la nuit tombée.

Gabriel se sentait renouer avec ses jeunes années.

Sauf que cette fois, même s'il avait à nouveau recours à des méthodes condamnables pour une bonne cause, il était parfaitement conscient de la valeur d'une vie humaine. La sienne, celle de Babeuf et de ses camarades emprisonnés… Celle des sentinelles qui risquaient de les découvrir, celle de ses compagnons d'un soir.

Un sifflement le mit sur ses gardes. Il répondit de même, avant de se diriger vers la venelle sombre où Jacquot ne tarda pas à émerger des ombres. Une demi-douzaine de gaillards à la mine patibulaire l'encerclèrent.

— T'es venu, parfait.

— Il me semble que tu n'avais guère besoin de mon soutien en renfort… Vous êtes nombreux.

Il entendit le sourire de Jacquot, invisible dans l'obscurité.

— Tu connais Gracchus comme moi, contrairement à ceux-là : j'ai besoin d'toi pour l'trouver dans la prison. Moi j'resterai dehors pour coordonner les opérations.

Gabriel hocha la tête.

— Bien.

Un homme âgé, aux dents gâtées et aux joues creuses, se tourna vers lui.

— T'es d'la clique à Babeuf, toi aussi ? Un ancien, pas vrai ?

Un autre, le visage marqué par la vérole, renifla bruyamment.

— J'savais point qu'Babeuf faisait dans l'bourgeois !

Gabriel demeura impassible. Ces hommes ignoraient bien évidemment sa véritable identité, en revanche ils n'étaient pas stupides : ils se doutaient qu'il n'était pas de leur monde. Il n'y avait qu'à considérer sa diction, son maintien. Sa mise, même s'il affectionnait les vêtements simples et n'avait pas les moyens d'en faire tailler de nouveaux. Il se lavait régulièrement et brossait sa veste, ce qui suffisait à faire de lui, pour ces hommes démunis, l'équivalent d'un comte ou d'un marquis.

— Si vous en voyez un ce soir, répliqua Gabriel, cela nous fera un amusement de plus.

Des hochements de tête vigoureux lui répondirent. Fort heureusement, Gabriel n'avait pas oublié la façon de s'adresser à des hommes comme eux ; démunis, sans avenir, parfois désespérés et souvent dévorés par la rage nourrie de l'injustice. Des laissés pour compte de la société.

Ils se massèrent dans la ruelle pour attendre un signal qui viendrait de l'autre côté du mur… Un double sifflement suivit d'un trille, ainsi que le lui précisa Jacquot dans une gerbe de postillons.

Gabriel ne comprit pas d'où partit le premier coup de feu. Il vit simplement l'homme vérolé se plier en deux sur les pavés en se tenant le ventre. Puis, il vit le sang. Ou du moins, il en ressentit la consistance poisseuse, terriblement familière, sous les semelles de ses bottes.

— Arrière ! hurla-t-il en agrippant Jacquot par le col pour l'empêcher de se ruer en avant. Il faut fuir tout de suite !

— Mais…

— Pas de « mais » ! Fuyez immédiatement, sans vous retourner. Allez !

Ils ne se le firent pas dire deux fois. Les hommes disparurent en quelques secondes, évanouis dans les ténèbres de cette ville dont ils connaissaient tous les secrets, dont ils faisaient partie intégrante.

Gabriel se cacha dans l'encadrement d'une porte et veilla à ce que tous les hommes soient partis avant d'en faire autant. Il n'était pas question que l'un d'entre eux se fasse prendre ! Non seulement parce qu'il avait vu mourir trop d'innocents, mais aussi parce que si l'un d'entre eux parlait de lui, détaillait son visage, Gabriel n'était pas certain de s'en sortir vivant. Surtout avec Babeuf et sa troupe déjà en prison… Il suffisait que l'un d'entre eux parle, fasse le lien avec lui.

Une fois sûr que tous furent saufs, à part le cadavre qui gisait dans une flaque sombre de plus en plus large, il s'élança à son tour.

Il courut au hasard dans les rues, cherchant avant tout à semer d'éventuels poursuivants.

D'autres coups de feu éclatèrent dans son dos. Gabriel se courba par réflexe, mais ne fut pas atteint.

Il courut sans s'arrêter, les poumons en feu.

Il se retrouva soudain dans une impasse. Des bruits de pas résonnaient dans la rue derrière lui.

Merde !

Comment avait-il pu se laisser piéger ainsi ? Il ne connaissait pas assez ce quartier.

Refusant de sacrifier sa vie aussi sottement, il trouva une énergie nouvelle et escalada le mur de briques. Il sauta dans une cour intérieure où sommeillait un chien.

— Tout doux, chuchota-t-il pour le molosse qui ouvrit un œil. Bon chien… Couché.

Un grondement lui répondit. L'animal agita les oreilles, visiblement interloqué.

Sans lui laisser le temps de prendre la décision de le saigner à mort, Gabriel gravit les deux marches du perron et tourna la poignée en espérant de tout son cœur que la porte ne soit pas fermée à double tour…

Sinon, c'en était fait de lui. Il n'avait pas sa tige de fer sur lui, les soldats étaient tout près, sans compter le chien qui pouvait décider de lui sauter à la gorge d'un instant à l'autre.

Sans doute aurais-je dû retenir une prière du livre de poèmes sacrés de Constance… Elle m'aurait été fort utile en cet instant.

Un déclic, un grincement.

Sauvé !

Gabriel pénétra dans l'obscure fraîcheur de la maison endormie. Il referma derrière lui et s'autorisa enfin une seconde de répit.

Nul besoin de prière, en fin de compte !

Il ferma les yeux, tâcha de calmer sa respiration chaotique. Des points lumineux dansaient sous l'écran de ses paupières… Une sueur glacée lui coulait dans le dos, collant le tissu puant à sa peau.

Allons, vite ! Je peux encore leur échapper : ils n'auront pas le temps de faire le tour et ne penseront pas tout de suite à escalader le mur.

Gabriel se glissa vers le hall d'entrée au rythme des secondes égrenées par une vieille horloge invisible. Une lueur de clarté tombait de la lucarne surplombant la porte principale. La clé était dans la serrure !

Il ouvrit, reconnaissant pour sa bonne fortune en cette soirée difficile, puis se coula à l'extérieur sans courir, du pas tranquille d'un homme qui n'a rien à se reprocher. Ce n'était guère le moment de céder à la panique.

Soudain, un cri retentit.

— Hé, toi !

Le cœur battant, Gabriel s'obligea à ne pas réagir.

— Toi, avec le chapeau et les oripeaux. Arrête !

Et merde !

S'il était arrêté, il ne tarderait pas à rejoindre Babeuf et ne verrait peut-être jamais plus la lumière du jour.

Alors, Gabriel repartit en courant. Il bénéficia de l'effet de surprise, bouscula un couple qui flânait en se tenant par le bras, et s'engouffra dans des rues de plus en plus étroites.

Même lorsqu'il pensa avoir semé ses poursuivants, il ne ralentit pas. Il courut si longtemps qu'il ne reconnaissait plus les rues autour de lui…

Enfin, lorsqu'il s'autorisa à se jeter dans une encoignure de porte, à bout de force, une douleur persistance au côté, il se dit qu'au moins il aurait la satisfaction d'avoir lutté jusqu'à l'épuisement… Tant pis si son destin le menait ce soir vers une mort prochaine.

S'il considérait certains épisodes sombres de son passé, Gabriel devait admettre qu'il l'aurait méritée. Que n'avait-il fait, alors, pour briser les contre-révolutionnaires ! En plus des actions légales, manifestes et journaux, réunions, appels aux armes, il avait également participé à nombre de bagarres de rue, d'arrestations. De meurtres, pourraient prétendre ses juges ; « une seule fois », répondrait-il à l'accusation, « et accidentellement ».

L'homme l'avait menacé d'un couteau, ils avaient roulé au sol et, en se relevant, Gabriel avait trouvé son adversaire inerte, la lame du poignard enfoncé dans la gorge.

Oui, il avait tué.

Une fois.

Accidentellement.

Pourquoi, alors, le visage de cet homme réapparaissait-il dans sa mémoire avec autant d'acuité, accompagné d'un sentiment poignant qui ressemblait fort à de la culpabilité ?

Ressaisis-toi ! Ce n'est point le moment de t'attendrir.

Les secondes puis les minutes s'enfuirent, avalées par l'obscurité trouée par les réverbères, fanaux à destination des fêtards ou des âmes perdues errant dans la nuit.

Gabriel essuya la sueur de son front.

Ce n'est vraiment pas passé loin…

Tant pis pour Babeuf et ses amis.

Cette nuit, la tentative d'évasion imaginée par Jacquot était un échec retentissant. Visiblement, il avait sous-estimé les sentinelles des geôles de Lazare Carnot ! Ou bien il avait été trahi par son contact dans la prison. Mais au moins tout n'avait pas été vain, car Gabriel veillerait à ce que son vieil ami respecte sa parole : il s'était engagé à l'aider à intimider Cambacérès.

Il poussa un soupir, jeta son chapeau mité dans le caniveau. En relevant la tête, ses yeux tombèrent sur une affiche.

LIBERTÉ, ÉGALITÉ, FRATERNITÉ
AU NOM DU TRIBUNAL DU PEUPLE,
CET IMMEUBLE CONFISQUÉ AUX ENNEMIS
DE LA RÉPUBLIQUE SERA BIENTÔT DÉMOLI,
ET SUR SON EMPLACEMENT SE DRESSERA BIENTÔT UN
JARDIN PUBLIC.
DÉFENSE DE PÉNÉTRER DANS
L'ENCEINTE DU BÂTIMENT.

Une idée se fit jour dans l'esprit de Gabriel.

Et si Cambacérès tenait à conserver l'hôtel particulier

des d'Albert en prévision d'une entreprise similaire ? La bâtisse n'était pas entretenue, ne possédait pas grande valeur en elle-même, mais… Peut-être le député concevait-il des projets secrets pour l'ancienne demeure de Constance ? Ou bien pour son emplacement ?

Il entendait bien découvrir la vérité, et si Jacquot oubliait sa dette il n'hésiterait pas à la lui rappeler.

Chapitre 15

26 prairial an IV – mardi 14 juin 1796

Ces derniers jours, Constance n'avait pas ménagé ses efforts. Elle avait rencontré beaucoup de personnes de son entourage et rédigé maintes lettres tout cela dans un unique but : découvrir qui était Gabriel Rocheran. Elle voulait collecter le plus d'informations qu'elle pouvait sur lui, son travail, sa vie personnelle, sa famille, ses passions… Elle ne négligeait aucun renseignement, car chacun pouvait lui permettre de dresser un portrait plus précis de cet homme énigmatique.

Une curiosité bien saine, se disait-elle. Après tout, elle employait cet homme à travers les deniers de Joséphine. Il était bien normal de vouloir mieux le cerner, non ?

Dans son for intérieur, toutefois, Constance devait admettre que son cœur battait plus fort lorsqu'elle pensait à lui, et elle ne pouvait attribuer ces accélérations cardiaques à une quelconque irritation envers lui… C'était autre chose. Un trouble diffus qui s'emparait d'elle dès que ses pensées se tournaient vers lui – c'est-à-dire plus souvent qu'elles ne l'auraient dû.

C'était la première fois que Constance s'intéressait à un homme sans que cela soit en lien avec son désir de vengeance ; la première fois qu'un homme la bouleversait par sa seule présence. Par Dieu, elle l'avait embrassé telle une dévergondée, alors qu'il gisait inconscient sur le sofa !

Gabriel semblait posséder l'étonnante et involontaire capacité de lui faire perdre la tête. Elle devait absolument découvrir ses secrets, tout savoir sur lui, afin de déterminer s'il serait ou non sage de fréquenter un homme aussi dangereux pour le contrôle d'elle-même.

Installée dans la bibliothèque, Constance relisait la lettre de Thérésa Tallien, qui déplorait de ne rien pouvoir lui apprendre sur cet avocat qui ne faisait pas partie de ses proches, lorsque la voix de la domestique la fit sursauter.

— Les journaux, mademoiselle.

— Merci, Georgette.

Elle déposa une pile de journaux pliés sur le bureau.

— Désirez-vous autre chose, mademoiselle ?

— Non. Je vous remercie.

La domestique disparut dans une courbette. Constance se jeta alors sur les journaux, qu'elle éparpilla sur le bureau. Il y avait *Le Rédacteur*, le journal du Directoire ; *L'Ami du Peuple*, la gazette révolutionnaire dirigée par Lebois ; *Le Républicain*, un autre journal révolutionnaire ; *Le Censeur des Journaux*, aux idées royalistes ; *L'Accusateur public*, aux satires parfois choquantes.

Constance fut satisfaite de constater qu'il y avait tout ce qu'elle avait demandé. Sans attendre, elle feuilleta les premières pages de chacun, compara les titres, les articles mis en avant. Elle avait pris l'habitude de lire les gazettes de toutes les factions, afin de compiler les informations et ainsi se faire une idée plus précise de la situation à Paris. Elle se découvrait un véritable intérêt pour la politique et ses complexes rouages.

Car, à présent que le régime des rois de France avait pris fin, se posait l'incontournable question : vers qui se tournerait la France ? À qui confier son destin ? Il restait des monarchistes, qui cherchaient des soutiens en Europe. Les héritiers des idées jacobines publiaient des pamphlets mais ne semblaient guère portés sur l'action. Le Directoire, qui tenait les rênes du pouvoir, paraissait trahir les idées révolutionnaires de démocratie pour conserver ce pouvoir…

La République avait-elle encore un avenir ?

Dans ce cas, qui seraient les meilleurs dirigeants ?

Constance étendait progressivement ses connaissances. Elle s'interrogeait sur des points qui, auparavant, ne la préoccupaient guère et s'étonnait de découvrir que de nombreuses personnes, royalistes ou révolutionnaires, s'opposaient résolument au Directoire. Comme elle. Si la Terreur de 1794 était responsable de son emprisonnement et de la mort de sa famille, en revanche c'était la Convention thermidorienne et le Directoire qui lui avaient volé son avenir.

Subitement, Constance entrevit une éventualité… Serait-il possible que sa situation personnelle rejoigne un mouvement plus vaste de résistance au gouvernement en place ?

Par le Christ ! Je ne veux point devenir l'une de ces monstres révolutionnaires assoiffés de sang !

Une main sur la bouche, elle repoussa les journaux.

Sa propre fougue éveilla la crainte dans son cœur. Elle ne devait pas aller trop loin : obtenir réparation pour les torts commis était une chose, s'engager dans un mouvement contestataire en était une autre ! Que diraient ses parents d'une telle attitude ? Ce n'était pas digne d'une jeune fille de bonne famille.

Je ne dois pas perdre de vue mon objectif personnel.

Soudain, un gros titre attira son attention. Écartant les pages entassées pêle-mêle sur le bureau, Constance lut l'article. Il y était question d'un complot mis au jour par les services d'ordre du président directeur Carnot : la « Conjuration des Égaux », ainsi que les séditieux nommaient eux-mêmes ce mouvement visant à renverser le Directoire.

Constance releva les yeux, consternée.

Il existait donc des hommes qui œuvraient à détruire le gouvernement pendant qu'elle allait de bals en réceptions et de fêtes publiques en représentations théâtrales… Pendant qu'elle tentait de se forger une nouvelle vie tout en sauvant les décombres de l'ancienne.

Un jappement la tira de ses pensées.

— Oui, Fortuné ! C'est l'heure de ta promenade ? Viens là.

Elle s'empara du petit chien qui lui lécha le visage en agitant frénétiquement la queue. Il s'habituait enfin à elle, ce qui remplissait Constance de joie.

— Allons nous promener, Fortuné. J'emporte ta balle, nous pourrons jouer dans le parc !

Elle déposa un baiser sur sa tête. Il était bien doux de serrer un petit être chaud et aimant contre son cœur…

Elle saisit la balle de tissu du petit chien. Au moins, cette promenade quotidienne lui permettait toujours de réfléchir à ce qu'elle savait de Gabriel Rocheran. C'était plus fort qu'elle : elle voulait tout savoir de lui ! De sa famille, de ses habitudes. Elle avait ainsi l'impression qu'elle pourrait apprivoiser petit à petit la sensation troublante qu'il provoquait en elle et, peut-être, parvenir à conserver l'esprit lucide.

De son passé, elle avait découvert si peu… Tout juste son village d'origine, en Picardie, et l'année au cours de laquelle il était arrivé dans la capitale : 1790. À l'âge de vingt ans. Ensuite, personne n'avait pu la renseigner sur ce qu'il avait fait entre 1790 et 1796. À croire qu'il n'avait rien fait de particulier dans cet intervalle ! Ce qui serait bien étonnant, en pleine Révolution.

Un bref soupir lui échappa.

Que faisait-il donc ? Il ne répondait pas à ses messages. Travaillait-il pour elle ? Boudait-il, tel un enfant, après leur dispute lors de la fête de la Victoire ?

Sa démarche raide, son port de tête digne accentué par sa cravate nouée haut sous sa mâchoire, son haussement de sourcils lui manquaient… Soudain, Constance aurait tout donné pour le voir, là, tout de suite, et affronter à nouveau son regard incisif. Son abord direct, sans artifices, lui manquait bien plus qu'elle ne l'aurait soupçonné.

Elle décida de rédiger deux billets avant le soir. L'un pour Rocheran, le prévenant qu'elle viendrait le voir le lendemain et qu'elle lui défendait de refuser.

Le deuxième billet serait destiné à la rédaction du

Républicain, dans lequel elle espérait faire publier un article dénonçant les déloyautés de Cambacérès. Puisque Rocheran ne l'aidait guère et ne daignait même pas lui faire part de ses avancées, Constance devait bien prendre les choses en main de son côté !

Elle avait résolu de combattre avec les armes à sa disposition, à savoir son cercle de connaissances et les journaux politiques. Elle ne doutait pas, en œuvrant avec prudence, de parvenir à faire éclater le scandale ; ensuite, lorsque le député Cambacérès se trouverait en mauvaise posture, elle exigerait qu'on lui rende son héritage. C'était aussi simple que cela.

C'était sa première intrigue... Se frotter ainsi au milieu fermé des dirigeants parisiens ne l'enchantait guère, mais elle se formait jour après jour en dévorant les gazettes de tous bords. Non seulement cela lui permettrait de maîtriser les règles du jeu, mais de plus elle espérait toujours récolter quelque information sur le passé du député ou bien sur ses détracteurs.

Fortuné grattait maintenant la porte donnant sur le jardin, et Constance lui caressa la tête avant d'actionner la poignée.

— Très bien, allons-y ! De toute façon, jouer à la balle avec toi me détendra bien plus que mes ruminations. Et je me dois d'être plus douce et souriante que jamais, ce soir !

Une réception de Mme de Staël était l'occasion rêvée pour étendre son cercle d'amis et lancer quelques rets vers ses deux cibles... Cambacérès, et le mystérieux Gabriel.

— Enchantée de vous revoir, ma chère.

Nerveuse, Constance veilla à ce que sa voix ne tremble pas devant Mme de Staël, qui recevait ce soir.

— Je vous remercie de votre aimable invitation.

Elle était encore étonnée d'avoir reçu un carton la veille, mais après tout elle représentait Joséphine en son absence… Les deux femmes ne s'appréciaient pas réellement tout en entretenant des rapports cordiaux. Soigner son cercle de relations pouvait s'avérer crucial et les femmes, surtout, devaient veiller à sans cesse élargir leurs soutiens potentiels.

Mme de Staël, qui portait ce soir une robe de bal d'un rouge sombre et un turban assorti, dont on devait lui avoir assuré que la couleur seyait à son teint un peu sanguin, disserta un moment sur les dernières pièces de théâtre à la mode. Constance soutint la conversation de son mieux, puis respira lorsque la maîtresse des lieux la quitta pour accueillir d'autres invités.

Elle releva la tête, faisant tinter ses créoles – enfin, celles de Joséphine, dont elle lui avait laissé l'usage en son absence. Elle était bien décidée à mettre cette invitation à profit pour partir en quête d'informations utiles.

Elle ne devait rien montrer de son appréhension, transformer sa gaucherie en réserve que les hommes apprécieraient. Ils le faisaient toujours, pour peu que la timidité en question demeure séduisante. Et cela masquait parfaitement tout sentiment de gêne ou de malaise… Un jeu d'enfant !

Constance saisit une flûte de champagne sur un plateau et évolua gracieusement entre les groupes de convives, attirant les regards sur son passage. Cette robe de mousseline suggérait juste ce qu'il fallait pour s'assurer de ne pas passer inaperçue.

Un homme au sourire éclatant se dressa devant elle, la saluant bien bas.

— Permettez-moi de me présenter, mademoiselle. Léon Delmotte, capitaine d'artillerie.

Constance détailla son uniforme avec un sourire mi-sage, mi-effronté, et sut qu'elle visait juste. Le regard sombre du militaire pétilla en se vissant au sien.

— Me ferez-vous l'honneur d'une danse ?

— Monsieur, je ne me suis même pas encore présentée… Inviteriez-vous une inconnue ?

— Mais je sais déjà qui vous êtes.

— Oh ! vraiment ?

— Vous êtes Diane chasseresse, et vous avez capturé mon cœur.

Constance rit de bon cœur. Les hommes pouvaient se montrer si imaginatifs lorsqu'ils étaient tiraillés par les tourments du désir !

— Pour une danse, monsieur, il va falloir me promettre une chose…

— Tout ce que vous désirerez, Diane… Si c'est en mon pouvoir.

— Eh bien… venez.

Constance se retourna, sachant pertinemment que sa première conquête du soir la suivrait n'importe où. C'est cela qui donnait le pouvoir aux femmes : le désir des hommes, toujours. Si elle veillait à ne jamais le satisfaire, ni celui du capitaine Delmotte ni d'aucun autre homme, Constance pouvait obtenir monts et merveilles, elle le savait.

Encore fallait-il éviter les endroits trop isolés où ces messieurs se sentaient souvent autorisés à toutes les privautés.

Elle contourna un groupe de femmes aux tenues légères et colorées, dont certaines lui firent un signe de la main. Constance s'arrêta près d'un buffet, suffisamment fréquenté pour lui garantir une certaine sécurité, et cependant au calme pour converser puisque les personnes alentour ne songeaient qu'à picorer les mets délicats mis à leur disposition. Des valets les servaient avec diligence. Personne ne prêterait attention aux propos qu'elle échangerait avec le capitaine, sauf si celui-ci devenait trop entreprenant.

Parfait.

— Dites-moi vite, Diane : qu'attendez-vous de moi, pour une danse ?

Mutine, Constance le regarda sous ses cils.

— Je voudrais savoir…

— Oui ?

— Vous qui êtes un militaire, vous devez connaître beaucoup de monde à Paris, n'est-ce pas ?

Décontenancé, Léon Delmotte eut un petit rire.

— Souhaiteriez-vous que je vous présente à quelqu'un en particulier ? Pitié, ne m'avouez pas être amoureuse d'un autre, je ne le supporterais guère !

— Moi non, monsieur, mais… l'une de mes amies aimerait en savoir plus sur un certain homme, et… je tente de me renseigner pour elle à chaque occasion qui se présente. Nous, femmes, devons faire très attention à préserver notre réputation, comprenez-vous ?

— Parfaitement ! Vous avez raison, mademoiselle, et

je vous trouve parfaitement dévouée envers votre amie. Qui est l'homme sur lequel vous enquêtez ?

— Eh bien…

Constance hoqueta.

Était-ce possible ? Comme si le destin se jouait d'elle, elle croisa soudain le regard de Gabriel Rocheran, qui la fixait froidement depuis l'autre bout de la pièce.

Chapitre 16

Lui, ici ?

Il n'avait rien des hommes qui fréquentaient le salon de Mme de Staël, tant s'en faut ! Raide et austère dans son costume noir, la cravate blanche nouée haut sous son menton, il paraissait aussi déplacé en ce lieu qu'un mousquet de chasse dans une chambre de jeune fille.

— Pardonnez-moi, bafouilla Constance. Je… J'ai une personne à saluer. Vous ne m'en voudrez pas, capitaine, n'est-ce pas ?

Après tout, faire mariner sa conquête ne serait que plus efficace. Lorsqu'elle reviendrait vers lui, le capitaine Delmotte n'en serait que plus à point.

Elle s'excusa et marcha droit sur Gabriel. Il la regarda venir vers lui, un sourcil en l'air, l'expression amusée derrière son éternel masque impassible. Elle le voyait à la lueur dans son regard.

— Le bonsoir, maître.

— Mademoiselle. Vous venez de laisser votre proie en plan : je vous en prie, ne changez pas vos plans pour la soirée.

— Mais pas du tout ! Le capitaine Delmotte me

faisait aimablement la conversation. Je suis surprise de vous trouver ici…

— Ah oui ? Me jugez-vous trop sérieux pour me rendre à une réception ?

— Tout à fait. Mais aussi trop *vous* pour vous entendre avec la maîtresse de maison.

Mme de Staël, fille de l'ancien ministre des Finances[1] du roi Louis, ne cachait pas ses vues monarchistes et Gabriel, avec son allure proprement jacobine, ne risquait pas de partager ses opinions.

Un muscle tressaillit sur sa mâchoire.

Avait-il manqué sourire ? Il n'était donc point aussi fâché qu'il voulait le laisser paraître.

Intéressant.

Constance se surprit à songer avec nostalgie au véritable sourire qu'il avait laissé échapper à son étude… Si lumineux. Si plein de charme. Bien vite effacé, toutefois, empreint d'une timidité qui contrastait terriblement avec l'assurance que dégageait Gabriel dans chacun de ses gestes. Une sorte de preuve qu'il était humain, avec ses doutes et ses faiblesses, derrière cette apparence austère. Mais, surtout, un sourire qui avait touché Constance en plein cœur.

Elle lui jeta un œil à la dérobée.

Il fallait avouer que Gabriel Rocheran était loin d'être laid ! Grand, mince mais solide, les traits fins et l'œil intelligent, il était même fort séduisant. Constance sentit les battements de son cœur s'emballer lorsqu'il se déplaça d'un pas vers elle pour éviter un couple,

1. Jacques Necker.

frôlant son bras au passage. Puis il s'éloigna, mais Constance demeura bouleversée.

Oui, Gabriel Rocheran avait tout pour plaire. Il aurait suffi qu'il apprenne à sourire plus souvent pour devenir totalement irrésistible.

— Je prends ceci pour un compliment, répondit-il après un long moment, sans la regarder.

Constance ressentit un douloureux pincement au cœur en comprenant qu'il la prenait certainement pour l'une de ces séductrices de salon… Et comment aurait-il pu en être autrement ? Après tout, il venait de la trouver en pleine parade devant ce capitaine, et elle portait une robe assez suggestive, ce soir.

Une ombre s'étendit sur son cœur.

Elle ne pouvait le détromper. Cela faisait deux années qu'elle travaillait à se construire une réputation toute neuve de jeune fille du monde, coquette et séduisante, afin de peut-être, un jour, développer suffisamment d'appuis pour récupérer son héritage. Elle ne pouvait pas tout abandonner maintenant ! Pour les beaux yeux d'un avocat qui la méprisait, qui plus est.

Seigneur !

Comment pouvait-elle ne serait-ce que penser une telle chose ? Bien entendu, que ses plans ne changeraient point pour Gabriel Rocheran.

Constance déposa sa flûte sur une console tout près, perdue dans ses pensées. Rocheran avait éveillé quelque chose en elle. En sa présence, elle ressentait l'irrépressible envie d'être elle-même, de déposer son masque… De lui plaire, pour être tout à fait honnête.

Il devenait dangereux pour elle de fréquenter cet

homme. Elle avait le droit de le trouver séduisant malgré son attitude distante, mais certainement pas de tomber sous son charme ! L'amour n'était tolérable qu'une fois mariée, et pas avec son mari.

Elle s'aperçut soudain qu'il lui parlait, mais si bas que sa voix grave était couverte par la musique et les rires.

— Je vous demande pardon ?

— Je disais que je me sens mieux à présent que vous avez déposé les armes.

— Les… Les armes ?

Dieu, il la rendait stupide ! Voilà qu'elle répétait sottement tout ce qu'il disait.

Les lèvres de l'avocat s'étirèrent à nouveau en un fragile sourire. Constance remarqua une jolie fossette au coin de sa bouche…

Du doigt, il désigna la flûte qu'elle venait d'abandonner.

— Je suis bien placé pour savoir ce dont vous êtes capable avec une flûte de champagne. Et je tiens à conserver mon veston intact, si c'est possible.

Constance laissa échapper un rire.

— Je le reconnais : je suis à présent désarmée ! Si nous concluions une trêve pour la soirée ?

— Étions-nous en guerre ?

Il la fixa avec une telle intensité qu'elle sentit le sang monter à ses joues. Ils se dévisagèrent tous deux avec le plus grand sérieux, chacun guettant sur les traits de l'autre une vérité qui semblait toujours lui échapper.

— C'est vous qui avez déclaré la guerre, lors de la fête de la Victoire.

— Je…

Il soupira, prit quelques secondes avant de lui répondre.

— Je n'ai point goûté de vous voir aussi frivole, tandis que je venais de... Oh ! après tout, ce n'était rien.

— Quoi donc ?

— Rien d'important. Je pensais avoir un plan, mais il s'est avéré sans valeur.

— Vous pourriez me tenir au courant de votre travail ? nota Constance d'un ton pincé. Cela me concerne également. Et sachez que je ne suis *pas* frivole, monsieur Rocheran. J'utilise mes propres armes – et je n'évoque point de pauvres flûtes à champagne.

— Je commence à le comprendre, en effet.

Il eut un nouveau demi-sourire qui noua le ventre de Constance. Elle détourna les yeux, inquiète. Son cœur battait trop vite, trop fort, et cependant ses jambes semblaient dépourvues de toute vigueur... Elle se sentait à la fois faible et vivante, ce qui était une sensation bien singulière.

Comme il demeurait muet, Constance se risqua à affronter à nouveau ses yeux couleur de ciel pur.

— Donc, pas de guerre entre nous ? Est-ce officiel ?

— Exactement.

— Bien. Vous vous engagez donc à ne plus arborer cette mine de triste sire en permanence, et de ne plus grincer des dents lorsque je danse ?

— Je ne grince pas des dents ! s'offusqua-t-il.

— Je vous assure que si.

Il soupira, visiblement excédé. Constance devina néanmoins qu'il était secrètement amusé et n'agissait ainsi que pour la mettre en colère.

— Ce sera difficile, fit-il enfin, mais je vais essayer de tolérer votre comportement scandaleux.

— Me voilà soulagée ! Je dois dire que… je…

Quelle sotte !

Constance se serait donné des gifles. Elle avait commis l'erreur de replonger dans ses yeux au moment même où le jeune homme, bousculé par quelque convive, se rapprochait d'elle à la toucher.

Son odeur l'enveloppa. Le feu envahit son regard habituellement glacé, et Constance remarqua sa pomme d'Adam monter et descendre très vite, comme s'il était lui aussi profondément troublé.

Enfin, elle retrouva l'usage de la parole.

— Je ne saisis guère pourquoi nous nous déchirons ainsi.

Gabriel secoua lentement la tête, la respiration plus lourde.

— Moi non plus, à vrai dire.

Ils demeurèrent ainsi, muets et déconcertés, durant de longues secondes. Si près l'un de l'autre que, lorsque l'orchestre commença à jouer un nouveau morceau, il parut tout naturel à Constance de proposer une danse à Gabriel.

— Plaît-il ? croassa-t-il, clairement déstabilisé.

Amusée, Constance ne résista pas à l'envie de l'asticoter.

— Vous savez, une danse : les gens qui se rendent dans les bals, bien souvent, se réunissent deux par deux et évoluent en rythme sur la musique de l'orchestre… C'est ce que l'on appelle de la « danse ».

— Je ne sais pas danser.

— Je gage que c'est faux, répliqua Constance sans perdre son assurance. Vous ne souhaitez simplement pas danser avec moi, car vous craignez d'éveiller les foudres du capitaine Delmotte. Je vous comprends. Il est assez impressionnant…

Gabriel plissa les yeux.

— Ce petit militaire obséquieux, là-bas ? Laissez-moi rire. Il m'a tout l'air de vous avoir oubliée dans les bras d'une autre cavalière… Je suis navré pour vous.

— Oh ! le goujat !

C'était la vérité. Delmotte paradait avec une jeune beauté aux épaules nues, dont la seule parure résidait dans une tiare de plumes et un rire de gorge assez bruyant.

Rocheran se dérida, ce qui exaspéra davantage Constance.

— Vous trouvez ça drôle ?

— Mais pas du tout, affirma-t-il sans cacher son sourire moqueur.

— Si, vous vous moquez !

— Jamais de la vie, voyons.

— Eh bien, raison de plus : c'est à cause de vous que j'ai perdu mon cavalier, alors vous me devez une danse. Et je la veux tout de suite.

Une étincelle traversa son regard clair.

— Fort bien, mais je vous préviens : une seule danse.

— Une seule, c'est d'accord.

— Ne me rejouez point votre couplet ensuite !

— Entendu.

— Bien.

Ils hésitèrent un instant, aussi gauches l'un que

l'autre, puis Rocheran prit une profonde inspiration comme s'il se jetait à l'eau.

— Allons-y, alors.

Il enlaça la taille de Constance d'un bras ferme, lui arrachant un hoquet. Elle n'avait pas envisagé de danser aussi serrés l'un à l'autre... Les danses modernes s'étaient certes affranchies des anciens carcans, permettant toutes les audaces, mais Constance n'avait jamais osé tenter un tel avant-gardisme chez la très cultivée et érudite Mme de Staël.

Et, surtout, elle n'aurait jamais imaginé *Gabriel* danser de la sorte. Il lui parut soudain beaucoup plus humain. Son imagination bien polissonne, couplée aux souvenirs qu'elle possédait secrètement de son torse nu, se plut à lui envoyer des images impudiques.

Sans doute Rocheran se vengeait-il en la mettant mal à l'aise. Aussi, elle décida de ne pas lui donner satisfaction et coula hardiment une main sur son épaule, l'autre sur son torse. Pressée contre lui, elle pouvait sentir son torse se soulever avec régularité sous la paume de sa main. Son regard la transperça. Elle pouvait sentir les battements de son cœur sous l'épaisseur de son veston, la chaleur de son corps contre le sien.

— Si nous dansons ainsi, ironisa-t-elle, vous devrez m'épouser ensuite ! Ce serait bien trop inconvenant.

Il la relâcha légèrement.

— Et nous devrions aussi bouger...

— Bouger ? répéta-t-il en fronçant les sourcils.

— Vous aviez raison, vous ne savez absolument pas danser !

— Je ne mens jamais, Constance.

Il l'entraîna dans le flot des danseurs sans lui laisser le temps de s'appesantir sur le fait qu'il l'avait appelée par son prénom. Erreur ? Impertinence ?

Constance ne pouvait plus réfléchir – en partie parce qu'elle devait faire attention à ne pas entrer en collision avec d'autres danseurs. Quelle catastrophe ! Rocheran était un véritable danger ambulant sur une piste de danse.

Me voilà bien punie de cet accès de folie ! Proposer une danse à un homme que je voulais éviter de côtoyer… Que dirait Joséphine ?

Son pied marcha sur l'ourlet d'une danseuse puis glissa sur le parquet parfaitement lustré. Constance s'agrippa aux épaules de Rocheran, consciente du tableau burlesque qu'ils devaient former, tous les deux…

Si je ne meurs pas de honte ce soir, j'aurai de la chance.

Le bras de Gabriel se resserra autour d'elle, la stabilisant efficacement. Mais ils étaient de nouveau étroitement serrés l'un contre l'autre – beaucoup trop étroitement. Constance avait plaisanté, tantôt : elle ne craignait point pour sa réputation, qu'une simple danse ne suffirait pas à ruiner… Elle craignait pour son cœur, qui battait bien trop fort au contact de Rocheran.

Comment fait-il cela ?

Il était pourtant parfaitement correct, le dos droit, les manières impeccables. Comment ce simple contact pouvait-il rendre Constance aussi… aussi…

Sa main se déplaça légèrement pour se nicher au

creux de sa taille, où elle semblait retrouver sa véritable place.

Constance sentit son cœur s'emballer tel un cheval furieux.

— Ralentissez ! Je vais trébucher…

— D'accord.

Il s'arrêta si brusquement que Constance se heurta à sa poitrine. Levant les yeux, elle voulut le réprimander mais demeura silencieuse en croisant le feu de son regard. Pour une fois, ce n'était pas la colère qui avait ravivé le froid de ses iris.

*Est-*ce *qu'il ressent cette étrange vibration, lui aussi ?*

La musique s'arrêta.

Constance et Gabriel se lâchèrent à l'unisson, mêlèrent leurs applaudissements à ceux des autres danseurs.

— Ce fut un plaisir, murmura Constance. Cependant, rappelez-moi de ne plus jamais danser avec vous !

— Était-ce si terrible ?

Constance hésita avant de répondre. Comment cela avait-il été, de danser avec lui ?

Étrange.

Singulier, et pas seulement à cause de ses lacunes.

Terrible, non. Certainement pas. Son visage s'échauffa brusquement au souvenir du plaisir coupable qu'elle avait ressenti dans ses bras. Un nœud se forma au creux de son ventre, lui coupant la respiration.

*Seigneur Dieu… Est-*ce cela, tomber amour*euse ?*

Elle le regarda bien en face, le souffle court, chancelant légèrement sur ses jambes parcourues de délicieux frissons.

— Non, ce ne fut pas « terrible ». Simplement,

prenez quelques leçons avant que nous recommencions. Le bonsoir, maître Rocheran.

Abasourdie par la réponse qu'elle avait donnée, Constance prit congé et s'échappa aussi vite que possible en direction de la rue, où l'attendait François avec le demi-fortune.

Son cerveau ne fonctionnait plus.

Son cœur, un peu trop.

Chapitre 17

29 prairial an IV – vendredi 17 juin 1796

Germain siffota trois fois, comme prévu. Gabriel reconnut sa silhouette maigre aux jambes trop longues, de l'autre côté de la rue, et traversa devant un fiacre qui roulait à faible allure.

Il attira le gamin dans une rue plus étroite où, en baissant le ton, ils purent parler sans être entendus.

— As-tu pu transmettre le message ?

— Si fait, m'sieur ! Il l'a eu. Le garde que vous connaissez dans la geôle était bien là, et il est de vot'côté, ça, vous pouvez en être sûr. Il n'est pas content de voir la prison aussi pleine. J'ai aussi une réponse pour vous…

— Vraiment ?

Gabriel avait involontairement haussé la voix. Il se reprit et chuchota la suite.

— Comment est-ce possible ?

— Ben, le garde a fait ce qu'y fallait. Il a sans doute donné de quoi écrire à vot' ami.

— Donne vite !

Gabriel se saisit du morceau de papier sale que le

garçon sortit de sa chemise, et reconnut aussitôt l'écriture de Babeuf. Même hésitante, écrite dans l'obscurité et visiblement trempée dans un encrier presque vide, elle lui confirmait bien l'identité de celui qui avait écrit ces lignes.

Il y en avait quatre. Malhabiles et ondulantes.

Ne viens plus ici.

Trop dangereux pour toi.

Prends soin de ma famille en cas de malheur,

c'est tout ce que je souhaite. G.

— C'est bien lui, ça ! s'emporta Gabriel en fourrant le papier dans sa poche. S'il n'avait pas joué les idiots, sa famille serait en sécurité ! Viens, Germain. J'ai encore besoin de toi pour une course, puis tu pourras rentrer chez toi.

Germain, qui ne savait pas lire, lui jeta un regard incertain tandis qu'ils se mettaient tous deux en marche vers l'étude de l'avocat.

— M'sieur…

— Oui ?

— Est-ce que vous allez l'aider ? Le prisonnier, je veux dire. Y paraît qu'il est à l'ombre pour quequ'chose de grave. Vous pouvez l'aider ?

Gabriel secoua la tête, la rage lui tordant le ventre.

— Je ne peux rien pour lui, Germain.

— Alors, il va…

— Il va passer en jugement, et s'il est reconnu coupable d'un crime grave, dans ce cas il sera exécuté. Et ses comparses avec lui.

Et moi avec, si notre ancienne amitié éclate au grand jour.

Ce soir-là, Gabriel travailla tard. Jacquot, qu'il avait relancé, avait mis au point un moyen de rencontrer Cambacérès seul à seul : restait à rendre ce plan réalisable ! Gabriel le trouvait risqué, mais suffisamment osé pour qu'il fonctionne. Tout le monde serait certainement pris par surprise.

Gabriel s'aida de quelques gorgées de vin pour ne pas s'endormir. Il avait déjà bu une demi-bouteille lorsque des coups secs résonnèrent à la porte.

— Qui est là ?

— Germain, m'sieur !

— Germain ?

Il bondit de son fauteuil, ouvrit la porte à la volée.

— Que diable fais-tu là, à cette heure ? Ta mère doit s'inquiéter !

— J'ai entendu dire qu'y avait une grand' soirée costumée, ce soir. Et… j'ai entendu dire que vot' député y serait.

— Cambacérès ? En es-tu sûr ?

— Ça, oui ! Même que les gars qu'en parlaient avaient pas l'air ravis qu'il y soit, y se moquaient de lui.

— Je vois.

Les mœurs du député n'étaient un secret pour personne, et même s'il restait extrêmement secret, les journaux satiriques s'en donnaient à cœur joie en extrapolant une liste de potentiels amants. Certains avaient pour les hommes tels que lui une aversion si profonde qu'ils ne supportaient pas sa présence.

— J'ai pensé qu'ça vous intéresserait sûrement de savoir où l'trouver…

En effet, il était toujours instructif de parler aux gens de façon informelle, au cours d'une réception par exemple. Ou d'une soirée costumée. Qui sait ? Peut-être n'aurait-il point besoin de l'idée étrange de Jacquot.

— Tu as bien fait, Germain. Merci.

L'enfant attrapa au vol la piécette que lui lança l'avocat.

— Où se trouve cette fête ? fit Gabriel en saisissant sa veste.

— Au Tivoli. Mais vous ne pouvez pas y aller comme ça !

— Ah non, et pourquoi ?

— C'est qu'c'est costumé, comme fête.

Gabriel ricana.

Costumé ! Bien sûr. Ces bougres d'idiots de riches Parisiens ne savaient plus quoi inventer pour se divertir, quand tant d'autres mouraient de faim… Il fouilla dans un tiroir, tira un petit morceau de papier flambant neuf qu'il plia et rangea dans sa poche.

— Ne t'occupe pas de ça. Costumé ou non, j'en fais mon affaire.

— Bien, m'sieur.

— Maintenant, tu vas me faire le plaisir de rentrer immédiatement chez ta mère ! Les rues de Paris la nuit ne sont pas sûres.

L'entrée des jardins de plaisir du Tivoli, 374 rue Saint-Lazare, s'élevait à la somme exorbitante de trois livres. Gabriel ne pouvait se permettre de dépenser autant juste pour pénétrer dans les jardins, cependant il s'était muni d'un assignat de cinq livres. Faible valeur ou pas, l'assignat fut accepté et il put entrer.

Il était tard, près de 11 heures du soir. On prévoyait un feu d'artifice, aussi la fête s'étirerait-elle dans la nuit ; plantes et fleurs exotiques s'épanouissaient autour des sentiers de promenade, encerclant une montagne artificielle illuminée de torches et de lampions. Hommes et femmes, tous très jeunes, s'amusaient et riaient ; d'autres semblaient même engagés dans certaines activités plus intimes, dans le secret de buissons qui ne les dissimulaient que partiellement.

Gabriel serra les dents.

Était-ce pour *cela* que tant d'hommes justes avaient sacrifié leur vie sur l'autel sanglant de la Révolution ?

Tant de pauvres gens souffraient, tandis que d'autres ne songeaient qu'à bafouer la morale en s'amusant sans limites, ou presque. Gabriel songea aux affamés de Paris, qui dormaient dans les rues, mais aussi à Babeuf et ses comparses qui ne vivraient peut-être pas longtemps ; à la femme de Babeuf et à ses trois enfants, qui deviendraient peut-être orphelins sous peu... Enfin, était-on obligé de détruire les barrières qui faisaient de l'homme une espèce supérieure, juste pour oublier une période terrible ? N'était-ce pas plutôt le moment de se préoccuper de sa patrie, de son avenir et de celui de ses enfants ?

Gabriel haïssait ces jeunes gens riches et désœuvrés. Leur comportement lui répugnait au plus haut point ! Il se sentait si étranger dans ce cadre étrange, hors du temps, hors des réalités, qu'il avait du mal à séparer le rêve de la réalité.

Il se retint de cracher par terre en voyant une femme seins nus onduler autour d'une colonne de style grec, visiblement sous l'emprise de la boisson.

La déchéance la plus totale.

Une musique entraînante guida Gabriel jusqu'à une immense tente où évoluaient des danseurs costumés pour le moins entreprenants. On dansait une valse, cette nouvelle mode venue de l'Est : les couples tournoyants en profitaient pour se coller l'un à l'autre, bien plus étroitement que lors de sa danse avec Constance chez Mme de Staël.

Qu'en dirait Constance ?

Il avait été bien avisé de répondre à l'invitation de Mme de Staël : s'il ne partageait pas ses opinions politiques, du moins cette soirée avait-elle été illuminée par cette danse avec Constance. Gabriel ne put empêcher son cœur de s'emballer au souvenir de cette main frêle posée sur sa poitrine, de ce corps souple entre ses bras... De sa douce odeur de rose.

Il se secoua, avisa une imposante silhouette grimée en personnage grec ; Périclès, à en juger par son postiche de barbe bouclée et son casque d'hoplite rejeté sur le haut de son crâne. Il ne dansait point mais amusait une demi-douzaine de jeunes gens vêtus en éphèbes ou en échansons qui buvaient ses paroles en minaudant.

Je te tiens.

Gabriel s'approcha, s'empara d'une coupe de vin aux forts effluves épicés imitant probablement le vin romain, qu'il vida d'un trait.

Il la jeta dans l'herbe sans se détourner de sa cible. Sans ralentir.

— Le bonsoir, citoyen député !

L'homme se retourna. Gabriel reconnut sans peine les sourcils broussailleux de Cambacérès.

— Où est ton costume, Rocheran ?

Il l'avait donc reconnu. Parfait. Il écarta les bras dans un geste grandiloquent et fit une petite courbette.

— J'ai enfilé le costume de la justice !

Un jeune homme s'esclaffa, tout près.

— Je m'imaginais la justice un rien plus séduisante... Dotée d'autres attributs.

Gabriel ne lui accorda pas un regard, ni à lui ni aux autres écervelés qui se gaussèrent.

Le député lui prit le bras et ils s'éloignèrent de quelques pas.

— La justice ? s'amusa-t-il. Tu ressembles plutôt à Saint-Just[1] ! Habillé de noir, le dos raide, hautain, insensible, à peine humain. Et doté d'un charme certain, il est vrai. As-tu connu Saint-Just, Rocheran ?

Mieux que vous, sans le moindre doute.

— Si fait. Comme tous les Parisiens qui s'intéressaient un tant soit peu à la politique, sous la Terreur.

— Ah ! il est vrai qu'il était terrible... Au sens propre du terme. Plus terrifiant encore que Robespierre, par son impénétrable indifférence que dévorait parfois une

1. Louis Antoine de Saint-Just, soutien de Robespierre et des montagnards, fut le plus jeune député élu à la Convention nationale. Il réorganisa l'armée sur les fronts du Rhin et du nord, théorisa la Première République, participa à la création de la Constitution de l'An I (1793). Il défendit l'égalité citoyenne avec une intransigeance qui lui valut les surnoms d'« archange de la Terreur » et d'« archange de la Révolution ».

passion destructrice. Mieux valait ne pas croiser son chemin si l'on ne voulait pas finir suspecté, accusé, puis...

Le député mima le couperet de sa main gantée.

Gabriel retint l'afflux de colère qu'il sentait monter en lui. Saint-Just avait été un orateur hors pair, un député brillant par sa vive intelligence et sa langue acérée. Parfois dévoré par ses passions et coupable d'ambition, certes, mais surtout, il avait été un homme entièrement dévoué à sa vision de l'avenir, aux idéaux égalitaires qu'il défendait. Dévoué à la République naissante, qu'il aspirait à façonner selon ses rêves. Gabriel se souviendrait toujours de lui ainsi.

Mais pour l'heure, il se contenta d'acquiescer en conservant son avis pour lui.

— Je n'aurais pas cru vous trouver ici, citoyen député.

— Je te retourne la pareille.

Il serra plus fort le bras de Gabriel.

— Que veux-tu, Rocheran ?

— Vous parler, citoyen député.

Cambacérès grogna en le lâchant.

— Encore cette femme qui veut la maison de son père ?

Gabriel hocha la tête.

— Je croyais t'avoir conseillé d'abandonner cette affaire ?

— Écoutez-moi, je vous prie. Constance d'Albert n'est pas une femme d'influence mais il s'agit d'une orpheline de la Terreur.

Le député ricana.

— Elle n'a point l'air trop souffrante, ton orpheline... On la voit souvent danser et s'amuser.

— Si vous l'aidez à retrouver ses biens, poursuivit Gabriel, non seulement elle ne disposera jamais de suffisamment d'appuis pour se tourner contre vous, mais de plus vous en sortirez gagnant.

Le député haussa les épaules, ce qui agita les plis de sa cape rouge.

— Oh ! vraiment ? Et en quoi donc ? Je te prie d'éclairer ma lanterne.

— C'est simple, répondit Gabriel. Vous serez l'homme de cœur qui a réparé une injustice commise par la Terreur… Nul ne se souciera du fait que c'est vous qui avez fait voter la Loi des suspects.

Cambacérès plissa les yeux. Malgré le ridicule de sa tenue, Gabriel n'avait guère envie de se moquer de lui. Il se sentit soudain sur un terrain glissant.

— Je ne suis pas le seul à l'avoir votée !

— Certes pas. En revanche, ce serait une bonne occasion de redorer votre image, et…

— Mon image n'a point besoin d'être « redorée » ! Rocheran, écoute-moi bien. Ce soir, nous festoyons. Nous nous amusons, nous avons troqué nos identités quotidiennes contre d'autres, plus exotiques. Ce soir, il n'y aura pas de scandale. Mais je veux que tu abandonnes totalement cette affaire d'Albert. Tu m'as compris ?

— Je regrette, citoyen, mais…

— Parbleu, mais qu'est-ce que cela peut bien te faire, hein ? Est-ce ta maîtresse ?

Gabriel demeura muet face à ce soudain éclat. Déjà, le député reprenait sa contenance habituelle.

— Non, répliqua Gabriel d'un ton sec. Elle ne l'est point. N'y a-t-il plus un homme à Paris capable d'accomplir son devoir sans être suspecté de nourrir des accointances personnelles ?

Cambacérès le fusilla du regard. Il remit sa perruque et son casque de fer-blanc en place et, avant de s'éloigner, chuchota quelques mots acides à l'oreille de Gabriel :

— Suis mon conseil, *citoyen* : prends du repos, abandonne cette affaire. Il ne faudrait pas que tu te *tues* à la tâche, n'est-ce pas ?

Cette fois, la menace n'était plus du tout voilée. Un feu soudain envahit les veines de Gabriel. Il lui parut évident qu'il avait devant lui le commanditaire de son agression. Il ne se laisserait pas intimider de la sorte !

Se penchant plus près de Cambacérès, il murmura :

— Prenez garde, citoyen député : les élus de la République ne coulent jamais une longue et paisible existence.

Gabriel le regarda rejoindre son troupeau d'admirateurs, écœuré.

Il saisit une autre coupe de vin, la vida cul sec avant de tourner les talons.

Soudain, un rire cristallin sonna à son oreille. Un rire qu'il connaissait bien…

Non ! Pas elle, pas ici.

Et pourtant… Il repéra rapidement Constance attifée d'une ridicule perruque blonde, au bras du militaire de l'autre soir, vêtu en Brutus avec une tunique tachée de sang.

Les misérables. Comme si la mort était sujet de plaisanterie !

C'était trop. Bien trop pour une seule journée… Gabriel sentit la tête lui tourner, tant à cause du vin que de sa déception de trouver la jeune demoiselle d'Albert dans cet antre de perdition.

Il ne pouvait supporter l'idée qu'elle participe à ces stupidités frivoles. Surtout lorsqu'elle se pavanait de la sorte au bras d'un homme ! Douce et délicate, elle était un véritable rayon de soleil en pleine nuit ; une déesse descendue de l'Olympe pour se mêler aux mortels.

Comment diable pouvait-elle être à la fois si belle et si exaspérante ?

Gabriel songea avec amertume que c'était sa beauté qui la rendait exaspérante à ses yeux. Nul doute que si elle n'avait point éveillé une sorte d'attraction irrésistible chez lui, il se serait bien moqué de la façon dont elle occupait ses loisirs !

Trois jours plus tôt, il avait enfin commencé à la voir différemment… Et, bien malgré lui, son traître de cœur avait battu un peu trop vite lorsqu'il l'avait serrée contre lui. Il avait aperçu la Constance femme d'esprit, non dénuée d'humour et fort déterminée. Une image qui correspondait mal à celle de la sotte qui courait les bals en riant trop fort. Gabriel commençait à se poser des questions à son sujet : jouait-elle la comédie ?

Comment pouvait-elle participer à tout cela ? Minauder comme les autres ? Batifoler comme les autres ? Au bras d'un homme qu'elle ne connaissait sans doute pas ?

Gabriel marcha droit sur elle sans prendre le temps de se demander s'il n'était pas tout simplement jaloux.

Lorsqu'il captura son bras nu, Constance eut un mouvement de recul.

— Gabriel ! Que faites-vous ici ?

— Et vous ? rétorqua-t-il à voix basse. Croyez-vous que votre place soit ici ?

— Tout le monde nous regarde, siffla-t-elle à voix basse. Veuillez me lâcher immédiatement !

— Avec plaisir.

Il obéit mais ne s'écarta pas. Ils étaient si près l'un de l'autre que Gabriel se sentit submergé par sa chaleur, par son parfum d'eau de rose. Il déglutit en prenant conscience qu'il lui aurait suffi de se pencher légèrement pour emprisonner ces lèvres roses, si tentatrices. Le cœur agité, il contempla en silence le doux visage de Constance empourpré par la colère, le froncement de ses fins sourcils, l'éclat de ses yeux… Une vision sulfureuse. L'image de ce même regard révulsé de plaisir entre ses bras explosa dans son esprit.

Le militaire tenta de s'interposer mais Gabriel le fit reculer d'un pas par son seul regard courroucé.

— Laissez-nous.

— Constance, êtes-vous sûre que…

— Vous pouvez nous laisser régler cela, capitaine Delmotte : je suis parfaitement apte à raisonner M. Rocheran.

Elle attendit que le faux Brutus se soit éloigné pour se tourner à nouveau vers Gabriel.

— Nous avions décidé de cesser les hostilités !

— Je ne m'attendais pas à vous trouver en tenue de courtisane en compagnie d'un Brutus d'opérette…

— Reprenez-vous, monsieur ! On jurerait un jaloux.

— Et vous ressemblez fortement à l'une de ces jeunes sottes prêtes à finir sous un buisson avec le premier venu !

La gifle lui fit voler la tête sur le côté.

Un peu honteux, il fuit l'expression choquée de Constance en baissant le regard. Tout en elle hurlait l'indignation et Gabriel se sentit soudain fort stupide. Sans nul doute, c'était un sentiment de jalousie qui lui avait dicté ces mots ; impossible pourtant de l'avouer à Constance.

— Je m'excuse pour l'insulte, souffla-t-il. J'ai réagi avec violence car… cet homme était vêtu d'une tunique couverte de sang ! N'éprouvez-vous aucun respect pour la vie humaine, vous tous ? Cela vous amuse-t-il vous aussi, Constance, de vous gausser de la mort ?

— Certes, non. Vous le sauriez si vous me connaissiez mieux.

— Je croyais vous connaître mieux… Visiblement, je me suis trompé.

Et je suis effectivement jaloux. De tous ces hommes qui vous tournent autour tels des papillons de nuit attirés par la lumière… Jaloux de l'attention que vous leur portez quand bien même ils ne la méritent pas.

Mais cela, vous ne le découvrirez jamais.

La perruque un peu de guingois, Constance le contemplait avec sidération. Et un peu de gêne, aussi. Brusquement, elle porta une main à ses yeux et se détourna.

— Croyez-vous réellement que je méprise la vie humaine ? fit-elle d'une voix fêlée qui envoya une pique droit dans le cœur de Gabriel. Que savez-vous de moi, monsieur, à part la déchéance de ma famille sous la Terreur ?

Elle ôta sa perruque, la tourna entre ses mains nerveuses. Déceler sa souffrance dans ses mots hachés, dans ses gestes nerveux, était une véritable torture pour Gabriel qui eut subitement envie de la prendre dans ses bras.

Elle poursuivit sans le regarder. En vérité, elle semblait ne plus pouvoir s'arrêter de parler.

— Que savez-vous de mes blessures secrètes, de mes cauchemars, de mes angoisses lorsque je me trouve dans une pièce fermée ?

Gabriel s'en voulut avec une violence inédite. Les mots de Constance étaient comme des flèches chauffées à blanc qui se fichaient une à une dans ses entrailles.

Lui aussi, il souffrait sans rien montrer.

Lui aussi côtoyait angoisses et cauchemars depuis la Terreur sans jamais l'avoir avoué à personne…

Il se sentit si proche de Constance, à cet instant, qu'il se haït pour avoir ravivé les plaies de la jeune fille. Pour ne pas les avoir comprises avant cet instant précis.

Il saisit sa main libre avec impétuosité, s'obligeant à demeurer à distance convenable. Il brûlait tant de la serrer contre lui que son cœur semblait prêt à exploser.

— Constance ! Pardonnez-moi. J'étais juste en colère… Une colère stupide.

Elle se tourna vers lui sans le regarder dans les yeux, un sourire amer aux lèvres.

Si elle pleure, songea Gabriel, *je l'embrasse. Tout plutôt que de voir sa souffrance !*

— Vous avez raison, souffla-t-elle en lâchant la perruque qui s'affala dans l'herbe rase. Mon cœur n'a guère envie de rire ou de s'amuser… Mais cela me permet de continuer à respirer sans avoir l'impression d'étouffer, comprenez-vous ?

— Je crois que oui.

— Bien sûr, je… J'ai mes raisons pour participer à ces fêtes, mais il y a autre chose. Une chose que je ne désirais pas regarder en face, jusqu'à présent.

— Arrêtez, Constance.

— Non ! Je dois le dire. Toutes ces fêtes, tous ces bals m'aident à vivre. À oublier la peur et la douleur durant quelques instants, à croire que la vie est encore belle malgré tout…

Gabriel serra sa main plus fort, et elle lui rendit timidement son étreinte.

— Elle peut encore l'être, Constance ! C'est pour cela que j'enrage de voir les gens tout oublier dans des amusements frivoles alors qu'il y a tant à faire pour reconstruire nos vies !

Elle le regarda enfin, et cette vulnérabilité dans ses yeux fut comme un tremblement de terre qui ébranla Gabriel au plus profond de son être. Il plongea dans son regard pur, empreint de détresse, et sentit une tendresse inédite le submerger.

Il aurait voulu effacer le passé. Pour lui, mais aussi pour elle.

Il aurait voulu ne pas ressentir de tendres sentiments pour Constance, pour cette femme qui représentait tout ce contre quoi il avait lutté, mais il ne pouvait faire autrement. Son cœur avait fait son choix sans lui laisser voix au chapitre.

Elle se rapprocha de lui, inconsciente des efforts qu'il déployait pour ne point l'enlacer sans retenue et l'embrasser jusqu'à lui faire oublier sa peine.

— Vous aussi, vous avez beaucoup perdu durant la Terreur, Gabriel ?

Il chercha ses mots.

— Juste ma naïveté. Et pas mal d'amis, aussi.

Elle hocha la tête.

— Vous êtes chanceux de croire encore en quelque chose.

— Peut-être, articula-t-il avec difficulté, la gorge sèche.

— Gabriel…

— Oui ?

— S'il vous plaît, prenez-moi dans vos bras.

Il l'attira finalement contre lui, heureux de constater qu'elle se laissait faire avec un abandon total. Elle n'était donc plus en colère. Pourtant, il aurait mérité d'autres gifles pour le mal qu'il lui avait fait par sottise !

Elle enroula ses bras autour de sa taille, soupira dans son cou. Gabriel ferma les yeux. Inspira à fond son parfum d'eau de rose en savourant le contact de son corps souple abandonné contre lui en toute confiance. Après la fébrilité qu'il venait de vivre durant leur conversation, il ressentit alors un apaisement brutal. Un sentiment de paix, aussi étonnant que délicieux, s'insinua dans ses veines et il serra davantage Constance contre lui. C'était si bon de la tenir ainsi ! Si réconfortant. C'était comme si cette femme au sourire lumineux possédait le pouvoir de faire reculer ses ténèbres personnelles.

Cette fois, c'est sûr : je suis perdu.

— Nous y parviendrons, murmura-t-il à son oreille. Je ne sais si nous pourrons oublier, cependant je sais que nous vivrons et que nos vies pourront être belles. Si nous le décidons.

Elle sanglota doucement contre lui, et il l'étreignit

de plus belle. Il n'y avait plus nulle barrière entre eux, à cette heure.

Ils étaient des survivants tous les deux.

Ils étaient les enfants de la Terreur, cabossés, effrayés, perdus. Et ils essayaient désespérément de trouver un sens à leurs vies à jamais éraflées par le couteau de la guillotine.

Chapitre 18

30 prairial an IV – samedi 18 juin 1796

— Fortuné, rends-moi ce buvard tout de suite !

Le petit chien grogna, tira encore plus, puis lâcha finalement dans une déchirure.

— Oh ! non… Tu es impossible !

Constance considéra avec circonspection les deux moitiés de papier buvard consciencieusement mâchonnées. Pouvaient-elles encore servir ?

Dépourvu de remords, le chien grimpa sur ses genoux pour quémander des caresses.

— Oui, maugréa Constance en lui grattant le crâne. Voilà… Tu es drôle et farceur, Fortuné, mais j'avais besoin de ce buvard.

Il jappa, ouvrit de grands yeux suppliants.

— D'accord, je viens jouer avec toi. Je terminerai plus tard ce brouillon.

Elle posa son porte-plume, apposa le buvard puis referma l'encrier.

— Va chercher, Fortuné !

Le petit chien fonça sur la pelouse, sous les yeux

las de Constance. Elle travaillait jour et nuit sur son projet d'article pour *Le Républicain*, seul journal qui lui paraissait capable d'accepter de publier son article. Elle comptait bien que sa soumission spontanée d'article soit reçue positivement ! C'est là que résidait son dernier espoir de faire éclater la vérité, d'informer les Parisiens des méfaits du député Cambacérès. Et, qui sait ? Après publication de son article, ce dernier reviendrait peut-être sur ses positions ?

L'exercice était bien plus ardu qu'elle l'avait escompté... Chaque mot comptait. Chaque tournure de phrase pouvait induire une chose ou son contraire, suivant la formulation qu'elle employait. Et puis, à présent qu'elle devait poser les mots sur le papier, développer ses griefs contre le député Cambacérès en personne, une sourde angoisse la tenaillait.

Pour la première fois en deux ans, Constance doutait.

Était-elle véritablement dans son droit ?

Elle voulait faire éclater la vérité grâce à cet article ; *sa* vérité. Cependant, ne prenait-elle pas de trop grands risques à s'attaquer ainsi à plus puissant qu'elle ?

Le souvenir de ces terrifiantes heures passées à attendre la mort entre les pierres froides du couvent des Carmes l'assaillait régulièrement. Ses cauchemars revenaient avec plus de force.

Il lui devenait de plus en plus difficile de poursuivre sa quête armée de la même détermination qu'auparavant. Sans oublier que la compassion de Gabriel, la veille, l'avait profondément ébranlée.

Il la comprenait ! Mieux : sa souffrance faisait écho à la sienne. Constance réalisait aujourd'hui qu'ils étaient bien plus semblables qu'elle ne le pensait, tous les deux, et ce malgré leurs divergences. Un peu comme si les serrures de leurs cœurs s'ouvraient grâce à la même clé.

Elle y avait songé toute la nuit, entre deux cauchemars.

Imaginer la présence de Gabriel auprès d'elle, la rassurant, la tenant dans ses bras comme il l'avait fait, lui avait apporté un peu de paix. Et, à sa grande stupéfaction, un songe fort impudique s'était même invité dans son sommeil juste avant l'aube.

Décidément, Gabriel provoquait en elle de bien troublants émois. Ceci était entièrement de sa faute, bien entendu : c'est son étreinte qui avait donné naissance à ces rêveries !

— Oui, voilà…

Elle jeta la balle à Fortuné pour la centième fois au moins, s'amusant comme d'habitude de l'enthousiasme exubérant du petit chien. Leurs jeux avaient toujours le don d'apaiser le tumulte de ses pensées.

François claqua la porte de la maison, la héla d'un air satisfait.

— Mademoiselle d'Albert ! Où êtes-vous ?

— Par ici, fit Constance en se levant et en agitant la main.

Le jardin n'était pas grand mais un peu broussailleux, car Joséphine n'avait pas les moyens d'employer des jardiniers à plein temps.

Le domestique courut vers elle.

— J'ai votre renseignement, mademoiselle.

Un frisson parcourut Constance. Voici quelques jours, elle avait chargé François de se renseigner sur Gabriel. Par l'entremise de quelques enfants des rues en quête de menue monnaie, le cocher l'avait assurée pouvoir obtenir des informations sur n'importe qui. Constance n'avait pas escompté prendre de telles mesures, au début, puis s'était laissée convaincre ; la curiosité était la plus forte. Le désir de mieux connaître Gabriel se faisait chaque jour plus dévorant.

Mais aujourd'hui, elle ne souhaitait plus guère jouer les espionnes… La franchise de Gabriel, sa bienveillance et leur étreinte lui avaient ôté toute envie d'enquêter sur lui. Pour tout dire, elle ne songeait plus qu'à ses bras, à la sensation qu'elle avait ressentie blottie contre lui, et à ce rêve si voluptueux qui l'avait laissée pantelante au matin. Tout s'embrouillait dans son esprit. Gabriel suscitait tant d'émotions qui flottaient en elle, tels des nuages d'orage vite chassés par les suivants… Curiosité, exaspération, tendresse, et maintenant un désir évident quoique inexplicable.

Constance jeta la balle au petit chien pour faire cesser ses jappements fougueux, un peu honteuse d'avoir utilisé des moyens peu avouables pour en apprendre plus sur son avocat. En même temps, elle ne pouvait plus reculer…

— Va chercher, Fortuné ! Va ! Eh bien ? Parle, François.

— Il ne cache guère de secrets à première vue, mademoiselle : un emploi du temps normal. En revanche, il y a un détail étrange.

L'étau de la culpabilité se resserra un peu plus autour de la poitrine de Constance, lui coupant le souffle.

— Eh bien ?

— Il emploie un gamin du nom de Germain. C'est

le petit à tout faire de Me Rocheran, en ce moment il fait des allers et retours entre son étude et… et…

— Oui ?

— La geôle du Directoire.

Constance ouvrit de grands yeux. Tout le monde savait que Lazare Carnot enfermait ses prisonniers dans une prison à part où croupissaient les opposants au gouvernement. Du moins, tous ceux qui lisaient les journaux le savaient : Constance se félicita de s'informer désormais de ce genre de faits.

— Tu en es sûr, François ?

— Certain, mademoiselle. Le gamin y va régulièrement et votre avocat le paie pour cela.

Ébahie, Constance s'efforça de digérer la nouvelle. Son cerveau tournait déjà à plein régime afin de démêler cet écheveau. Devait-elle en déduire que Gabriel œuvrait en secret contre le Directoire ? Ou bien, au contraire, était-il un agent de Lazare Carnot ? Constance ne savait plus que croire. Elle savait ne pouvoir se fier aux apparences… Et les faux pas se payaient cher.

— Rien de plus ? demanda-t-elle d'une voix blanche.

— Non, mademoiselle.

François la salua de la tête et repartit, la laissant seule avec les aboiements frénétiques de Fortuné. Elle se pencha et lança la balle machinalement. La prison du Directoire ? Que diable mijotait Gabriel ?

Chapitre 19

À l'autre bout de Paris, Gabriel ne se doutait point que sa cliente venait d'obtenir sur lui une intéressante révélation, encore moins qu'elle projetât d'éclaircir ses secrets.

Il franchit le seuil de la Liberté Retrouvée d'un pas déterminé. Il ne fréquentait guère ce café public ; il lui préférait en général La Fontaine de Jouvence, un modeste établissement à deux rues de chez lui qui pratiquait des tarifs fort bas.

Aujourd'hui, cependant, la personne qu'il venait rencontrer se sentirait probablement plus à l'aise dans un café bien en vue, aux prix aussi élevés que sa réputation.

— Que désires-tu, citoyen ?

Une affable jeune femme au bonnet couvert de ruchés s'avança vers lui, souriante, les joues roses et rebondies, l'œil pétillant et le pas guilleret.

— Un café, s'il te plaît, citoyenne. Et un deuxième pour l'homme qui va me rejoindre.

— Bien. Assieds-toi, je t'apporte cela.

Gabriel la suivit des yeux jusqu'au comptoir, où une femme plus âgée remplissait consciencieusement des colonnes de chiffres. La fille était jolie, mais il lui manquait à ses yeux la fougue de Constance.

Sors-la donc de ta tête, pauvre sot ! Elle n'est pas pour toi.

Il n'y avait pas foule, à cette heure creuse, entre le déjeuner et le goûter. Juste trois personnes discutant avec animation.

Gabriel prit place à une table contre le mur du fond, face à la porte. Il aimait garder le contrôle en toutes circonstances. D'autant plus lorsqu'il avait reçu des menaces et fait les frais d'une agression.

La jolie serveuse revint avec les deux tasses de liquide noir et brûlant.

— Désires-tu quelque chose à manger avec ton café ? Nous avons du pain frais, des œufs et des biscuits aux épices.

— Rien, merci.

— Alors ça te fera vingt sous pour chaque tasse.

Gabriel la paya de quelques pièces. Le café, cette boisson à la mode, était très prisé mais aussi fort cher ; il n'en buvait pas souvent. Une fois la serveuse repartie – non sans adresser à Gabriel un éclatant sourire – il replongea dans ses pensées et la cuillère dans sa boisson pour en dissoudre le sucre.

Que s'est-il passé, au juste ?

Car Gabriel avait décidé d'ouvrir les yeux pour affronter la réalité : il nourrissait envers la demoiselle d'Albert de puissants sentiments. Du genre de ceux qu'il n'aurait pas dû ressentir pour une cliente, et surtout pas une descendante d'aristocrates guillotinés ! C'étaient des émotions brutes qui bousculaient son âme sans répit… Tantôt il s'abandonnait à des rêveries suggestives emplies de Constances lascives ou fiévreuses, qui possédaient le pouvoir de le tourmenter tant dans sa chair que dans son esprit. Tantôt, plus chastement, il aurait remué ciel et terre pour aider Constance, agité par le désir de voir son regard briller de bonheur et de reconnaissance.

En vérité, il ne savait plus que penser. Cette femme semait le trouble en lui, d'ordinaire si maître de lui-même, et cette soudaine perte de contrôle le terrifiait.

Il devait prendre ses distances. N'avait-il pas laissé éclater une crise de jalousie en public, aux jardins Tivoli ? Lui qui ne perdait jamais son sang-froid ? Et cette étreinte…

Il avait définitivement perdu la raison.

Il but une gorgée de café, se brûla la langue et cette douleur lancinante le rappela au moment présent.

Il ne va plus tarder.

De fait, un homme entra dans le café et chercha quelqu'un des yeux.

C'était lui.

Gabriel leva le bras, et l'homme le rejoignit avec défiance.

— C'est toi, maître Rocheran ?

— Si fait, citoyen. Et tu dois être Hippolyte, n'est-ce pas ?

Il hocha la tête et prit place en face de Gabriel. Il était fort jeune ; l'âge de Gabriel, ou à peine plus. De belle allure, les cheveux tombant presque sur ses épaules. Les lèvres délicates.

— Hippolyte, c'est ton véritable nom ? s'enquit Gabriel.

— Bien sûr que non ! répliqua-t-il en considérant son café d'un air soupçonneux. Crois-tu que je serais assez sot pour compromettre mon homme en révélant mon nom ? S'il veut garder notre relation secrète, alors elle restera secrète.

— Très bien. En vérité, ce n'est point votre relation qui m'intéresse.

— Pourquoi m'avoir fait venir ici, alors ?

— Je te retourne la question : pourquoi avoir accepté de me rencontrer ?

Hippolyte haussa les épaules d'un geste affecté, agita élégamment sa cuillère.

— D'après ce qu'on m'a dit, tu souhaites obtenir certaines informations sur mon maître. Est-ce vrai ?

Gabriel hésita. Cambacérès pouvait avoir mandé son amant pour le piéger, lui ? Et si Hippolyte allait ensuite tout lui répéter ? Il fallait courir le risque. De toute façon, Cambacérès savait parfaitement que Gabriel enquêtait sur cette maison.

— Je ne veux savoir qu'une seule chose, reprit-il. Pourquoi le député Cambacérès tient-il autant à une bâtisse sise rue des Francs-Bourgeois ? Une maison réquisitionnée sous la Terreur. Tu vois de quoi je parle ?

— Pas du tout.

— Une maison dont la dernière héritière n'est pas morte et réclame son droit.

— Oh… oui. Une ancienne noble du nom de… Attends… D'Alfred ?

— D'Albert.

— Oui, c'est bien cela.

— Eh bien ? insista Gabriel. Je dois savoir pourquoi

le citoyen député refuse à tout prix de reconsidérer le sort de cette bâtisse. Si la raison m'en paraît compréhensible, je cesserai totalement de m'occuper de cette affaire.

Hippolyte trempa les lèvres dans son café, qu'il sirota lentement.

Gabriel plissa les yeux. Cet homme à l'expression fermée ne lui inspirait aucune confiance. Il ne lui apporterait rien, il en aurait juré. Il devait pourtant essayer ! Pour Constance.

Travailler pour elle l'empêchait de trop se soucier de l'affaire Babeuf. L'inquiétude l'aurait rendu fou, sinon ! Car le danger rôdait autour de lui tant que les conjurés étaient interrogés. Il suffisait d'un nom – le sien – ou d'un lien avec lui… Certes, Gabriel n'était pas impliqué dans la Conjuration des Égaux, mais il avait bien d'autres secrets qui devaient rester enfouis.

Et puis, Cambacérès connaissant Lazare Carnot, il avait certainement le pouvoir de le faire tomber. Les faux témoignages existaient, après tout.

Enfin Hippolyte reposa sa tasse.

— Je l'ignore.

C'est tout ? Tu ne t'en sortiras pas aussi facilement !

— Comment ça ? Toi, si proche du citoyen député, tu veux me faire croire que tu ignores ses intentions avec cette maison ?

— Que veux-tu ? Je ne suis pas dans le secret des dieux.

Le ton de Gabriel se durcit malgré lui.

— Il ne s'agit point d'un dieu ni même de plusieurs, mais d'un homme. Comme toi et moi.

— Qu'est-ce que cela change, au juste ? Il a ses secrets, moi les miens. Je ne peux rien te dire à ce sujet.

Cause toujours.

Gabriel aurait mis sa main à couper que le jeune « Hippolyte », quel que soit son véritable nom, ne lui confiait pas l'entière vérité. Il n'appréciait pas son regard un rien moqueur. Ni le rictus de sa bouche, qui ne s'effaçait pas même lorsqu'il y portait sa tasse.

Il s'était toutefois attendu à ce que l'homme ne divulgue point les secrets de son amant ; c'était logique. En revanche, s'il parvenait à obtenir son véritable nom, Gabriel disposerait d'un moyen de pression sur Cambacérès.

— Depuis combien de temps êtes-vous… bons amis, tous les deux ?

Hippolyte manqua s'étrangler avec son café. Il ne s'attendait pas à une telle attaque frontale.

Lorsqu'il reprit son souffle, Gabriel le fixait sans ciller. Il lui sembla perdre de sa superbe. L'homosexualité n'était pas bien vue, c'était le moins que l'on puisse dire et, malgré les rumeurs, celle de Cambacérès constituait un secret bien gardé. Nul témoin, nulle preuve n'auraient pu entacher la réputation du député, quand bien même tout Paris se gaussait de ses goûts en matière d'amants.

— Cela ne te regarde pas, siffla finalement Hippolyte en s'essuyant les yeux. Est-ce que je te demande avec qui tu couches le soir ?

Je l'ai énervé. Fort bien.

Gabriel leva une main en signe d'apaisement.

— Ne le prends pas mal, citoyen, c'était juste par curiosité.

— Sais-tu ce qui arrive aux petits fouineurs comme toi ?

— Non, mais tu vas m'éclairer.

Hippolyte parut hésiter. Le regard noir, le souffle court, il paraissait furieux ; pourtant, il ne pouvait guère encourager sa curiosité à l'encontre de son amant.

Alors, il fit marche arrière.

— Tu sembles voir des mystères là où il n'y en a point. Je t'assure que tu fais fausse route en croyant lever une piste intéressante avec cette foutue maison ! Je pense qu'elle a tout simplement été oubliée et sera un jour mise en vente. Je suis navré pour cette héritière… Mais de toute façon, il est juste que les biens confisqués aux privilégiés ne leur reviennent point, non ?

Était-il juste, en revanche, qu'ils reviennent à d'autres privilégiés ?

Mais braquer inutilement Hippolyte ne mènerait à rien.

Gabriel l'observa se tamponner la bouche d'un mouchoir – à l'angle duquel étaient brodées deux lettres.

« A. L. »

Ensuite, il répondit à ses salutations et le regarda partir, la démarche raide, laissant derrière lui la moitié de sa tasse.

Cambacérès semblait très lié à son amant. Il possédait tout ce qu'on pouvait désirer, ou à peu près. L'homme paraissait insaisissable, certes, et sans doute opportuniste comme la plupart des dirigeants du moment… Mais était-il réellement un assassin ? Il l'avait clairement menacé, et pourtant Gabriel se posait la question.

La première chose dont il était sûr, c'est qu'il avait

été agressé par des mercenaires et qu'il devait trouver l'homme qui lui en voulait à mort. La seconde c'était qu'Hippolyte, alias A. L., était sincèrement épris de son amant. La lueur possessive dans son regard ne trompait pas. Il ferait sans doute n'importe quoi pour le protéger et garder leur liaison secrète.

Gabriel termina sa tasse et en commanda une autre à la jolie serveuse, qui paraissait fort disposée à lui faire la conversation.

Il apprit ainsi que son compagnon était déjà venu dans ce café, qu'il y avait ses habitudes et que la patronne tenait à ses généreux pourboires.

— Généreux comment ?

— Ah, ça ! m'sieur Anselme n'est point avare et je vous confie qu'il nous laisse souvent de quoi doubler la journée…

Anselme.

Gabriel imprima ce prénom dans son esprit et prit congé de la serveuse, en promettant de revenir un de ces jours.

Il sortit en trombe et traversa la chaussée entre deux fiacres, sourd aux vitupérations des cochers qui le houspillèrent.

Anselme.

Cette information valait largement les vingt sous de ce café supplémentaire.

Chapitre 20

2 messidor an IV – lundi 20 juin 1796

— Mon pauvre Gabriel, tu as une mine affreuse ! Je parie que tu travailles trop.

— Certes, mais ai-je le choix ?

— Je reconnais bien là ton dévouement aux causes que tu crois juste… Le métier d'avocat semble avoir été créé pour toi ! Mais songe tout de même à t'amuser un peu.

Gabriel grimaça un sourire et prit congé de Mme Tallien. Il ne la connaissait que fort peu et n'aimait guère sa conversation. Il ne pouvait oublier l'un de ses plus récents sobriquets, qui courait Paris de bouche en bouche… *Notre-Dame de Thermidor.* Elle se flattait de la part qu'elle avait prise, par l'intermédiaire de son mari le député Tallien, au coup d'État du 9 Thermidor.

Gabriel ne pouvait souffrir les réminiscences que cela suscitait en lui.

Ce regard.

Ce pied inerte, couvert de sang.

Les hurlements de la foule en liesse, qui l'avaient

terrifié au plus haut point. Il avait compris ce jour-là jusqu'où pouvaient aller la haine collective, la peur des jours incertains... Et l'impudence des ambitieux.

En cette terrible journée du 9 Thermidor, il avait vécu des heures bien différentes que celles louées par les chansons. C'était, avec une triste journée de brumaire de l'an II[1], l'une des deux cicatrices qui défigureraient son âme à jamais.

Gabriel s'éloigna des flambeaux pour s'enfoncer dans la nuit. Une nuit bien lumineuse malgré tout : dans les jardins du Palais-Royal, la fête battait son plein cinq jours sur sept et parfois jusqu'aux premières heures du jour. Gabriel y avait rencontré Jacquot afin de mettre au point les derniers détails de leur action contre Cambacérès, et à présent il hésitait à rentrer chez lui.

La fraîcheur des fontaines était plaisante. La musique joyeuse, étrangement, plongeait son esprit dans une douce mélancolie aux accents envoûtants. Ensorcelants.

Les voix remontèrent, dans sa mémoire.

Allons enfants de la patrie...

Aussitôt après, il vit ce regard alerte se poser sur lui une dernière fois.

Fasciné par sa propre affliction, Gabriel rejoignit un groupe d'hommes et de femmes qui dansaient une ronde autour d'une fontaine.

Riez, amusez-vous. La vie est courte - parfois bien plus qu'on ne le croit.

Un rire bien connu le frappa en plein cœur.

Constance !

1. Le 10 brumaire de l'an II, 31 octobre 1793, furent exécutés les vingt et un députés de la Gironde, mis en accusation en juin.

Il ne l'avait pas revue depuis si longtemps… Trois jours, en réalité, qui lui avaient paru une éternité.

Elle évoluait parmi la ronde des danseurs. Une véritable apparition. Vêtue en Diane, un carquois sur l'épaule, une tunique immaculée tombant jusqu'à ses sandales lacées, les bras nus. Le détail qui attirait tous les regards était sa flamboyante chevelure qui, libérée de toute entrave, retombait souplement sur ses reins ainsi que… sur une partie de son anatomie qui éveilla aussitôt un océan de lave dans les veines de Gabriel.

Il cilla plusieurs fois afin d'être sûr qu'il ne rêvait pas.

Constance irradiait tel l'astre lunaire, associé à Diane chasseresse. Belle comme une nymphe. Libre comme une amazone.

C'est la liberté qui la rend si attirante.

Étrangement, la liberté dont jouissaient ouvertement d'autres femmes en vue dans le milieu parisien laissait Gabriel soit réprobateur, soit parfaitement indifférent.

Voir évoluer Constance, l'observer s'amuser et profiter de la vie en riant aux éclats, en revanche, cela l'ébranlait jusqu'au plus profond de son être.

Elle virevolta sous la conduite d'un jeune homme en redingote, et son rire cascada sous les étoiles.

Gabriel sentit son cœur s'emballer. Ses mains fourmillaient du désir de la toucher, de l'enlacer. Il s'appuya au tronc d'un arbre décoré de guirlandes végétales, les sens en ébullition.

Son corps entier vibrait du manque d'elle.

Tout son esprit était à nouveau envahi par une inexplicable et puissante jalousie ; il aurait bien empoigné ce godelureau par le col de sa chemise ouverte pour lui faire passer l'envie de poser les mains sur Constance !

Soudain, son instinct l'avertit d'un danger. Il ressentit un changement d'atmosphère tandis que les danseurs rompaient la ronde sous des cris querelleurs.

Une troupe de noceurs avinés saisissaient les danseuses par la taille pour s'amuser avec elles, et cherchaient querelle aux hommes présents.

Constance hurla lorsque l'un d'entre eux la souleva dans les airs en s'autorisant quelques privautés au passage.

Gabriel bondit.

Il fut sur eux en quelques enjambées, la dague toujours dissimulée à sa ceinture. Ce n'étaient que des jeunes gens ayant un peu trop bu. Il ne se servirait que de ses poings pour commencer, sauf si le jeu devenait dangereux…

— Lâche-la ! ordonna-t-il à l'homme, occupé à tâter de ses grosses pattes les jolies courbes de Constance, qui se débattait furieusement.

— Du calme, vieux ! Y en aura pour tout le monde. J'l'ai vue en premier, la petite : j'te la passe après, si l'cœur t'en dit !

— Je t'ai dit de la lâcher.

— Eh, fous-moi la paix ! Y a d'autres filles qui n'attendent que ça, mais la rousse est pour moi et…

Sa phrase se termina par un hurlement de douleur. Il lâcha Constance, qui trébucha et chuta tête la première dans la fontaine.

Autour d'eux, les hurlements décuplèrent. Les musiciens cessèrent de jouer.

L'homme se retourna vers Gabriel, fou de rage, le nez encadré de rigoles de sang.

— Qu'est-ce qui te prend, pauvre couillon ? éructa-t-il entre ses larmes. J'ai dit que j'te la passais après ! T'es pas un peu…

Un autre coup le saisit au menton.

Gabriel se remit en garde, les poings devant lui.

— Et moi je t'avais dit de la lâcher.

L'homme l'attaqua de front. Une erreur de novice ou d'ivrogne : Gabriel n'eut aucun mal à esquiver son poing et à lui asséner le sien dans le ventre dans un même mouvement.

Pile dans l'estomac.

— Merde, alors ! hoqueta le fêtard, plié en deux.

Gabriel en profita pour aviser Constance, qui sortait de la fontaine en grelottant : il lui prit la main et l'entraîna vers le sentier balisé de flambeaux.

— Mais… vous…

— Plus tard !

— Vous savez vous battre ?

— Et vous, savez-vous vous taire ? Parce que c'est le moment ou jamais de le prouver.

— Attendez, je n'arrive pas à courir avec cette robe trempée, et mes chaussures se délacent…

— Vous n'aviez qu'à vous vêtir correctement. Hâtez-vous !

Ils parvinrent bientôt à l'entrée des jardins. On les regardait passer avec curiosité ou ironie, mais ils ne prêtaient guère attention aux autres fêtards du Palais-Royal.

Gabriel savait que la rixe de la fontaine pouvait

dégénérer, s'étendre à tout le jardin. Ils devaient s'enfuir le plus vite possible.

— Avez-vous un cocher ?

— Non, je suis venue avec Mme Tallien et…

— Alors, par ici.

— Hé ! Doucement, j'ai perdu une sandale !

Il lui décocha un regard sarcastique par-dessus son épaule.

— Vous n'êtes plus Diane, dans ce cas, mais Cendrillon. Hâtez-vous sous peine de rentrer en citrouille.

Constance pesta et le maudit jusqu'à ce qu'il lève un bras pour héler une calèche. La voiture s'arrêta devant eux dans un concert de sabots fatigués et de grincements d'essieu.

— Combien pour la rue Chantereine ? demanda Gabriel au cocher.

— C'est trente sous l'heure ! Z'en aurez pour sept ou huit sous…

— Parfait.

Constance arracha sa main de l'emprise de Gabriel, qui ouvrit la portière de la calèche.

— Mais que faites-vous, enfin ? Je ne peux pas rentrer ainsi, je… j'ai perdu mon réticule dans la bousculade. Je n'ai plus d'argent !

— J'en ai. Montez.

Elle obéit en claquant des dents. L'air frais de la nuit l'avait saisie, comme elle était mouillée de la tête aux pieds. Alors seulement, lorsqu'elle passa devant lui pour le précéder dans la voiture, il avisa l'indécence de sa tenue. Sa robe, déjà légère, ne laissait plus grand-chose à l'imagination depuis son bain forcé dans la fontaine…

Ses cheveux mouillés traçaient un sillon transparent sur la partie de son anatomie qui avait déjà fortement troublé Gabriel un peu plus tôt.

Par les Enfers ! Je ne peux pas monter en voiture avec elle… ainsi.

Il n'avait plus le choix, toutefois. Il fallait bien ramener la demoiselle chez elle et il n'envisageait pas un seul instant de l'abandonner à son sort. Une fille à moitié nue en pleine nuit ne regagnerait jamais son domicile indemne !

Il ôta sa veste dans un soupir, puis monta finalement dans la calèche. Fort heureusement, il faisait trop sombre pour que son regard soit attiré par des trésors interdits. Il prit place à côté de Constance en veillant à ne pas la toucher.

La voiture s'ébranla, et tous ses beaux efforts furent réduits à néant. Leurs jambes se retrouvèrent collées l'une à l'autre.

— Mettez donc ceci, grogna-t-il en lui tendant sa veste.

— Merci.

Elle enfila le vêtement sans protester. Fallait-il qu'elle soit frigorifiée ! Ou honteuse de sa tenue. Gabriel aurait préféré la deuxième option : ainsi, peut-être aurait-elle cessé de se promener si peu vêtue sous le regard des hommes.

Non que cela le concerne, bien entendu. Cela aurait dû être évident, or ce ne l'était pas.

Lorsqu'elle eut fini de se tortiller contre son épaule, elle serra les pans de la veste contre sa poitrine et ne bougea plus. Savoir que son veston était en ce moment même tendu contre les rondeurs de sa gorge n'était pas fait pour apaiser les tourments de Gabriel.

— Voyez où conduit l'insouciance, lâcha-t-il d'un ton plus sec qu'il n'aurait voulu. Si je n'avais pas été là…

— Quelle coïncidence, d'ailleurs ! Me suivez-vous ?

— Il se trouve que je devais voir quelqu'un. Et puis, il ne s'agit plus de coïncidence si l'on tient compte du fait que vous êtes présente à toutes les fêtes de la capitale…

— C'est faux !

Il soupira, se tourna vers elle.

— D'accord, j'admets que j'espérais vous croiser également. Afin de vous demander de ne pas vous rendre à la démonstration aérostatique de Garnerin, le 5 messidor au parc Mouceaux[1].

— Je vous demande pardon ?

Les yeux de Constance étaient deux perles étincelantes dans les ténèbres de la voiture secouée par les pavés.

— N'y allez point, c'est tout. D'après mes informations, il risque d'y avoir du grabuge.

Et surtout, je refuse que vous me voyiez faire certaines choses.

— Très bien, souffla-t-elle. Je vous fais confiance.

Elle était si proche… Gabriel songea qu'il lui suffirait d'étendre le bras pour entourer ses frêles épaules, de se pencher pour cueillir un baiser sur ses lèvres. Cette pensée était fort incongrue, surtout dans un moment pareil, mais ce serait là un moyen tout à fait réjouissant de la réchauffer.

Gabriel déglutit, la gorge sèche. L'intimité de ce

1. L'actuel parc Monceau, dans le 8e arrondissement de Paris.

moment le prenait au dépourvu. Il eut envie d'ôter de sa joue une mèche mouillée, collée à sa peau. Son regard dévia sur ses lèvres pleines, et il sentit sa volonté faiblir.

Il n'éprouvait aucune envie de lutter contre l'attirance qu'il ressentait pour Constance.

— Je vous remercie de votre confiance.

Il entendit son sourire.

— Mais vous me raconterez tout, j'y tiens ! Car vous vous y rendrez, vous, n'est-ce pas ?

— En effet. Je ne veux que vous protéger, Constance.

Elle prit une profonde inspiration.

— Promettez-moi de ne pas vous mettre en danger.

— N'ayez crainte, fit-il en haussant les épaules.

— Oh ! je sais bien que vous êtes de taille à vous défendre, seulement... il est des personnes haut placées qui pourraient commanditer un assassinat, et je refuse qu'il vous arrive malheur !

— Comment connaissez-vous ces termes ?

— Je lis les journaux, figurez-vous.

Elle avait lâché cette information sans y penser, d'un ton pensif, et se reprit aussitôt.

— Pendant que l'on me coiffe, bien sûr. Il faut bien passer le temps !

— Je n'en crois rien, répondit calmement Gabriel sans dévier son regard du sien. Vous êtes bien moins frivole que vous désirez le faire paraître, mademoiselle d'Albert... Encore que je ne comprenne point l'intérêt de cette mascarade.

— Mascarade ? répéta-t-elle, outrée. Oh ! mais j'y suis contrainte, monsieur, et par les représentants de votre sexe ! Pensez-vous que les femmes qui désirent un avenir meilleur doivent être autre chose que de beaux objets avec lesquels parader ? Des objets que l'on admire, dont on se lasse, que l'on abandonne parfois, que l'on oublie souvent… Nous sommes contraintes à une frivolité dont les hommes raffolent.

— C'est pour cela que vous vous pavanez à moitié nue ? Pour susciter quoi ? De l'amour, du respect ? Obtenir un bon mariage ? Laissez-moi rire ! Tout ce que vous obtiendrez, en provoquant les hommes ainsi, c'est un petit bâtard dans le ventre.

Sitôt qu'il eut asséné le fond de sa pensée, Gabriel le regretta. Les grands yeux de Constance brillaient plus que de coutume – ou était-ce un effet de leur proximité, dans cette calèche obscure ?

— Vous me jugez provocante ?

Il ne répondit pas tout de suite. Lorsqu'il eut trouvé les mots, ceux qui refléteraient la vérité sans pour autant insulter la jeune femme, il les murmura du bout des lèvres :

— Il est vrai que d'autres sont considérablement plus dénudées que vous, ou bien plus aguicheuses… Néanmoins, vous n'avez pas besoin d'aller aussi loin que les autres pour être diablement troublante. Votre innocence, ou votre apparente innocence représente un attrait irrésistible. Et certains hommes en profiteront, comme ceux qui voulaient s'amuser avec vous, tout à l'heure !

Elle baissa la tête. Gabriel crut percevoir le son étouffé d'un sanglot contenu, qui résonna en lui comme un coup de canon.

Diable ! Voilà qu'il la faisait encore pleurer, alors qu'il ne voulait que voir la joie sur son visage.

— Je... Je ne vous ai pas remercié, pour ce que vous avez fait pour moi ce soir.

Il serra les poings pour ne pas se laisser aller à l'enlacer. La consoler de sa peur rétrospective lui semblait une opportunité bien plaisante, mais il ne voulait pas s'abaisser au niveau des ruffians desquels il venait de la sauver.

— Ce n'était rien.

— Je vous suis reconnaissante de m'avoir tirée de cette situation. Je n'aurais jamais cru que...

Elle ne termina pas sa phrase. Sa voix frémissante devait être due en partie au froid, en partie à la peur qu'elle ressentait rétrospectivement. Il était étrange et un peu terrifiant de la voir tomber son masque ; celui qu'elle portait toujours en société. Sauf lorsqu'ils se disputaient tous les deux, bien sûr.

Gabriel ressentit le besoin de la rasséréner : il posa une main sur les siennes, qui serraient toujours la veste sur sa poitrine.

— Allons, c'est terminé. N'en parlons plus, voulez-vous ? Je vous encourage cependant à ne plus porter ce genre de tenue, c'est... Enfin...

Une brusque boule dans la gorge, Gabriel s'aperçut qu'il fixait ses lèvres avec intensité. Il remonta vers ses yeux, qu'il trouva emplis d'une muette supplique.

— Vous n'avez point idée de ce que vous êtes capable de provoquer chez un homme, Constance.

Étourdi par son furieux désir qui pulsait dans ses veines, Gabriel se pencha alors pour goûter ses lèvres.

Chapitre 21

Constance crut que son cœur allait exploser. Le traître avait déjà succombé en douce à Gabriel, et à présent c'était son corps qui la trahissait ! Son corps de femme, qui ne désirait que celui de cet homme et rien d'autre.

Elle songea brièvement qu'il n'était pas sage de céder non seulement à son avocat, mais surtout à un homme qu'elle aimait certainement beaucoup trop… Joséphine n'aurait pas approuvé !

Puis Constance cessa tout simplement de penser.

Le contact de la bouche de Gabriel sur la sienne absorbait tout. Plus rien d'autre n'existait que la douceur de ses lèvres sur les siennes… La chaleur de son souffle. Son odeur bien à lui, d'encre fraîche et de papier.

Ce n'était pas un acte intrusif. Ni autoritaire. Il déposait simplement de légers baisers sur la commissure de ses lèvres, visiblement hésitant. Ou bien, obnubilé par la maîtrise de lui-même ? Les tremblements de sa main, sur les siennes, étaient suffisamment parlants.

Constance désirait plus. Après les événements de la soirée, une part d'elle-même aspirait à retrouver la sécurité de ses bras. Dénouant ses mains, elle s'accrocha gauchement aux épaules de Gabriel afin de l'approcher plus près.

Il comprit parfaitement ce qu'elle souhaitait, car il l'enlaça sans se faire prier. La voiture cahota, mais Constance n'y prêta nulle attention et se laissa envoûter par la merveilleuse sensation des lèvres de Gabriel qui jouaient avec les siennes.

Un soupir lui échappa.

Gabriel grogna, et parut céder brusquement à une urgence.

Il la plaqua contre le dossier du siège. L'une de ses mains remonta le long de sa cuisse, semant de divins frissons à travers sa robe mouillée. Sa langue caressa la lèvre inférieure de Constance qui, enhardie par le feu qui grandissait dans son corps, se risqua à faire de même.

Gabriel sursauta, lui saisit la nuque d'une main impérieuse et lança sa langue à la rencontre de la sienne. Constance gémit, et il avala son souffle encore et encore. Elle perdit toute notion de temps, d'espace, de bienséance… Plus rien d'autre n'existait que Gabriel.

Ses bras, ses mains sur elle. Sa bouche brûlante. Son souffle, qui se mêlait au sien. Constance en éprouva une sorte de vertige. Ses membres, déjà engourdis par l'air froid sur l'eau de la fontaine, ne lui obéissaient plus. La chaleur qui l'envahit était si violente qu'elle craignit un instant que ses vêtements mouillés se mettent à fumer !

Elle avait déjà été embrassée, et ce à plusieurs reprises. De chastes baisers volés dans un couloir désert ou un jardin propice…

Rien, cependant, ne l'avait préparée au baiser fougueux de Gabriel Rocheran. Il la pressait contre lui, l'emprisonnait, caressait sa langue avec ardeur. C'était comme si la digue qu'il avait construite pour contenir ses émotions s'était soudain rompue, juste pour Constance.

Juste pour moi. Pour moi seule !

Le brasier qui la consumait se modifia ; une soudaine moiteur se mêla à l'eau froide qui imbibait sa robe. Des crispations convulsives tordirent son ventre.

Le désir.

Constance le connaissait. Elle l'avait parfois expérimenté dans la solitude de son lit, glissant des doigts curieux vers l'origine de ce délicieux élancement qui la prenait durant la nuit… Mais, encore une fois, ce qu'elle ressentait dans les bras de Gabriel se révélait bien différent.

Bien plus puissant.

Inconnu, et un peu effrayant.

Brusquement, il cessa de bouger. De la serrer. Sa bouche la quitta, ses bras également, ce qui laissa Constance en proie à un froid bien plus mordant que celui qui l'avait saisie en sortant de la fontaine.

— Pardonnez-moi. Nous sommes arrivés, je crois.

Il se détourna, ouvrit la portière et descendit de la calèche. Aussi naturellement que s'il ne s'était rien passé.

Est-ce une plaisanterie ?

Constance le suivit à l'extérieur, où il la salua galamment avant de remonter dans la calèche qui s'ébranla aussitôt.

Et ce fut tout.

Le cœur de Constance se fendilla tandis qu'elle regardait la voiture disparaître au carrefour tout proche. Elle refusa de le laisser se briser juste pour un affront, ou une sotte histoire d'amour et de désir… Car le problème résidait dans ces deux petits mots : elle *aimait* Gabriel, de plus en plus à mesure qu'elle apprenait à le mieux connaître, et elle le *désirait* maintenant ardemment.

Cet amour et ce désir n'étaient pas les bienvenus, songea-t-elle en entrant dans la maison. Elle ne devait se préoccuper que de son combat personnel : elle devait à ses parents assassinés de se battre pour récupérer son héritage. Pour faire valoir ses droits, même si une stupide loi l'en avait un jour privée.

Il fallait couper court à cette vaine attirance pour Gabriel Rocheran, se dit-elle en montant l'escalier à la lueur d'une bougie laissée pour elle dans l'entrée. Gabriel avait eu raison de mettre fin à cette folie et de prétendre que rien ne s'était passé. Oui, il avait eu raison.

Pourtant, il s'était bel et bien passé quelque chose.

Cesse donc de penser à cet homme ! se réprimanda-t-elle en refermant la porte de sa chambre sans tirer le loquet. Elle vérifia une dernière fois que le verrou n'était pas enclenché, plus par habitude qu'autre chose, puis se sécha avec un drap pris dans l'armoire et enfila sa robe de nuit.

Ces sentiments n'ont pas lieu d'être et passeront vite, se persuada-t-elle en tressant ses cheveux pour la nuit.

Étaient-ils partagés ? se demanda-t-elle pourtant en se glissant dans son lit.

Chapitre 22

3 messidor an IV – mardi 21 juin 1796

— Fortuné, lâche ce châle immédiatement ! Vilain chien ! Fortuné… Je compte jusqu'à trois, et si tu n'as pas lâché, je… Tu seras privé de foie, voilà !

Pour toute réponse, le carlin grogna et agita la tête de plus belle. Un inquiétant craquement fit pâlir Constance.

Le châle favori de Joséphine !

Ce n'était plus possible. Ce chien détruisait tout, avec sa satanée habitude de tout mâchonner ! Il faudrait en parler à Joséphine, qu'elle lui apprenne les bonnes manières.

— Fortuné, lâche tout de suite, tu m'entends ? Fortuné !

Le tissu céda, et le petit chien fila se cacher sous le lit de Constance en emportant un lambeau chamarré comme prise de guerre.

— Fichue bestiole ! pesta Constance en se redressant, désolée de constater l'étendue des dégâts. Tu as de la chance que Joséphine te passe tout…

Constance poussa un soupir exaspéré. Qu'allait-elle

porter pour la fête du solstice ? Ce soir, les directeurs ouvriraient à cheval un grand bal donné au jardin des Tuileries, une cérémonie qui promettait d'être grandiose. Constance n'avait pas plus envie que cela d'y assister, mais elle le devait... Pour se sortir Gabriel de la tête, en premier lieu.

On frappa à la porte. Bien entendu, c'était ouvert ; la porte n'était qu'entrebâillée. Constance l'ouvrit en grand et son cœur bondit en voyant François tenir un jeune garçon par le col de sa chemise.

— Excuses, mademoiselle... Je viens de trouver ce garnement qui épiait par votre fenêtre.

— Ma... Ma fenêtre ?

Toutes les chambres se trouvaient à l'étage. Constance examina le garçon, d'une dizaine d'années, qui se mit à ruer entre les bras solides du cocher.

— C'est que le drôle sait escalader le lierre, expliqua François. Je l'ai surpris en train de vous observer par les carreaux et j'ai attendu qu'il redescende pour lui mettre la main dessus. Tiens-toi tranquille, toi !

— Doucement, François. Il est inutile de rudoyer ce petit.

— Ce « petit », mademoiselle, m'a lancé des coups de pied dans les jambes et m'a mordu le bras ! C'est une redoutable canaille.

Constance jeta un regard sévère au gamin.

— Il me suffit d'écrire un mot à l'une de mes connaissances pour te faire jeter en prison et m'assurer que tu y resteras. Alors je te conseille de cesser de te débattre.

Le garçon obéit, l'air accablé.

— Je n'ai rien fait d'mal, j'le jure...

— Si tu es sage et que tu réponds à mes questions, personne ne te fera de mal. Tu repartiras comme tu es venu, avec un repas en prime. Qu'en dis-tu ?

L'enfant lui adressa un regard soupçonneux. Cela plut à Constance, qui en déduisit qu'il ne s'en laissait pas conter.

— Acceptes-tu mon marché, petit ?

Comme il ne répondait pas, François le secoua par les épaules.

— Réponds, morveux !

— Oui… Oui, d'accord.

— Bien. Lâche-le, François. Comment t'appelles-tu, petit ?

— Michel.

— Ton *véritable* prénom ? insista Constance, persuadée qu'il lui mentait.

L'enfant poussa un long soupir, et l'éclair provoquant de son regard pâlit.

— Germain, avoua-t-il de mauvaise grâce.

Elle eut un sursaut.

Germain. Comme le messager qu'emploie Gabriel…

— Suis-moi, Germain : nous allons prendre un repas en cuisine, et tu répondras à toutes mes questions.

— Ensuite, j'pourrai partir ?

— Oui.

— Et… je n'irai point en prison ?

— Pas par ma faute, en tout cas.

François maugréa lorsqu'elle le contourna pour sortir avec l'enfant.

— Si je peux me permettre, mademoiselle, je ne suis pas sûr que ce soit là une bonne idée…

— Merci, François. Soyez gentil de prévenir la cuisinière, afin qu'elle fasse réchauffer quelque chose.

Le plan de Constance s'avéra payant.

Après avoir correctement nourri Germain et détecté les quelques mensonges qu'il tenta de proférer au début, elle parvint à obtenir d'intéressantes informations. Et notamment la confirmation de l'identité de son employeur.

— Gabriel ! s'emporta-t-elle. C'est inadmissible !

Ce qui la choquait, bien sûr, au-delà des mots. Quel besoin Gabriel avait-il de la faire espionner chez elle ? Peut-être la soupçonnait-il de quelque secret… L'époque était propice aux complots en tous genres, c'était un fait, mais tout de même !

— De quel droit Me Rocheran fait-il surveiller ses clients ? martela-t-elle en tapant du poing sur la table.

— Pas tous, précisa le petit en tartinant une tranche de pain d'une généreuse couche de beurre. Juste vous, m'dame.

— Je vois… Et sous quel prétexte, je te prie ? Il a bien dû t'en dire la raison.

Germain secoua la tête.

— Je sais pas trop… J'devais juste le prévenir en cas de choses bizarres. J'crois que…

— Oui ? Parle sans crainte, tu n'es pour rien dans cette histoire.

— J'crois qu'il veut juste vous protéger, m'dame.

Me protéger ?

La colère de Constance retomba d'un cran sans pour autant disparaître. Pourquoi fallait-il qu'il joue sans cesse un double jeu avec elle ? Il l'embrassait passionnément, puis s'enfuyait ; il la faisait espionner, mais par souci pour elle. Constance ne savait plus que penser et son cœur, ce traître, l'empêchait de réfléchir posément en lui soufflant des inepties.

Il t'aime… Il tient à toi, tu vois bien.

Elle chassa ces pensées d'un revers de main, déterminée à ne pas se laisser attendrir.

— Il n'empêche qu'il me fait surveiller ! Comme une vulgaire criminelle.

— Non, m'dame, c'est pas ça !

— Ne me raconte point de sornettes.

— J'vous l'dis, il s'inquiétait pour vous, parce qu'il vous aime bien. C'est tout.

Constance interrompit la diatribe qui s'apprêtait à sortir de sa bouche, interloquée.

Tient-il vraiment à moi ?

Après tout, Gabriel l'avait embrassée. Il pouvait bien feindre l'oubli ou l'indifférence, il n'empêche que c'était bel et bien arrivé ! De plus, il n'avait pas eu l'air mécontent ou ennuyé sur le moment : Constance aurait juré qu'il était sincère, alors. Il était donc possible qu'il cherche juste à la protéger…

Dans ce cas, les motifs de Gabriel étaient louables, bien sûr, et qu'il la fasse surveiller par son messager attitré n'était pas si tiré par les cheveux. Mais pourquoi diable s'évertuait-il à sauvegarder Constance, et ce malgré sa propre résistance ?

La réponse sortit aussitôt de la bouche de Germain.

— Il vous aime bien, m'dame, continua l'enfant en appliquant de grosses cuillerées de confiture de fraise sur sa tartine. J'vous jure que ce n'était pas méchant. Il veut juste qu'il ne vous arrive rien.

Constance posa une main sur son cœur, comme pour l'empêcher de bondir hors de sa poitrine.

— Depuis quand as-tu reçu cette mission ? demanda-t-elle d'une voix adoucie.

— Quelques jours à peine… J'sais plus trop bien.

Elle l'observa dévorer pain et confiture, tandis qu'une idée germait dans son esprit.

Gabriel cachait des secrets, elle en aurait juré ! Il n'y avait qu'à voir la façon dont il s'était battu au Palais-Royal : calmement, froidement, en homme qui savait exactement ce qu'il faisait. En homme *habitué* à se battre.

Et aujourd'hui, Constance tenait l'un de ses plus proches… Un enfant, certes, mais qui était témoin de bien des choses. Il suffisait de poser les bonnes questions.

— Dis-moi, Germain : quand pourrais-je rendre visite à ton maître ?

Il haussa les épaules.

— J'sais pas. D'mandez-lui un rendez-vous.

— Non, je voudrais lui faire la surprise. Dis-moi, quel jour est-il disponible ? Vers quelle heure ? Le matin, le soir ?

Le gamin réfléchit, sourcils froncés, en buvant de longues goulées de vin coupé d'eau.

— J'peux bien vous l'dire, je crois… Il ne m'en voudra pas, hein, Me Rocheran ?

— Bien sûr que non.

— J'sais que le matin il est à son bureau très tôt. Ensuite il part. Et l'après-midi j'en sais rien, parce que je lui fais mon rapport que le soir.

— Quand ça ?

— Je sais pas trop. Avant le souper, ça c'est sûr. Mais après il repart et il veut pas que j'sache où.

Constance se détourna afin de masquer son brusque intérêt. Une information capitale se trouvait à portée d'oreilles, elle le sentait.

— Oh ! ce n'est pas de chance… J'allais justement proposer de visiter ton maître le soir, lorsque je me rends à une soirée ou une réception chez des amies.

Germain secoua la tête.

— Vous l'trouverez point à cette heure ! En tout cas, il s'absente comme ça tous les deux ou trois jours.

— Quel dommage… Et même à toi, il n'a pas révélé où il allait ainsi ?

— Non, m'dame, même à moi, répéta le gamin en bombant le torse. Pourtant, j'suis son assistant. Eh ben, j'sais pas où il va. J'ai interdiction d'le suivre ou de poser des questions. Alors, ne venez surtout pas après l'souper !

— Entendu, le rassura Constance avec un sourire. Je m'en souviendrai.

Le même soir, Constance trépignait d'impatience.

Oublié, le bal du jardin des Tuileries !

Elle avait réussi, à force de persuasion et – elle n'en était pas fière du tout – avec la menace de la garde nationale, à convaincre Germain de la guider à travers Paris pour une filature un peu particulière.

Que Dieu me pardonne… La fin justifie les moyens.

Bien sûr, elle aurait été bien incapable de souhaiter l'emprisonnement à quiconque, encore moins à un enfant innocent. Ses cauchemars récurrents et sa peur des portes closes étaient là pour lui rappeler qu'elle-même ne le surmonterait peut-être jamais. La crainte de l'enfant, cependant, lui avait été profitable et il ne lui restait qu'à prier pour oublier ses remords.

À présent, elle suivait la foulée rapide de Germain, affublée d'un pantalon de toile et d'une chemise rapiécée, prêtée à contrecœur par un François désemparé. Ce dernier l'avait suppliée de ne point commettre pareille folie, mais il semblait à Constance qu'un étrange démon s'était emparé d'elle…

Elle devait savoir ! C'était devenu une obsession. Elle devait découvrir le secret de Gabriel, ou du moins l'un d'entre eux. Peut-être le plus important. Il lui semblait ainsi qu'elle serait fixée sur son compte : soit il cachait une horrible vérité et Constance devrait raisonnablement renoncer à ressentir pour lui cette étrange attirance, soit il était loin de tout soupçon et alors… elle pourrait envisager de laisser parler son cœur. Ou, du moins, d'analyser les vives émotions qui la saisissaient en présence de Gabriel.

Et voici comment, à la tombée de la nuit, Constance marchait d'un bon pas derrière Germain, travestie en homme. Elle avait relevé ses cheveux, glissés sous le bonnet de toile du garçon épinglé d'une cocarde fanée. Elle risquait de récolter quelques poux, à voir la façon dont il se grattait régulièrement le crâne, mais elle ne s'en souciait guère.

Tu deviens folle, ma pauvre fille.

Si ses parents l'avaient vue ! Si Antoinette l'avait vue perpétrer une pareille cocasserie…

Elle m'aurait aussitôt dénoncée à Mère, qui en aurait eu des vapeurs.

Cette scène n'aurait cependant jamais eu lieu car jamais, ô grand jamais, l'idée de se costumer en homme dans les rues ne l'aurait effleurée au cours de son ancienne vie.

Constance sourit avec nostalgie et manqua perdre la trace de Germain. Elle le rattrapa à petites foulées.

— Ne courez point ainsi, m'dame ! lui chuchota-t-il. Ou sinon votre travestissement ne fera pas long feu.

— Ralentis, alors. Tu vas trop vite pour moi, je n'ai guère l'habitude de porter ces pantalons.

La liberté de mouvement était totale, mais elle devait encore s'y faire. Sans compter que les chaussures prêtées par la cuisinière, bien trop grandes, la conduisaient régulièrement à trébucher contre les pavés.

— Est-ce encore loin ?

— Arrêtez ! siffla Germain en lui saisissant le bras.

Il l'entraîna dans une rue adjacente où ils se dissimulèrent pour observer un homme que Constance reconnut aussitôt. Cette haute silhouette, vêtue de noir et dépourvue de chapeau, ne pouvait appartenir qu'à un seul homme de sa connaissance.

Gabriel.

Sa silhouette était imposante, même de loin et de dos. Droite, empreinte de dignité même si Gabriel n'avait rien d'un aristocrate condescendant, imbu de sa personne ou fort de son droit de naissance. Gabriel était bien différent des hommes qu'elle avait côtoyés naguère dans le milieu de son père, et pourtant il ne passait guère inaperçu. Sa fierté provenait essentiellement des vertus dont il s'enorgueillissait, et non point d'une quelconque faveur de naissance.

Son aspect austère, que Constance avait d'abord attribué à ces monstres de jacobins réputés pour leur sévérité, lui paraissait à présent fort charismatique. Sans les attraits d'un habillement pour le mettre en valeur, tout le charme magnétique de Gabriel s'exprimait pleinement. Il n'avait guère besoin de fantaisies vestimentaires pour rayonner.

Constance était bien placée pour savoir qu'il n'était pas entièrement glacial… En tout cas, pas tout le temps. Parfois, lorsqu'il brisait sa carapace de contrôle et de maîtrise de soi, il devenait ardent. Passionné.

Le feu sous la glace.

— Le suit-on ? s'enquit-elle avec impatience.

Germain lui jeta un regard las, comme s'il avait dû supporter les caprices de l'un de ses petits frères et sœurs.

— Pas tout d'suite, m'dame. Il y a trop peu de monde dans la rue, il risquerait de nous repérer.

Constance soupira. Elle était à la fois fiévreuse et terrifiée à l'idée de découvrir un secret qui, peut-être, ne serait pas de son goût… Et puis, quel droit avait-elle de s'immiscer ainsi dans la vie privée de quelqu'un ? Sa mère, de même que son confesseur, répétaient constamment que la curiosité était le pire défaut de la chrétienté.

Constance se conforta pourtant dans sa démarche en se souvenant que Gabriel aussi l'avait fait surveiller ! Elle se contentait de lui rendre la monnaie de sa pièce.

Elle suivit Germain à travers une venelle pleine de flaques d'eau sale, qui empestait l'urine et les déchets en décomposition. Elle dut retenir un haut-le-cœur. Son excitation de se lancer dans cette aventure retomba tel un soufflet.

— Je n'aurais jamais imaginé telle crasse… Germain ! Mais où vas-tu, enfin ?

— Suivez-moi : on va rejoindre Me Rocheran au bout de la rue.

— Mais…

— Ne vous souciez pas, m'dame ! Je connais ces rues comme ma poche. J'vous promets qu'on va l'retrouver.

Surmontant son dégoût, Constance tâcha d'ignorer les relents infects qui s'accrochaient à sa personne, les liquides douteux dans lesquels elle posait les pieds.

Le fait de savoir Gabriel tout proche, son secret sur le point d'être révélé, l'aiguillonnait irrésistiblement. Elle se sentait prête à toutes les folies.

Comme l'avait annoncé Germain, un moment plus tard, ils retrouvèrent la démarche martiale de Gabriel. Cette fois, la foule était plus dense et Germain entraîna Constance dans une filature en bonne et due forme.

— Venez ! Vous faites pas remarquer, surtout. Ne parlez point, ne regardez personne ou on saura que vous n'êtes point un homme…

Constance hocha la tête, saisie de vertige à la pensée des risques inconsidérés qu'elle prenait pour assouvir sa curiosité vis-à-vis de Gabriel.

Elle suivit le gamin avec un frisson de peur dans le dos, et dans les veines le feu de l'aventure.

Gabriel entra dans une masure croulante, adossée à un immeuble au commerce évident qui fit rougir Constance jusqu'à la racine des cheveux. Elle ignora la pauvresse dépenaillée qui la héla, la prenant pour un homme.

— T'as pas envie de t'amuser un peu ? Pour toi c'est moitié prix, mon prince !

Constance se colla à son guide, terrifiée.

— Que dois-je faire ? souffla-t-elle.

— Rien. Répondez pas.

Heureusement, elle fut tirée d'affaire par son réflexe de rapprochement envers Germain.

— Ben alors ? Tu préfères les garçons, hein ? Moi aussi ! Bien jeunes et tout tendres sous la paume…

La femme s'esclaffa.

— Allez, du balai ! Ne fais pas fuir les clients.

Constance entraîna Germain de l'autre côté de la rue, hors de vue de la prostituée qui avait déjà trouvé une autre proie à ferrer.

— Et maintenant ?

— J'en sais rien, m'dame… Il faudrait p't'être rentrer chez vous, maintenant que vous savez où m'sieur Rocheran va le soir. Ce serait plus sûr, vous croyez pas ?

— Non ! Je veux savoir ce qu'il fait dans ce taudis. Va voir.

— Ah, non !

— Pourquoi ?

— Non, c'est trop risqué.

Sidérée, Constance sentit son sang bouillir.

— Comment ? Tu escalades le lierre pour m'espionner au premier étage, et tu as peur de jeter un œil par les volets d'une pauvre masure ?

Germain pointa du doigt la prostituée qui ne cessait de les surveiller du coin de l'œil.

— On est mouchardés, m'dame. Elle nous lâchera pas. Faut dire qu'on a l'air louches...

— Mais alors ? s'impatienta Constance, désespérée à l'idée d'échouer si près du but. Tu ne suggères tout de même pas que j'aille lui parler pour écarter les soupçons ?

— Non, m'dame : je vais y aller moi. Je l'agace un peu, à discuter tarifs avec elle puisqu'elle croit que j'fais comme elle avec les messieurs, je l'occupe... Et pendant c'temps, vous, vous r'gardez par le volet.

— Fort bien, c'est d'accord.

Seigneur, qu'ai-je fait ? Qu'ai-je dit ?

Refusant de s'appesantir sur les risques qu'elle prenait en cette incroyable soirée, Constance se concentra sur son souffle trop rapide. Elle n'avait pas de sels sur elle : pas question de se pâmer d'émotion avant même d'avoir découvert le secret de Gabriel !

Allons. J'y suis presque.

Germain tint parole : il pouvait en effet se montrer particulièrement agaçant. Une fois qu'il eut poussé la prostituée à élever la voix, concentrant toute son attention sur lui, Constance se glissa contre le mur de la maison délabrée et osa un regard par la fenêtre.

Elle demeura sans voix.

Incapable d'une pensée cohérente.

Elle s'était attendue à... Pour tout dire elle ignorait à quoi elle s'était attendue exactement ; en tout cas, certainement pas à la scène qui se révéla à elle à travers l'entrebâillement du volet de bois, à la lueur d'un feu mourant.

Sous ses yeux incrédules, Gabriel discutait familièrement avec une femme vêtue de hardes mais au maintien digne. Il était assis sur une chaise, un enfant sur chaque genou et un autre en train de lui ébouriffer gaiement les cheveux.

Il souriait.

Il paraissait détendu et… heureux. Une véritable scène de bonheur domestique !

Constance sentit sa tête commencer à tourner, assaillie de questions aussi pressantes que douloureuses.

Gabriel cachait donc une épouse et des enfants ? Trois garçons au teint sombre, rieurs malgré leur cadre de vie misérable.

Depuis quand ? Pourquoi ?

Il trompait donc cette pauvre épouse, lorsqu'il avait embrassé Constance dans la calèche ? Sans doute était-ce là la raison pour laquelle il s'était aussitôt rétracté, fuyant sans se retourner…

Constance plaqua une main devant sa bouche, ulcérée. Il l'avait trompée, elle aussi ! Il s'était joué d'elle, de ses sentiments. Cet homme-là ne valait pas même qu'elle pose les yeux sur lui, quant à sa tendresse encore moins.

Dans la pièce, les enfants chahutaient toujours. La femme s'approcha de Gabriel pour lui tendre un gobelet ; il leva sur elle un regard chaleureux, pétillant de gaieté.

Une vive douleur lui traversa la poitrine, et Constance sut que c'était son cœur en train de se briser en mille morceaux.

Incapable d'en supporter davantage, elle s'éloigna en courant et agrippa Germain par le bras avant de l'entraîner le plus vite possible loin de cette horrible révélation.

Chapitre 23

5 messidor an IV – jeudi 23 juin 1796

Il y avait foule au parc Mouceaux, comme à chaque démonstration d'André-Jacques Garnerin, le célèbre aérostier des fêtes publiques de la capitale[1]. La rumeur affirmait que cette fois il préparait même une surprise qui marquerait les esprits…

Gabriel était curieux de savoir quoi. Les progrès technologiques le fascinaient ; les montgolfières et les nouveaux ballons à hydrogène, qui permettaient à l'homme de disputer les cieux aux oiseaux, revêtaient pour lui une importance de premier plan dans le devenir d'une nation.

Car qui conquiert le ciel conquiert le monde, non ? Déjà, l'usage d'un ballon d'observation avait considérablement

1. Garnerin fut absent de Paris de 1794 à 1797, car il était alors prisonnier des Autrichiens. J'ai toutefois cédé à la tentation de le placer au parc Monceau, en cet été 1796, car il est une figure majeure du Paris du Directoire et je souhaitais lui rendre ce petit hommage.

aidé à la victoire de Fleurus, en 1794[1]. Le tout était que cette merveilleuse avancée scientifique ne serve point des intérêts fâcheux. Gabriel connaissait suffisamment les directeurs pour douter qu'ils voient autre chose dans les ballons, pour l'heure, qu'un agréable divertissement.

Il parcourut les allées d'un bon pas, dépassant des couples et de petits groupes aux tenues éblouissantes venus assister à l'événement. Constance était-elle là ? Quelque part parmi les élégantes dames qui faisaient étalage de leurs coûteuses toilettes ?

Sans doute pas. Elle avait donné sa parole, et Gabriel ne la pensait point menteuse. Pas avec lui, en tout cas : sa promesse avait paru sincère.

Gabriel repoussa l'image de la belle Diane à la chevelure rousse qu'il avait tenue dans ses bras dans une calèche cahotante, pour se concentrer sur sa mission du jour.

Il n'aurait pas d'autre occasion de trancher au sujet de la culpabilité de Cambacérès dans son agression. C'était aujourd'hui… Il tenait son moment. Un instant de solitude absolue, dépourvu d'oreilles indiscrètes alentour, qui ne se présenterait jamais à nouveau.

Jacquot ne tarda pas à le repérer dans la foule, car il lui saisit le bras en le prenant par surprise.

— T'es à l'heure, c'est bien.

— Toi aussi. Alors ? Comment se présente notre plan ?

— Du gâteau ! Garnerin est prévenu et notre cible se trouve pile à l'endroit prévu. J'y ai veillé.

Gabriel hocha la tête. Jacquot avait des sources fiables et de nombreux appuis. Il nourrissait cependant quelques

1. Véridique.

scrupules à agir de façon violente envers un homme qu'il ne suspectait plus avec la même fougue… Jacquot dut le sentir, car il l'encouragea d'une claque dans le dos.

— Allons, courage ! Tu auras bientôt l'occasion de te venger de ce fils de putain qui voulait te faire bastonner à mort.

Jacquot lui adressa un sourire partiellement édenté et disparut sur ces belles paroles, qui laissèrent Gabriel un rien confus.

Oui, c'était vrai… Il allait pouvoir se venger. Alors, pour quelle raison se sentait-il subitement aussi mal à l'aise ?

Jacquot a raison : fonce !

Gabriel se dirigea vers le fond du parc, guidé par des sifflements étranges et le gonflement d'une énorme baudruche colorée qui montait dans le bleu du ciel en oscillant paisiblement.

Il fendit plusieurs groupes statiques, insensible aux murmures émerveillés qui flottaient au-dessus des allées gravillonnées et des pelouses parfaitement tondues.

Une nacelle plutôt volumineuse était attachée au ballon, à présent presque entièrement gonflé. Sans s'embarrasser de convenances, Gabriel orienta ses pas droit sur les quelques hommes de dos qui discutaient près du ballon.

Parmi eux se trouvait Cambacérès.

Le député sursauta lorsque Gabriel l'apostropha.

— Bien le bonjour, citoyen député ! Le temps me paraît idéal pour un baptême de l'air. Je suis sûr que le panorama de Paris depuis quelques pieds de haut doit valoir le risque.

— Tiens donc, se reprit Cambacérès en prenant ses amis à témoin. Es-tu personnellement amateur de risques, maître Rocheran ?

— Si fait. Le risque fait partie de la vie, n'est-ce pas ? Sans risque, l'existence deviendrait bien morne. L'homme ne serait plus qu'un être sans intérêt, une victime subissant les affres du temps sans même tenter de prendre le contrôle de sa destinée. Qu'en pensez-vous ?

Le député l'observa sans comprendre, sourcils froncés.

— Où veux-tu en venir, Rocheran ? Je n'entends goutte à ton charabia.

— Garnerin ! appela Gabriel en faisant taire la pointe de frayeur qui s'insinuait en lui.

— Oui ?

Un jeune homme au nez long, les cheveux longs, la mine affable, surgit de l'arrière de la nacelle. Il était en bras de chemise et s'affairait visiblement à préparer des lests.

Gabriel n'avait jamais rencontré le célèbre aérostier et lui accorda un salut.

— Je suis ravi de faire votre connaissance.

— Moi de même. Que puis-je pour toi, citoyen ?

— Je voudrais te demander un service. Le citoyen député Cambacérès, ici présent, affirme aimer le risque. Que dirais-tu de l'emmener en promenade dans les airs ?

L'aérostier rougit. Il semblait gêné. Gabriel comprit que Jacquot l'avait correctement mis au courant de l'affaire, mais que le brave homme n'avait guère l'habitude des machinations.

— C'est que… j'en serais ravi, citoyen député, bien

sûr. Mais une fois dans les airs, il faudra m'obéir en tout. La moindre erreur se paie de la vie.

Gabriel eut la satisfaction de voir Cambacérès blêmir. Certains de ses amis le priaient de renoncer, d'autres l'encourageaient.

Allait-il céder pour sauver l'honneur ? Ou reculer, la queue entre les jambes ? Il n'avait guère d'autre choix et il le savait fort bien, comme en témoigna le regard hostile qu'il jeta à Gabriel.

— Il n'en est pas question, rétorqua-t-il pourtant. Je ne suis point venu faire concurrence aux pigeons !

Sa saillie ne fit sourire personne. Gabriel jura intérieurement.

Il allait se désister !

— Cette nacelle doit pouvoir supporter une charge importante, non ? demanda-t-il à l'aérostier. Peut-elle nous emporter tous les deux, en plus de toi ?

Garnerin jaugea rapidement la taille et le poids de ses deux passagers supplémentaires avant de hocher la tête.

— C'est juste. Je vais simplement rééquilibrer le lest.

— Parfait.

Les yeux dans les yeux, Gabriel et Cambacérès se mesurèrent durant les ajustements de Garnerin. Les minutes à venir allaient se révéler capitales pour la suite… Ils étaient si proches que leurs nez auraient pu se toucher.

— Je ne monterai pas dans cet engin, murmura le député, si bas que seul Gabriel l'entendit. J'ignore ce que tu mijotes, mais cela ne me plaît guère.

— Si, vous allez monter.

Ce n'était pas très loyal, mais Gabriel décida d'employer les grands moyens et dégaina sa petite dague qu'il appuya contre le ventre de Cambacérès.

Celui-ci tressaillit.

— Que… ?

— Taisez-vous et montez.

— Je ne… Non…

— Montez !

J'ai eu ce que je voulais, se félicita Gabriel tout en soutenant le regard furieux du député. *Un tête-à-tête avec Cambacérès, sans oreilles, sans témoins.*

Mis à part l'aérostier, bien entendu, mais il fallait escompter que l'homme sache tenir sa langue. C'était certainement le cas : en ces temps troublés, la discrétion était la meilleure garante de survie.

Enfin, tout fut prêt.

Les amis de Cambacérès rejoignirent la foule de curieux, un peu plus loin, tandis que Gabriel incitait discrètement le député à grimper sur l'escabeau qui menait à l'étrange grand panier qui allait l'arracher de l'attraction terrestre…

— Tu me le paieras ! grinça le député entre ses dents serrées.

Gabriel appuya un peu plus sur la dague, lui arrachant un cri étranglé qui fit rire la foule.

— Et en plus je passe pour un couard…

— Taisez-vous.

Puis ce fut son tour.

Un frisson de peur parcourut Gabriel en prenant place dans la nacelle, mais il le repoussa bien vite. Voler n'était pas naturel pour l'homme, mais certains pratiquaient cet exercice sans subir de dommages – tel

Garnerin, qui enfilait une redingote élimée et un étrange harnachement par-dessus, un sac et des courroies qui lui conféraient la vivacité et la souplesse d'une tortue.

Puis il monta à son tour, donna un coup de pied dans l'escabeau et tira sur quelques cordages. Gabriel rempocha sa dague et Cambacérès se détendit visiblement.

— Nous partons, citoyens ! Ne vous penchez point, ne paniquez point, et tout ira bien. Si vous vous sentez indisposés, il y a un seau dans le coin là-bas.

Il y eut un soubresaut, puis Gabriel se sentit subitement très léger et comprit qu'ils ne touchaient plus le sol.

La vieille crainte viscérale de l'homme le reprit.

Il regarda s'éloigner le vert tendre de l'herbe, les chevelures des arbres secouées par le vent, les ombrelles colorées des dames… Une brusque nausée le poussa à fermer un instant les yeux.

Tout va bien… Imagine que tu n'es pas en l'air mais sur l'eau ; oui, sur une barque ! Il ne peut rien arriver de fâcheux sur une simple barque de pêcheur dérivant sur un lac paisible…

Lorsqu'il eut retrouvé son calme intérieur, Gabriel rouvrit les yeux. Le ballon avait encore progressé en hauteur. Pigeons et mésanges évoluaient en contrebas ; le sommet pansu de la toile colorée semblait frôler les nuages.

S'apercevant qu'il serrait le bord de la nacelle à s'en faire mal, Gabriel relâcha un peu sa prise et avala une grande goulée d'air. Il se sentait tel Icare, enivré de sa propre folie à vouloir rivaliser avec les dieux, à vouloir pour sa part lutter contre plus puissant que lui… Il restait à espérer que nul châtiment suprême ne l'attendait et qu'il survivrait à ce petit exercice aérien.

La nacelle eut un sursaut, obliqua avant de se stabiliser à une bonne hauteur du parc Mouceaux dont les étendues herbeuses parsemées de silhouettes ébahies lui paraissaient soudain hors de portée.

C'est stupéfiant. Proprement stupéfiant.

Gabriel se surprit à souhaiter de tout son cœur retrouver la terre ferme le plus vite possible, tandis que Garnerin s'agitait autour de l'ouverture du ballon et que Cambacérès, pour sa part, essuyait discrètement une goutte de sueur perlant au bord de sa perruque poudrée.

— Tu veux me tuer, c'est cela ? Pourquoi ? Pour cette stupide histoire de maison ?

Gabriel répondit par une autre question.

— Êtes-vous à l'origine de l'agression que j'ai récemment subie ?

Cambacérès le foudroya du regard.

— Qu'est-ce que c'est que cette question, Rocheran ? Me prends-tu pour un vulgaire bandit de grand chemin ?

— Répondez à la question, s'il vous plaît.

— Croit-on rêver ! Nous trouver seul à seul ne te donne pas le droit de m'insulter, je te préviens. Tu devrais suivre mon conseil et abandonner cette stupide affaire avant de le regretter.

— Des menaces, encore ?

Cambacérès se tourna vers Garnerin.

— Procède à ta démonstration, veux-tu ? Plus tôt cette comédie prendra fin, mieux je me porterai !

— Certes.

Gabriel fronça les sourcils.

— Quelle démonstration ? Ce n'était pas ce vol, la démonstration ?

— Oh ! ce n'était que le début du spectacle ! se rengorgea l'aérostier en vérifiant les sangles de son curieux harnais. Pour redescendre, vous n'aurez qu'à tirer sur ce cordage comme ceci, et couper l'arrivée d'hydrogène. Ça ira ?

Gabriel sentit ses entrailles se nouer.

— Comment ça, redescendre ? Mais… Et vous, Garnerin ? Où diable croyez-vous allez, à cette altitude ?

— Quelle question ! Sur terre, bien sûr.

Il désigna du pouce son curieux harnachement.

— Mon premier prototype de parachute, indiqua-t-il fièrement.

Gabriel en demeura coi.

L'aérostier allait sauter.

Sauter !

Dans le ciel. Sans aucune protection.

Et il allait, de fait, les laisser seuls Cambacérès et lui avec pour charge de faire redescendre cet engin maléfique sans se rompre le cou.

Voilà que son plan fabuleux se retournait contre lui !

Mon vieux Jacquot, tu vas me payer ça.

Garnerin semblait mal à l'aise. Sans doute se demandait-il de quelle peine il écoperait si un député se tuait par sa faute… Cambacérès le supplia de ne point sauter mais l'homme ne voulut rien entendre.

— Je ne suis équipé que pour un vol, un seul ! Imaginez-vous ma réputation, si je décevais les gens qui attendent de voir pareil spectacle ? Non, je ne peux annuler le saut maintenant.

Il grimpa sur le rebord de la nacelle sans plus se préoccuper du sort de ses passagers, le regard étrangement fixe. Gabriel comprit avec stupeur que le vide l'*appelait*, qu'il exerçait sur cet homme une morbide fascination.

Nous sommes fichus ! Garnerin est fou à lier.

De lointaines exclamations d'effroi leur parvinrent, depuis la terre.

Si cet illuminé réussit son coup, il y gagnera une célébrité bien méritée ! S'il se tue aussi.

Gabriel frémit d'horreur à l'instant où l'aéronaute se laissa tomber dans le vide. Un hurlement continu montait du jardin de Mouceaux. Se penchant par-dessus le rebord de la nacelle, Gabriel constata que l'inconscient – ou courageux – pionnier venait d'ouvrir son parachute et chutait en direction des jardins…

Il le vit atterrir assez rudement, entendit un cri de douleur, puis de joyeux vivats[1].

— Bien, lâcha Gabriel en se tournant vers le député. Nous voici seuls, nous pouvons donc parler librement.

— Aide-moi donc à refermer l'arrivée de gaz, nous aurons ensuite tout le temps de…

— Faire redescendre ce foutu ballon attendra. Et si nous nous écrasons, j'exige des réponses avant de mourir.

Sourcils froncés, Cambacérès serra la mâchoire, ce qui eut pour effet de faire paraître son menton encore plus proéminent.

— Je n'ai rien à te dire, citoyen.

1. Cet authentique épisode s'est en réalité déroulé le 22 octobre 1797 ; je prie le lecteur de me pardonner cette petite modification de l'Histoire qui m'a permis de faire figurer l'aérostier Garnerin dans ce récit.

— Ah non ? C'est donc par hasard que ces malandrins m'ont pris pour cible et roué de coups ?

— Je ne vois pas de quoi tu parles !

Gabriel marcha sur lui, l'acculant à l'autre bord du ballon qui tangua avant de retrouver sa stabilité. L'endroit n'était pas sûr. Gabriel aurait tout donné pour retrouver la terre ferme, mais avant cela il était déterminé à profiter de cette entrevue privée.

— Êtes-vous derrière cette agression ? Vous m'avez clairement menacé, et comme par hasard je me fais piéger par des gredins !

— J'ai mieux à faire que de…

— Je vous préviens, citoyen député : s'il arrive quoi que ce soit à ma cliente, vous en répondrez personnellement. Est-ce assez clair ?

Contre toute attente, Cambacérès se mit à rire. Un rire nerveux, totalement artificiel. Ainsi, le brave député commençait à craindre pour sa sécurité, seul avec lui au-dessus de Paris… Il avait bien raison. À l'idée que cet individu pouvait mettre la vie de Constance en danger, Gabriel parvenait tout juste à contenir sa colère.

— Ne me dis pas que tu causes tout ce tintouin pour cette fille ? Comment s'appelle-t-elle, déjà…

— Constance d'Albert, siffla Gabriel.

— Oui, c'est cela. Voici donc un conseil, petit : ne te laisse point mener par ton bâton. Les affaires sont les affaires et les histoires de culbute ne doivent pas quitter le secret de la chambre à coucher. Crois-en mon expérience ! Hé ! Que fais-tu, es-tu devenu fou ?

Sans savoir à quel moment précis il avait cédé à son impulsion, Gabriel se retrouvait à présent tout contre le député, une main pointant sa dague sur sa gorge, l'autre agrippant sa cravate à lui couper le souffle.

— Montrez-vous respectueux !

— Sache, Rocheran, que la personne d'un député est…

— Sacrée ? coupa Gabriel avec provocation. Intouchable ? Nul être ne l'est. Il est bien dommage que vous ne le sachiez point. Qu'est-ce qui m'empêcherait de vous balancer dans le vide à votre tour, sans parachute, cette fois ?

— Tu… Tu n'oserais pas !

— Je suis curieux de savoir si un député vole aussi bien qu'une pierre, pas vous ?

— Non !

Le cri du député se perdit dans les aigus, preuve qu'il était terrifié. Il était légèrement plus grand que Gabriel, mais il l'avait eu par surprise et le tenait désormais à sa merci.

Le cœur battant, Gabriel ne lâcha pas sa prise.

— Pourquoi vous entêter ? Que représente pour vous cet hôtel particulier ?

— Rien… du tout !

— Je dois savoir.

— Je… Je ne peux pas accéder à la requête de… la fille d'Albert car… j'en suis empêché.

— Comment ça ? Soyez plus clair.

Gabriel relâcha un peu son étreinte, sûr à présent que le député allait se confier.

— Je risquerais trop ! éclata Cambacérès en reprenant contenance. Par les Enfers, ne comprends-tu pas ? Je sais que des rumeurs courent sur mes loyautés… On me dit monarchiste. Conspirateur.

À tort ou à raison ? Gabriel aurait été bien en peine de l'affirmer ; quoi qu'il en soit, il n'avait aucune confiance dans ce personnage aussi prompt à changer de loyauté que de bas.

— Et alors ? En quoi cela concerne-t-il Constance d'Albert ?

— Espèce de béotien ! Je risque ma tête tous les jours ! Avec ou sans cette stupide fille qui vient remuer le passé… Crois-tu que je vais encourir le risque que l'on se souvienne de l'affaire Le Maître parce que j'aurai favorisé une aristocrate ?

L'affaire Le Maître ? Gabriel se souvenait de ce complot royaliste dans lequel Cambacérès avait été accusé d'avoir trempé. Cela avait fait scandale, l'année passée. D'après ses souvenirs, l'arrestation d'un agent royaliste – le dénommé Le Maître – avait révélé une correspondance des plus douteuses incriminant Cambacérès, évoquant la préparation d'un coup d'État. La culpabilité du député n'avait pu être prouvée, mais depuis lors les rumeurs allaient en effet bon train.

— Je ne peux pas la favoriser, reprit Cambacérès qui semblait à présent intarissable, tout insignifiante que soit la demoiselle… Je ne risquerai pas ma tête pour ses beaux yeux, moi !

Certes, non. Il préférait sans doute les beaux yeux d'Anselme-Hippolyte.

Gabriel hésita à utiliser cette carte. Le député s'assagirait-il à la mention de son amant, ou bien cela attiserait-il davantage sa hargne ?

Il n'eut guère le temps de trancher.

— Je préserverai ma réputation à tout prix ! éclata Cambacérès, qu'il tenait toujours fermement par le col. Tu m'entends ? Je ne laisserai pas cette fille ruiner ma vie. Alors si tu veux me jeter dans le vide, tu ferais bien de ne pas trop attendre : l'occasion ne se représentera jamais.

— Ne me tentez pas ! Avouez avoir commandité mon assassinat, le 28 floréal ! Avouez avoir lancé ces hommes contre moi dans l'espoir de vous débarrasser d'un gêneur…

— Mais pas du tout !

— Avouez !

— Mais ce n'est pas moi, je te dis !

— Alors, qui est-ce ? Qui ?

— Je ne sais pas et je regrette bien que ces gredins n'aient pas réussi à nous débarrasser d'un pareil fêlé ! Par Dieu, Rocheran, ce n'est pas moi !

— Qui, alors ? Parlez !

— Écoute-moi bien : tu ferais mieux de me lâcher ou bien je te garantis que tu le regretteras. Tu ne me jetteras pas dans le vide, nous le savons tous les deux !

Gabriel baissa la tête, en rage. Bien entendu qu'il ne ferait pas une chose pareille ! Il avait appris à respecter la vie humaine. Même celle des traîtres ou des corrompus.

— Retrouve ton sang-froid, que diable ! Je consens à mettre ce fâcheux incident sur le dos de ton inclination pour la fille d'Albert, tu oublies cette histoire d'héritage, et personne n'en parlera jamais plus. Marché conclu ?

Les doigts de Gabriel refusaient de lâcher prise. Il tenait enfin le responsable de l'exaction, et aussi la seule personne à pouvoir rétablir la justice, entre ses mains ! Ils étaient seuls. Tout le monde croirait à un regrettable incident, si…

Le cœur battant, Gabriel revit brusquement le regard fier de Saint-Just grimpant à l'échafaud, qui avait balayé la foule assemblée sans s'émouvoir une seconde. Puis il avait vu Gabriel et son masque s'était fissuré l'espace d'une seconde. La désillusion et la résignation avaient traversé ses yeux si durs, si expressifs. Puis il lui avait souri. À peine. Ce fut son adieu.

Gabriel le voyait aussi bien que s'il s'était tenu devant lui, les mains liées et les cheveux rasés sur la nuque, tandis que le chant enflait dans sa tête à nouveau.

Non ! Je ne serai pas ce monstre ! Que leurs sacrifices, à tous, n'aient pas été vains.

Le doux sourire de Constance, le vrai, celui qu'il avait deviné lorsqu'elle avait enfin abandonné son masque d'assurance et de coquetterie, s'imposa alors à lui et éclipsa aussitôt tout le reste. Les souvenirs, la tristesse, la peur surtout. Cette frayeur permanente qui poursuivait sans doute tous ceux qui, comme lui, étaient un peu les enfants de la Terreur.

Constance aussi devait être hantée par la peur.

Elle méritait de vivre, d'être heureuse. Pas de subir éternellement la menace d'un député capable de tout pour demeurer à l'abri des soupçons.

Gabriel relâcha brutalement le député, qui oscilla un peu sur ses jambes et chercha un instant son équilibre.

— Je… Je suis navré, si vous êtes innocent… Je devais savoir. Être sûr que vous me disiez la vérité…

— Bien ! Tu es revenu à la raison, donc l'affaire

est close. Range-moi cette dague ou tu croupiras au cachot dès ce soir.

Le ballon chuta légèrement, puis tangua.

— Aide-moi donc à nous sortir de là ! s'énerva Cambacérès en tirant sur un cordage. Il faut fermer l'arrivée de gaz, là-bas. Tourne la vis. Mais tourne-la donc, bougre d'empoté !

Gabriel fit un pas en arrière. Sa colère avait reflué, le laissant vide de toute autre émotion. Il s'accouda au bord de la nacelle, laissant son compagnon de baptême de l'air s'échiner tout seul à faire redescendre le ballon.

Il avait risqué gros, lui aussi. Et en vain puisque sa mission était un échec… Il ne tenait pas le responsable de son agression. Constance faisait les frais des circonstances et devrait accepter de perdre définitivement l'hôtel particulier des d'Albert.

— J'ai échoué… Pardon, Constance.

Soudain, il redressa la tête.

Quelque chose venait de percuter son esprit, à rebours, certes, mais à la vitesse d'un cheval au galop. Un détail auquel il n'avait pas prêté attention sur le moment… Un détail qui remettait tout en question.

Gabriel serra les poings.

Il savait qui avait voulu le tuer. Restait à découvrir pourquoi… Et à éloigner le danger une bonne fois pour toutes sans rien dire à Constance.

Chapitre 24

23 messidor an IV – lundi 11 juillet 1796

Trois semaines ! Trois semaines jour pour jour que Constance n'avait pas parlé à Gabriel. Il semblait avoir déserté son cabinet. Même Germain ignorait où se trouvait l'avocat ! Il y avait de quoi se poser des questions. Avait-il été arrêté ? Ou pire, tué ? Peut-être son cadavre gisait-il sous un pont, dans le fleuve ou bien dans un fossé à la sortie de la ville…

Constance grimaça.

Cela faisait également trois semaines qu'elle l'avait surpris en compagnie de sa famille cachée… Mieux valait oublier le misérable.

Elle se contorsionna derrière son éventail afin de déplacer discrètement l'épaisse missive qu'elle avait glissée dans ses dessous et qui, à présent, lui grattait atrocement la peau.

L'article relatant la spoliation qu'elle subissait était terminé, mais elle n'avait pu se résoudre à le confier à François pour qu'il l'apporte à la rédaction du *Républicain*. Elle hésitait. Tergiversait. Doutait énormément… Et, jusqu'à ce que décision soit prise, l'envoi ne la quittait jamais de jour comme de nuit, quand elle le glissait à l'intérieur de son oreiller. C'était plus sûr ainsi. Bien entendu, l'article était signé d'un pseudonyme, mais Constance n'avait point l'habitude du danger et rechignait à passer à l'action.

Cette offensive publique n'était-elle pas susceptible d'entraîner sa perte ?

Cette pensée la tourmentait. Elle tenait suffisamment à la vie pour souhaiter ne pas la perdre. Et pourtant... Son devoir n'était-il point de reconquérir son héritage perdu ? D'honorer la mémoire de sa famille assassinée ?

— M'accorderez-vous cette danse, belle Diane ?

Constance se retourna dans un sursaut.

Le capitaine Léon Delmotte. Elle fit mine de ne pas se remémorer son nom, fronçant légèrement les sourcils.

— Oui, monsieur ? Je pense qu'il y a erreur, je ne connais point de Diane.

— Vous êtes la seule, l'unique... La chasseresse qui a dérobé mon cœur lors d'une réception de Mme de Staël, le mois dernier. Serez-vous assez cruelle pour ne point vous souvenir de moi ?

— Oh... Oui, cela m'évoque bien quelque chose, en effet. Avions-nous dansé ?

— Hélas, madame, vous m'aviez préféré la conversation d'un autre.

Constance rit comme s'il s'agissait d'un quiproquo ou d'une plaisanterie, et entraîna le capitaine sur la piste de danse. Il s'agissait d'une sage contredanse à la mode de l'ancien temps. Constance se réjouit : non seulement elle en maîtrisait les figures mais cela lui éviterait de trop songer à la danse scandaleuse qu'elle avait partagée avec Gabriel.

Elle prit place face à son cavalier. Les danseurs se saluèrent. Au sourire épanoui sur la face du jeune homme, elle ne put lutter contre une vague de déception.

L'espace d'un instant, son idiot de cœur avait battu plus vite… Même si son cerveau savait bien que Gabriel n'était point présent ce soir au bal donné à l'hôtel Tallien, et que même s'il eut été là, Constance aurait dû refuser tout nouveau rapprochement avec lui.

Un homme marié ! Père de famille.

L'amour était décidément bien malveillant. Joséphine avait tant raison de lui conseiller de sauvegarder son cœur ! Dès lors qu'on aimait, on devenait sot et vulnérable. Et le pire était qu'on ne choisissait pas d'aimer ! Il fallait composer avec le cœur, qui ne suivait pas toujours la voie de la raison.

Le chant des violons et des flûtes s'éleva, entraînant, et elle s'abîma dans la succession des pas qu'elle connaissait par cœur. De temps à autre, le contact de la main du Capitaine Delmotte la rappelait à la réalité, sans pour autant faire naître en elle ce frémissement des sens que Gabriel lui causait. Cet emballement du cœur proche de l'euphorie.

Il a déjà femme et enfants, voyons ! Oublie-le.

D'autres, à sa place, ne se seraient guère embarrassées de scrupules. Certes. Constance ne parvenait toutefois pas à se défaire de sa morale, profondément ancrée en elle, et de plus elle ne pardonnait ni dissimulation ni mensonge.

Tu es une belle hypocrite…

Rajustant sur ses lèvres son sourire de société, elle serra davantage la main du capitaine Delmotte, bien décidée à oublier le trouble que son avocat avait jeté dans sa vie.

Dès le lendemain, elle ferait porter l'article à la rédaction du *Républicain*. Plus tôt cette affaire serait terminée, plus tôt elle reviendrait à sa vie d'avant ; elle espérait juste que son corps serait capable d'oublier l'émoi provoqué par Gabriel, et que son cœur, lui, se remettrait de ses blessures.

Quatre jours plus tard…

— Nom de nom de nom de nom !

Au comble de l'exaspération, Constance froissa la lettre avant de la jeter rageusement dans la cheminée froide de sa chambre.

Le Républicain refusait son article ! Le rédacteur en chef lui écrivait aujourd'hui pour l'informer qu'il se trouvait dans l'impossibilité de publier un tel pamphlet qui s'en prenait directement à un député en vue. Il craignait de devoir fonder un autre journal, ou en tout cas le renommer, afin de ne pas subir les foudres de la justice.

— Tous des frileux ! pesta Constance en se rasseyant devant sa coiffeuse.

Peut-être pourrait-elle réécrire l'article ? L'adoucir ?

Mais non : le courrier qu'elle avait reçu était très clair. Son article serait censuré, purement et simplement.

Constance dut calmer sa fureur pour ajouter correctement quelques épingles à sa coiffure. Une telle injustice la révoltait. Comment pouvait-on fouler aux pieds la vérité et l'information ? Certains puissants étaient-ils donc intouchables ?

Elle s'efforça de respirer calmement et adressa un sourire crispé à son reflet, dont le regard fulminait toujours sous ses boucles rousses savamment agencées. Elle songea avec amertume qu'un monde juste n'existerait probablement jamais.

Mais ce soir, elle se devait d'oublier tout cela : elle sortait. Elle avait reçu une invitation à l'hôtel de Longueville[1], cela ne se refusait point – surtout quand on tentait de se sortir un homme de l'esprit.

Gabriel hantait toujours ses pensées, tel un spectre tenace, insensible à toutes ses tentatives d'exorcisme.

Constance accrocha un collier de perles autour de sa gorge ; perles d'eau, un peu ternes car très anciennes et piochées dans le coffret à bijoux de Joséphine, encore une fois. Elle se sentit aussitôt mieux. Son reflet lui renvoyait l'image d'une femme forte, sûre d'elle et de sa séduction. Elle ne put s'empêcher de se demander quelle sensation cela ferait, de porter ses propres perles... De porter une création unique offerte par son époux ?

Gabriel n'a pas les moyens, et de toute façon il déteste probablement ce genre de dépense outrancière.

Au lieu de se morigéner pour ses pensées, cette fois Constance dirigea sa colère vers son diable d'avocat. L'avait-il ensorcelée ? Que faisait-il encore dans ses pensées ?

1. Hôtel particulier du 1er arrondissement de Paris qui, sous le Directoire, avait été converti en salle de bal publique.

La rumeur affirmait qu'il avait récemment quitté Paris. Non que Constance se renseigne sur lui… Les informations venaient d'elles-mêmes, à son grand désarroi. On disait que l'avocat Rocheran avait brusquement déserté son étude parisienne : les commérages allaient bon train sur les raisons de ce départ précipité. Une maîtresse, un crime caché, des problèmes d'argent… Comment trier le bon grain de l'ivraie ? La rumeur colportait parfois les plus étranges potins.

Depuis qu'elle avait surpris cette scène familiale, elle refusait de le voir. Elle pensait qu'il serait plus facile ainsi de l'oublier. Elle lui demandait donc régulièrement des comptes rendus par écrit, qu'il n'envoyait jamais, et avait refusé ses deux demandes d'entretien.

Gabriel n'est pas pour moi. Il a su éveiller des sentiments en moi et je lui en suis reconnaissante ; cependant, il demeure un homme à éviter.

Justement en raison de ces sentiments.

C'était à la fois si simple et si compliqué !

Constance se leva avec détermination, enfila un lourd manteau et une toque de fourrure un peu râpée qui pouvait encore faire illusion, et quitta sa chambre d'un pas martial.

Ce soir, elle allait oublier Gabriel pour de bon.

Le bal fut somptueux. Fortunée[1], une amie de Joséphine à la beauté piquante et à l'esprit acéré, insufflait une

1. Fortunée Hamelin, l'une des célèbres Merveilleuses du Directoire.

atmosphère de liesse en riant, chantant et entraînant ses cavaliers dans des danses endiablées.

Après un souper aux alentours de minuit, un feu d'artifice fut tiré dans la cour avec pour fond les ardoises tristes du palais des Tuileries. Constance savait qu'avec elle, la fête ne prendrait pas fin avant les premières lueurs de l'aube. Cette fois, cependant, elle n'avait guère envie de se priver de sommeil pour des folies festives. Alors que Constance s'apprêtait sagement à rejoindre son demi-fortune afin de finir la nuit dans son lit, elle se heurta au capitaine Delmotte qui faisait une arrivée tardive aussi bien que remarquée.

— Oh ! excusez-moi ! s'exclama-t-elle. Je ne vous avais pas vu.

— L'amour est aveugle, dit-on.

Les yeux du jeune homme pétillaient de malice. Constance pouffa. Son esprit, son sens de la repartie l'amusaient. Et il n'était point aussi entreprenant que d'autres, ce qui rendait toujours sa compagnie divertissante sans qu'elle devienne une gêne.

— Vous partez ? s'inquiéta Delmotte, redevenant sérieux.

Constance hésita. La vision de Gabriel avec cette femme et ces trois garçons lui revint, et elle ôta le châle qu'elle venait de jeter sur ses épaules.

— Point du tout, capitaine. J'ai envie de danser, pas vous ?

Un franc sourire illumina aussitôt les traits classiques du capitaine. Sans prêter plus d'attention que nécessaire aux jeunes femmes venues tenter leur chance auprès de lui, il suivit Constance sur la piste et déposa une main chaste sur son bras pour entamer la danse.

Mais Constance allait avoir besoin de beaucoup plus pour oublier Gabriel… Et elle était déterminée à l'oublier. Au moins jusqu'à la prochaine aube, si possible.

Elle se rapprocha du capitaine, qui retint sa respiration lorsqu'elle déposa d'autorité l'une de ses grandes mains au creux de sa taille.

— Là. N'est-ce pas mieux ainsi ?

— Mille fois mieux, lui confirma-t-il en la dévorant d'un regard brûlant. Êtes-vous prête, Diane ?

— Plus que prête. Faites-moi donc envoler !

Aidez-moi à ne plus penser, surtout.

Elle se laissa aller dans les bras du capitaine, ces bras solides qui la maintenaient fermement mais ne possédaient guère la faculté de lui faire perdre la tête… Seuls ceux de Gabriel le pouvaient.

Chapitre 25

Par une chaude soirée,
en cette fin de messidor…

Gabriel serra les poings sur ses rênes en considérant l'auberge perdue au bord de cette route de campagne. Une lueur dorée filtrait à travers les volets mal joints, et des éclats de voix de toute sorte fusaient dans la plaine endormie.

— Tout doux, Pégase, chuchota Gabriel à sa monture qui piaffait nerveusement au bord du chemin, là où il l'avait fait arrêter.

L'aubergiste qui le lui avait vendue à la sortie de Paris s'était moqué de lui… En vérité, le canasson n'avait de Pégase que la robe immaculée ; pour le reste, sa bedaine et son sale caractère rendaient le voyage de Gabriel fort éprouvant.

Remonter la piste de l'homme qu'il soupçonnait d'avoir commandité son assassinat s'était révélé fastidieux.

Il se savait traqué. Il avait évolué de nuit sur des chemins perdus, traversé des bois, franchi des rivières à gué… Tout pour se défaire de l'homme qui le pistait.

Gabriel se gratta machinalement le menton. Sa barbe repoussait, et il détestait ce picotement.

Tout se jouerait donc dans cette auberge ?

Non, il ne voulait pas de public.

Il mit Pégase au pas et, en franchissant le porche de l'auberge, mit pied à terre d'un bond souple en tendant les rênes au garçon d'écurie.

— Du foin et de l'eau pour ma bête, et deux places dans l'écurie… C'est possible ?

— Oui-da, citoyen, c'est possible ! L'patron fait un pain tout frais d'une livre à quinze livres à peine, j't'en fais porter un ?

Il grimaça. Depuis que le Directoire avait aboli le Maximum[1], le prix du pain remontait comme durant le règne du roi Louis et même davantage.

— Non, merci. Je me contenterai de passer la nuit dans l'écurie.

— Alors, ça f'ra juste deux livres pour le ch'val et toi.

— Tiens.

Gabriel jeta deux pièces en l'air, que le gamin attrapa au vol. Pas question d'attirer l'attention de sa cible en faisant porter un pain pour un mystérieux voyageur installé dans l'écurie… Il devait ne se douter de rien. Se croire sauvé.

Alors, seulement, Gabriel frapperait.

Il s'installa confortablement dans la paille, face à la porte ouverte de l'écurie et, plus loin, celle de l'auberge qu'il pouvait ainsi surveiller. Il ne lui restait qu'à attendre

1. Maximilien de Robespierre a fait voter le 29 septembre 1793 la loi du Maximum général, qui fixait un prix maximal pour le pain et limitait la spéculation tout comme la famine chez les plus démunis.

son heure en priant pour ne point s'endormir ; en même temps, il comptait bien que sa rage le tienne éveillé.

La traîtrise le mettait toujours hors de lui. Mais lorsqu'elle venait de là où on ne l'attendait point, c'était encore pire !

Gabriel dégaina sa dague et se prépara à remâcher sa rancœur jusqu'au petit matin.

Un mouvement infime le mit en alerte juste avant l'aube. La porte de l'auberge s'ouvrit lentement, et une silhouette se dirigea vers l'écurie.

Gabriel sauta sur ses pieds et s'accroupit dans l'ombre.

C'est bien lui.

Il attendit patiemment que l'homme ait rempli les sacoches de son hongre, puis il se glissa derrière lui, lui tordit un bras dans le dos tout en pointant sa dague sur sa gorge.

Pas question de lui laisser la moindre chance de s'échapper.

— Foutredieu ! J'ai pas de blé sur moi, va détrousser quelqu'un d'autre !

— C'est toi que je veux.

— G… Gabriel ?

— Bonjour, Jacquot. Prêt pour une chevauchée dans les champs d'Hadès ?

Il le retourna brutalement entre ses bras, le plaqua à la mangeoire de bois sous les renâclements des chevaux. Un éclat de frayeur traversa fugitivement le regard de Jacquot, vite avalé par les ombres. Il cessa de lutter contre la prise de Gabriel, qui s'étonna de sa résignation.

— Alors, c'est tout ? Tu n'as rien à me dire ?

— Je ne vois pas.
— Dis-moi pourquoi, Jacquot.
— Comment t'as compris, dis ?
— Tu ne nies même pas, espèce de misérable…
— Pourquoi faire ? T'aurais pas traversé la moitié du pays si t'étais pas sûr de ton coup, non ?

Gabriel respirait plus lourdement, à mesure que sa colère enflait en prenant des proportions inquiétantes.

— Tu as parlé de mon agression. Tu ne pouvais pas savoir, à moins d'être celui qui l'avait commanditée.
— Ah, soupira Jacquot. J'ai fait une belle bourde !
— Qui t'a demandé d'attenter à ma vie ? Qui t'a payé pour ça ?

Le gredin eut un sourire mauvais. Envolée, sa résignation de tantôt ! Gabriel sentit qu'il guettait la moindre faille en lui.

— Personne, répondit-il enfin. J'voulais juste réparer une injustice.
— De quoi parles-tu ?
— D'après toi, c'est un hasard si not'vieux copain Babeuf est derrière les barreaux ? Si tous nos vieux camarades risquent leurs têtes ? Non. On les a forcément dénoncés et ça peut être que toi.

Quoi ?

Gabriel relâcha légèrement sa prise, sous le choc.

— Mais bien sûr que non, voyons ! Pourquoi aurais-je fait une chose pareille ?
— À toi d'me le dire ! Qui s'est carapaté chez ces pourritures de jacobins en abandonnant la bande à Babeuf ? Qui c'est qu'a tourné le dos à ses nouveaux poteaux du club des Jacobins au bon moment, juste après

Thermidor ? Hein ? T'es un beau fumier, Rocheran ! Dis pas le contraire.

Les tempes de Gabriel se mirent à pulser douloureusement, ses oreilles à bourdonner.

Allons enfants de la patrie,

Le jour de gloire est arrivé…

— Ferme ta grande gueule, Jacquot ! rugit-il en lui donnant une brusque secousse.

Une goutte de sang s'écoula sur le manche de la dague, puis sur ses doigts crispés.

— T'as voulu savoir, non ?

— Sombre idiot ! Je n'ai pas trahi Babeuf. J'ignorais tout de sa foutue Conjuration des Égaux, merde !

Jacquot lui adressa un regard mauvais malgré l'entaille qui devait lui brûler la gorge. Il en fallait plus pour impressionner un homme comme lui.

— Peut-être, mais tu nous as lâchés en 93.

— Je voulais agir pour la République ! Saint-Just avait une vision tellement puissante, il était capable d'agir à la Convention… Jamais je n'ai abandonné nos valeurs : je voulais juste les faire appliquer au lieu de me contenter de simples discours et de pétitions !

Contre nous de la tyrannie,

Le couteau sanglant est levé.

— Taisez-vous ! hurla Gabriel, au comble de la nervosité.

Sa main tremblait, son souffle erratique devenait sifflant. Le visage de Jacquot se modifia tandis que s'y superposait la vision de trois charrettes s'arrêtant au pied de la guillotine sous les huées.

Le couteau sanglant est levé !

Soudain, Jacquot repoussa Gabriel avec violence et tenta de lui arracher son arme.

Gabriel tint bon. Il se battit pour revenir au présent, éperdu. Il devait sauver sa vie ! La Révolution était terminée, la Terreur aussi : il ne mourrait pas maintenant.

À nouveau, c'est le doux sourire de Constance qui le sauva.

Il se secoua, retrouva la maîtrise de ses nerfs. Jacquot était un adversaire de taille, fort et nerveux. Habile au combat de rue.

Ils luttèrent un moment, bras écartés, chacun tentant de prendre le dessus sur l'autre… Puis tout s'enchaîna.

Gabriel rebondit sur la panse d'un cheval, marcha sur un objet dur et pointu. Une fourche.

Le manche frappa Jacquot en pleine tête. Ils roulèrent au sol tous les deux, puis Gabriel s'aperçut que son ancien compagnon reposait, inerte, sur sa poitrine.

Il ahana sous l'effort mais parvint à le retourner sur le dos.

Son regard fixe le dévisagea en silence.

— Mais, comment… ?

Ses mains heurtèrent un manche en bois. À tâtons, Gabriel découvrit que Jacquot était tombé sur la fourche, dont les longues dents s'étaient impitoyablement enfoncées droit sur son cœur.

Il ferma les yeux de Jacquot d'une main tremblante.

— Adieu, vieil ami. Salue pour moi nos camarades tombés.

Gabriel se redressa, récupéra sa dague comme dans un songe et récupéra les rênes de Pégase. Il devait s'enfuir avant qu'on ne découvre le cadavre de Jacquot… Seul le garçon d'écurie avait entraperçu son visage, dans la nuit et sans s'y attarder : on était si loin de Paris que Gabriel doutait d'être inquiété.

Il repartit au galop sur le chemin poussiéreux, *La Marseillaise* en boucle dans sa tête et les yeux embués de larmes.

Chapitre 26

4 thermidor an IV – vendredi 22 juillet 1796

Depuis plus d'une semaine, Constance vivait une belle idylle avec le capitaine Delmotte, qui bénéficiait d'une permission. Ou tout au moins une belle idylle selon ses anciens critères… Promenades l'après-midi, lectures de poèmes assis sur l'herbe, dégustation de thé dans l'un de ces nouveaux cafés qui fleurissaient dans la capitale… Et le soir, ils se retrouvaient souvent dans un bal ou une soirée mondaine. Un programme parfait !

— Va chercher, Fortuné !

Elle lança la balle, qui rebondit dans un buisson. Constance rit de bon cœur de voir le petit chien hésiter, dompter sa peur et finalement se jeter à corps perdu dans le buisson qui se mit à s'agiter furieusement.

— Tout va bien, Fortuné ? Fortuné ?

Un jappement excité lui répondit et le chien jaillit du buisson, ébouriffé mais plus fier qu'un paon.

Constance saisit la balle baveuse entre deux doigts, un rien dégoûtée, et la lança loin du buisson, cette fois.

Elle se perdit à nouveau dans ses pensées durant le jeu avec le petit chien.

Refusant de se décourager, elle avait finalement réécrit son article de façon bien plus modérée et François l'avait porté à la rédaction du *Républicain* – sans qu'elle lui révèle la teneur de son pli, naturellement. Ne restait qu'à attendre la parution… Constance se jetait sur le journal tous les matins, sans succès jusqu'à présent : son article, ou plutôt celui d'un énigmatique Narcisse Constant, n'avait pas encore été imprimé dans les pages du *Républicain*.

Mise à part cette déconvenue, Constance vivait des journées fort réjouissantes. Delmotte se montrait charmant. Toujours plein d'esprit, il flirtait avec grâce et légèreté, ce qui ravissait Constance : ce doux oubli était exactement ce dont elle avait besoin. Elle laissait le jeune homme la divertir, heureuse de se laisser aller après ces derniers mois d'inquiétude et de questionnements au sujet de Gabriel.

Elle demeurait sage, toutefois, et n'avait pas encore autorisé son soupirant à franchir le seuil de sa chambre. Point par calcul de sa part : elle n'était tout simplement pas prête à s'abandonner pour de bon.

Pas avec Delmotte, en tout cas.

Fortuné, qu'elle négligeait depuis de trop longues secondes, perdue dans ses rêveries, se jeta sur elle en jappant et macula sa robe de terre.

Constance ne s'en émut même pas.

Elle saisit le chien dans ses bras, lui caressa la tête.

— Viens, rentrons. L'heure de ton foie approche.

Une fois l'animal installé en cuisine devant une

gamelle débordant de morceaux de poulet finement émincés, Constance allait monter dans sa chambre afin de lire un peu lorsque la voix de François lui parvint depuis le hall.

— Certainement, monsieur, je vais la prévenir.

Qui donc lui rendait visite en soirée ? Cela ne se faisait point – pas sans invitation.

Le souffle lui manqua à la vue du capitaine Delmotte, plus solennel que jamais dans son uniforme impeccable. Il avait astiqué ses boutons et rajusté ses galons, cela se voyait. Constance comprit aussitôt ce que cela signifiait.

— Vous rejoignez donc votre régiment, capitaine ?

Il la salua avant de hocher la tête avec lenteur.

— Je suis rappelé plus tôt que prévu.

— Oh. Y a-t-il des difficultés ?

Et Joséphine qui se trouvait justement en Italie ! Dieu savait où. Mais le capitaine la rassura bien vite.

— Non, rien d'inquiétant ! Mon supérieur a seulement besoin de ma présence pour remplacer un collègue souffrant. La… nourriture locale, vous comprenez. Tranquillisez-vous, madame, vos soldats veillent et la patrie n'est pas en danger !

Elle lui sourit, soulagée d'entendre cela mais soupçonnant tout de même qu'il ne lui aurait pas dit la vérité si elle avait été préoccupante. On tenait toujours les femmes éloignées des questions militaires et politiques, soi-disant pour leur épargner du tracas mais peut-être aussi, Constance en était persuadée, davantage pour se réserver toutes les décisions d'importance. Sinon, pourquoi ne pas leur éviter les affres de leur cour, trop souvent insistante ?

Elle prononça les paroles d'usage, pleines de politesse, et affirma sa tristesse de voir Delmotte la quitter… Et ce fut là qu'il la prit par surprise.

Prenant sa main dans la sienne, il mit un genou à terre. Constance sentit son souffle se bloquer dans sa poitrine.

— Mademoiselle Constance d'Albert… Diane.

Que… Non ! Il ne peut pas faire cela… N'est-ce pas ?

— Vous êtes ma Diane et avez ravi mon cœur dès le premier regard, poursuivit-il en plongeant dans les siens ses yeux sombres. Vous ne nierez point qu'il se passe un phénomène étrange entre nous, n'est-ce pas ?

— Je… C'est-à-dire que…

J'en aime un autre. Désespérément. Je n'ai pas d'avenir avec lui, mais avec vous non plus.

Delmotte serra sa main plus étroitement.

— Ces derniers jours passés à vos côtés m'ont ouvert les yeux ! Vous êtes incomparable, Constance. Si vive, si douce, si belle… Dieu m'est témoin que je n'avais jamais vécu heures plus douces que celles que nous partageâmes.

— Je vous en prie… C'était fort agréable, il est vrai, mais je pense que vous vous égarez. Vous ne devez point faire fuir les belles femmes, capitaine : je gage que vous les attirez plutôt !

— Constance, je vous aime.

Oh ! non !

— Si, je vous aime ! insista-t-il devant sa mine interdite. Je n'envisage plus mes journées sans vous, et… je ne puis me résoudre à vous laisser seule à Paris : je vous retrouverais certainement mariée à un autre à mon retour. Je ne le supporterais pas ! Je vous assure que je ne pourrais tolérer une telle douleur.

— Capitaine, allons…

— Constance ! Acceptez-vous de vous unir à moi avant mon départ ? Je sais que les choses sont un peu précipitées… Cependant, je suis persuadé que c'est là le dénouement naturel de notre relation, dénouement auquel vous avez forcément songé, ces derniers temps ?

Absolument pas.

Constance se composa un sourire doux mais demeura dans la retenue.

— Capitaine Delmotte…

— Léon.

— Léon… Écoutez. Je reconnais sans mal avoir passé des heures merveilleuses en votre compagnie, toutefois j'ignorais votre aspiration à vous lier par le mariage… Cela ne fait pas partie de mes projets, capitaine. J'en suis désolée. J'ai pour vous grande affection et je répugne à vous faire souffrir.

Il la considéra avec un éclat de douleur au fond des yeux.

— Oh… Vous vous inquiétez sans doute de mon absence à venir ?

— Non, ce n'est pas cela !

— Ou bien de votre réputation ? Je sais que l'on dit de vous que vous êtes une capricieuse, une coquette qui joue les amoureuses sans se donner à personne, mais je me moque de tout cela ! Je vous aime, Constance.

En vérité ? C'était là ce que l'on disait d'elle ? Que les calomniateurs aillent au diable !

Elle retira sa main le plus délicatement possible.

— Léon, je vous en prie : restons bons amis, voulez-vous ? Je ne suis pas l'épouse qu'il vous faut, et…

— Il y a quelqu'un d'autre, n'est-ce pas ?

Delmotte afficha une mimique amère et bondit sur ses pieds.

— J'aurais dû comprendre.

— Je vous assure que je n'ai pas joué avec vos sentiments, capitaine. Je ne vois personne, pas au sens où vous l'entendez, et j'ai réellement pris plaisir à nos rencontres.

— Mais votre cœur est déjà pris, n'est-ce pas ?

Elle baissa les épaules, résignée. Il était inutile de lui mentir, cela ne ferait qu'aggraver la souffrance qu'elle lui infligeait bien involontairement.

— Si fait. Mon cœur appartient à un autre, c'est vrai. Un homme qui n'est point pour moi et que je n'aurai jamais ; sans doute est-ce une consolation pour vous.

— Certainement pas, Constance… Il me déplaît que vous soyez malheureuse, mais plus encore que nous soyons deux malheureux à soupirer après des chimères. Le Destin est bien cruel !

— S'il vous plaît, ne nous quittons point fâchés car cela me tourmenterait… Et vous aussi, sans doute.

Il prit une posture rigide, le visage plus fermé que jamais. Son regard ne pétillait plus du tout et Constance aurait juré que la température de la pièce venait de chuter de plusieurs degrés.

Joséphine aurait dû me mettre en garde contre ce genre-là de désagrément, à trop jouer avec l'amour…

— Soyons amis, capitaine ! répéta-t-elle, fort embarrassée.

— Si c'est là ce que vous désirez, madame, je ne peux que m'incliner.

Il s'inclina de fait, et Constance soupira de soulagement lorsqu'il retourna seul à la porte et la claqua derrière lui.

Au moins, les choses étaient claires. Il était seulement regrettable qu'elle ait dû éconduire un jeune homme tout à fait charmant, qui l'avait si bien détournée de ses moroses pensées, de façon aussi rude.

Si seulement elle avait subodoré la tournure que prenaient les sentiments du capitaine à son égard, au lieu de rester focalisée sur son bien-être et sa capacité à oublier Gab...

Encore une fois, tout était de la faute de Gabriel !

Gabriel, qu'elle ne voyait plus guère et qui pourtant trouvait toujours le moyen de la déstabiliser, de s'immiscer dans sa vie. Il était son geôlier, son sauveur, son adversaire, son âme sœur, tout cela à la fois. Constance se sentait prisonnière des sentiments qu'elle ressentait malgré tout pour lui, prisonnière de son propre cœur.

En serait-elle un jour délivrée ?

Il a été plus aisé d'être libérée de la prison des Carmes !

Chapitre 27

7 thermidor an IV – lundi 25 juillet 1796

Gabriel souleva le heurtoir de bronze d'une main un rien hésitante.

Enfin, il allait la revoir ! Constance lui avait manqué, il devait le reconnaître.

Il ne l'avait pas revue depuis cette soirée de Messidor qui s'était terminée par un fougueux baiser dans l'ombre d'une calèche… Ensuite il l'avait soigneusement évitée, gêné de ce trouble qui l'aurait envahi en la revoyant, et la demoiselle semblait déterminée à en faire autant. Elle n'avait même pas cherché à le voir !

Lorsqu'il était rentré de son expédition sur les routes de France à la poursuite de Jacquot, il avait trouvé une pile de lettres à son étude. Constance lui demandait régulièrement un bilan de ses recherches sur un ton très formel, sans toutefois chercher à le rencontrer à nouveau.

Gabriel s'était demandé si elle lui en voulait beaucoup de cet instant d'égarement, dans la calèche… Avant de se remémorer qu'elle lui avait rendu son baiser avec une impétuosité égale à la sienne. De quoi aurait-il donc dû rougir ? Il ne l'avait guère forcée. Et les choses n'étaient point allées trop loin, alors sa vertu était sauve. Fort heureusement, Gabriel avait su refréner son désir juste à temps, quitte à s'enfuir le plus vite possible sans lui accorder un regard.

Il laissa bruyamment retomber le heurtoir.

Depuis tant de temps, qui pouvait prédire comment Constance allait l'accueillir ? Et lui, comment devait-il se comporter ? La saluer comme une connaissance ? Comme la simple cliente qu'elle devait rester pour lui ? Ou bien… comme un amant, par un fougueux baiser ?

Allons, ressaisis-toi !

Il suivit le domestique venu lui ouvrir, le ventre noué par l'appréhension.

Lorsque Constance le rejoignit dans le salon, Gabriel demeura un instant interdit devant sa beauté, qui le frappa de plein fouet. Elle ne s'était point apprêtée, et pourtant elle rayonnait telle une fille d'Hélios[1]. Gabriel aurait eu bien du mal, cependant, à deviner quelles pensées agitaient son esprit…

Constance avança vers lui, le visage fermé mais le pas plein d'assurance. Sans lâcher son regard. Quelque chose avait changé, en elle. Elle semblait avoir mis de côté son masque de sociabilité, sans que Gabriel puisse juger si c'était un trait de caractère nouveau ou bien une faveur personnelle qu'elle lui accordait.

— Bonjour, monsieur.

Elle croisa sagement les mains devant elle, raide

1. Dieu du soleil dans la mythologie grecque.

comme une statue. Déterminée à garder ses distances, de toute évidence.

Fort bien !

Malgré l'envie urgente de la toucher, de lui prendre une main ou même de la serrer contre lui, Gabriel s'en accommoderait parfaitement. Au jeu du flegme, il était bien plus doué que la demoiselle d'Albert ! Il n'avait nullement l'intention de paraître trop empressé si elle manifestait une telle froideur.

C'était bien Séléné, oui, dont la lueur froide brillait avec indifférence au-dessus des hommes.

— Vous aviez disparu, attaqua-t-elle. Je vous pensais réfugié quelque part, ayant abandonné votre cliente à son sort.

Ah ! Elle était donc en colère.

— J'étais en déplacement, rétorqua Gabriel sans se laisser atteindre par le détachement de Constance.

— Comment l'aurais-je su ? Vous ne m'en avez point informée.

— Et comment l'aurais-je fait, alors que vous refusiez toute entrevue ? Il était impensable de divulguer mes plans par écrit.

Elle renifla avec mépris.

— Peut-être. Du moins avez-vous sans doute averti votre famille de votre absence ? Ou bien vous pensent-ils en fuite, eux aussi ?

— *Eux* ? répéta Gabriel, complètement perdu.

— Votre épouse et vos trois enfants, bien sûr ! Me croyez-vous si mal informée à votre sujet ? Je sais que vous les visitez trois fois par semaine.

— Mon épouse, et… ? Oh.

Marie, Émile, Camille et Caius, la femme et les enfants de Babeuf.

Le jour se fit dans son esprit et Gabriel éclata de rire, ce qui eut pour effet de mettre Constance en fureur. Au moins avait-elle abandonné sa triste indifférence. Gabriel la préférait ainsi : sauvage, emportée. Spontanée.

— Vous riez-vous de moi, impudent ?

Gabriel retrouva bien vite son sérieux tandis qu'une bouffée de joie l'envahissait à l'idée que la fort respectable demoiselle d'Albert, dernière représentante d'une famille d'aristocrates parisiens en vue, s'était compromise dans une filature à son égard. Tenait-elle un peu à lui, dans ce cas ? Gabriel aimait à le penser.

Il secoua la tête.

— J'ai ri de votre méprise, mademoiselle ! Cette dame et ces garçons ne sont point les miens, mais ceux d'un ami… absent de la capitale. Je veille sur eux en son absence, comme je le lui ai promis. Je leur apporte des nouvelles, un peu d'argent, parfois un journal ou un panier de victuailles.

— Je vois, fit Constance en rougissant de plus belle. Je… Dans ce cas, acceptez mes excuses, monsieur.

— Pensez-vous que toute femme à m'approcher est forcément mienne ?

Elle releva la tête, affrontant son regard moqueur.

— Cela m'étonnait, aussi, que l'une d'entre nous parvienne à vous supporter.

Une étincelle jaillit entre eux. Quelque émotion dépourvue de mots, puisqu'elle n'en avait guère besoin. Gabriel avala difficilement sa salive, soudain happé par la vision de cette lèvre tremblante de rage – ou de gêne ?

Le souvenir de leur baiser enfiévré lui revint avec force, et il dut se faire violence pour repousser les images grisantes qui envahissaient son esprit.

— J'apporte des nouvelles, l'informa-t-il en retrouvant son sérieux. De bonnes nouvelles qui, je l'espère, sauront vous réjouir.

Gabriel aurait aimé poursuivre cette revigorante joute verbale, et pourquoi pas enlacer Constance afin d'éloigner son courroux, mais il était venu rue Chantereine pour une raison bien précise.

— Je vous écoute, fit Constance en prenant visiblement sur elle pour retrouver son calme.

— Vous n'êtes pas sans savoir que vos chances d'entrer en possession de l'hôtel particulier de votre famille sont, à mon sens, proches du néant.

Elle haussa un sourcil fin.

— Que voilà une bien étrange conception de ce que sont de bonnes nouvelles...

Un sourire moqueur naquit sur ses lèvres, à son grand embarras, et Constance se détourna afin de se recomposer un visage impassible. Le cœur de Gabriel se mit à battre plus fort. Elle jouait un rôle. Peut-être pour le punir de son long silence ?

— Nous sommes désormais à l'abri, Constance. Personne ne nous menacera plus, ni vous ni moi.

Elle pivota, le souffle court.

— Voulez-vous dire... Comment ça ? En êtes-vous certain ?

— La... source du problème n'est plus. Je m'en suis assuré personnellement.

— Un député ? murmura-t-elle avec une horreur

non feinte peinte sur le visage. Vous avez… Que lui avez-vous fait ?

Gabriel sourit.

— Le député Cambacérès était hors de cause dans l'agression dont j'ai été victime… J'ai commencé à m'en douter, puis j'ai reçu une preuve qui incriminait quelqu'un d'autre.

— Et donc, vous avez…

— Ne songez plus à tout cela, Constance. Qu'il vous suffise de savoir que vous n'avez plus aucun souci à vous faire. Le député Cambacérès ne s'aventurera guère à user de telles pratiques : il cherche à protéger sa réputation avant tout.

Constance hocha la tête en silence.

— Bien. Je vous fais confiance, Gabriel.

Une décharge parcourut l'échine du jeune homme. Elle l'avait appelé par son prénom. Il se souvint de la dernière fois où elle lui avait avoué placer sa confiance en lui : c'était dans la fameuse calèche, juste avant que…

Constance toussota poliment.

— Eh bien, je vous remercie beaucoup. Me voilà soulagée de savoir que nous ne risquons plus d'être molestés par des gredins. Je n'avais guère envie de vous ramasser à nouveau tout ensanglanté sur le pas de ma porte !

— Je m'en doute. Quelle épreuve cela a dû être pour vous !

Elle rougit sans répondre. Gabriel ressentit une brûlante envie de lui demander encore la vérité au sujet de ce baiser – ou de ce rêve de baiser – mais c'était inutile.

Elle avait déjà avoué à demi-mot la première fois où il lui avait posé la question.

Il fit un pas vers elle, attiré par une force irrésistible. La gorge nouée par tant d'émotions. Se trouver aussi près de Constance, dont le doux parfum d'eau de rose effleurait ses narines, faisait voler en éclats toutes ses résolutions.

— Je… Je n'aurais pu rêver meilleure infirmière.

— Taisez-vous donc.

Elle avait lâché ces mots dans un souffle, à peine audibles. Gabriel allait donc se détourner lorsqu'elle lui agrippa brusquement le bras.

— Gabriel ?

— Oui ? coassa-t-il, le cœur battant une marche militaire.

— Je l'ai fait, vous savez.

Évoquait-elle réellement ce baiser, donné du bout des lèvres alors qu'il reposait, blessé, sur le sofa de son salon ?

Elle baissa les yeux et Gabriel crut que son torse allait exploser à force de contenir ses émotions.

Il aimait sa fragilité drapée de morgue, il aimait sa façon de baisser sa garde devant lui. De lui montrer son véritable visage.

Il aimait sa hardiesse. Son courage. Sa façon bien à elle de persévérer dans sa démarche sans se laisser intimider.

Il l'aimait, *elle*, et ne pouvait lutter contre le penchant de son cœur – surtout lorsque ce tendre intérêt se doublait d'un désir de plus en plus furieux.

L'expression de ce désir se rappelait d'ailleurs à lui en cet instant, et il se félicita que Constance n'ait pas la mauvaise idée de baisser les yeux sur la toile trop tendue de son pantalon. Qu'aurait-elle pensé ? Qu'il n'était pas maître de lui-même !

Il déglutit plusieurs fois, fixant le parquet.

— Je l'ai fait, reprit Constance d'une voix ténue. Je vous ai embrassé, ce jour-là. Je n'aurais pas dû profiter de votre faiblesse, certes, et je n'en suis pas fière du tout, d'autant que…

Elle hoqueta lorsqu'il la prit doucement par les épaules pour l'approcher de lui.

— Je savais que je n'avais pas rêvé.

— Je suis désolée, je…

— Taisez-vous, Constance. Je vous ai embrassée, moi aussi, et je ne compte certainement pas m'en excuser.

— Ah non ?

— Non.

Et il se pencha sur elle, avide de plonger à nouveau dans la tendre douceur de sa bouche.

Elle ploya dans ses bras, se plaqua contre lui en une invitation à approfondir leur baiser et Gabriel ne se fit pas prier davantage.

Il retrouva avec ravissement la chaleur de sa bouche, la caresse hésitante de sa langue. Qu'il soit damné si cette femme avait embrassé la moitié de Paris ! Son innocence, sa spontanéité ne pouvaient être imitées de la sorte…

Gabriel perdit la notion du temps. Il serra contre lui ce corps menu si plein d'audace et de bravoure, rendit baiser pour baiser jusqu'à manquer de souffle.

Ils reprirent leur respiration, aussi haletants l'un que l'autre. Constance avait les yeux voilés, les lèvres empourprées... Elle enfouit le nez contre son torse. Le petit soupir qu'elle exhala contre sa peau, à la limite de sa cravate, enfiévra Gabriel qui tenta de s'arracher à ses bras.

C'était sans compter sur la détermination de Constance qui, elle, n'éprouvait apparemment nulle envie de le laisser s'éloigner d'elle.

— Gabriel..., murmura-t-elle sur ses lèvres, une supplique au fond des yeux. Est-ce que je me trompe, ou vous avez terminé l'affaire sur laquelle Joséphine et moi vous avons employé ?

Il secoua la tête, déconcerté.

— Eh bien ? insista-t-elle.

— Non... Enfin, si, l'affaire est terminée puisque j'ai échoué à...

— Alors vous n'êtes plus mon avocat, et je ne suis plus guère votre cliente ?

— C'est un fait.

— Bien.

— Techniquement, il faudra attendre que je perçoive la seconde partie du paiement de votre amie l'épouse Bonaparte avant que l'on puisse considérer que...

— Taisez-vous, Gabriel.

Il sourit contre sa bouche, et ne protesta plus lorsqu'elle l'attira à nouveau contre elle.

Chapitre 28

Constance avait décidé de ne plus jouer. Juste pour une fois. Elle passait son temps à porter un masque, à jouer la comédie pour telle ou telle raison… En ce qui concernait Gabriel, elle s'était contrainte à museler son attirance pour lui : elle en avait assez de passer son temps à s'interdire d'être elle-même ou de vivre comme elle l'entendait.

Ivre de ses baisers, elle entraîna Gabriel vers le sofa.

Il était inutile de se voiler la face : elle aimait cet homme, il était le premier qu'elle désirait embrasser, toucher, caresser, serrer… Le premier dont elle souhaitait connaître une étreinte enfiévrée.

Après tout, à quoi bon tout s'interdire ?

Une seule étreinte. Une seule. Cela ne pouvait nuire à leurs vies respectives, si ?

Bien sûr que non, décida Constance.

— Constance, que faites-vous ? grogna-t-il en s'apercevant de sa manœuvre.

Sous l'examen de ses yeux clairs dévorés d'un feu dévastateur, Constance ne trouva pas les mots. Elle se mordit la lèvre, l'embrassa sur le menton.

— Nous n'avons qu'à dire que le baiser que je vous ai donné n'était qu'un rêve, que vous êtes toujours allongé sur ce sofa et que vous rêvez toujours. Ne serait-ce pas doux, de rêver ensemble vous et moi ? Le temps d'un songe…

— Constance, ce ne serait guère raisonnable.

— C'est vrai. Mais je ne souhaite plus être raisonnable : après tout, ce n'est qu'un rêve, non ?

— Ne me tentez point…

— Gabriel, soyez franc : voulez-vous de moi ?

Il secoua la tête, eut un rire bref.

— Constance, vous ne vous rendez pas compte de l'ineptie de votre question ! Bien sûr, que je veux de vous, ce n'est pas la question.

— Je veux dire, voulez-vous de moi dans vos rêves ?

Elle noua les mains autour de son cou, et le regard de Gabriel s'assombrit. Il ne riait plus, à présent. Ses mains caressaient le dos de Constance, qui se sentit fondre sous ses attentions.

— Le temps d'un songe, glissa-t-il à son oreille avant de semer de tendres baisers sur sa joue, jusqu'à la commissure de ses lèvres.

Il voulut s'éloigner vers la porte, mais elle le retint.

— Que faites-vous ?

— Eh bien… La porte.

— Oui ?

— Il faut fermer la porte à double tour. Imaginez un peu, si quelqu'un nous surprenait…

— Non !

Elle avait presque crié. Il lui jeta un regard étonné, puis parut comprendre.

— Je… Depuis la prison des Carmes…, commença-t-elle.

Il la coupa d'un doigt posé tendrement sur ses lèvres.

— Depuis les Carmes vous ne supportez plus d'être enfermée, n'est-ce pas ?

Elle hocha la tête, soulagée de savoir que Gabriel devinait ses peurs et les appréhendait parfaitement. Il lui sembla que personne d'autre au monde n'aurait pu la comprendre aussi bien qu'il le faisait instinctivement.

Il se laissa aller sur le sofa, attirant Constance au-dessus de lui.

Il prit son visage dans ses mains en coupe, l'attira à lui pour un tendre baiser. Ils se sourirent ensuite avec complicité.

— Que voilà un songe bien doux, murmura Gabriel.

— Chut ! Ne vous éveillez point avant la fin…

— Je n'en ai nullement l'intention, je vous rassure.

Constance dénoua sa cravate de ses doigts malhabiles, nerveuse à l'idée de déshabiller un homme pour la première fois et en même temps fort impatiente de contempler à nouveau le torse nu de Gabriel.

Sans un mot, les yeux dans les yeux, ils s'effeuillèrent lentement. Là un bouton défait, là une boucle d'oreille ôtée… Veste et chemise volèrent bientôt sur le tapis, suivies de près par la robe de Constance.

Gabriel saisit ses seins dans les paumes de ses mains, les pressant avec douceur tout en titillant les pointes.

— Doux Jésus…, lâcha Constance, rejetant la tête en arrière.

— Ne mêlez point Jésus à notre songe, de grâce ! Il n'a rien à faire là.

Et Gabriel se redressa pour goûter les deux boutons de rose de la poitrine de Constance, qui se mordit le poing pour ne pas crier sous la décharge qui lui enflamma les reins.

Gabriel n'en tint pas compte et poursuivit sa délectable torture, léchant, pinçant, aspirant les douces pointes. La vision de cet homme qu'elle aimait se livrant à un acte aussi intime, savourant ainsi sa poitrine avec des gémissements appréciateurs, propulsa Constance vers un monde de plaisir pur… Elle sentit ses entrailles se tordre dans une douloureuse attente.

Il saisit son exigence. L'une des mains de Gabriel se glissa entre ses cuisses, lui arrachant un cri qu'il étouffa d'un baiser. Lorsqu'elle se fut habituée à la merveilleuse sensation que les doigts de Gabriel engendraient dans la partie la plus secrète de sa féminité, Constance éprouva le besoin de le toucher, lui aussi.

Elle tâtonna jusqu'au bouton de son pantalon.

Il s'ouvrit sans rechigner, libérant aussitôt une hampe veloutée qu'elle caressa du bout du doigt. Il grogna dans sa bouche, planta son regard dans le sien.

— Tu me rends fou, Constance !

— Pas du tout… Ce n'est qu'un rêve.

Elle enroula sa main autour de lui, lui arrachant une longue expiration. Posant sa main sur la sienne, il la guida dans ses mouvements avant de reprendre ses caresses.

Au bord de l'extase, Constance sentait ses jambes mollir… Il lui sembla qu'elle n'aurait plus la force de se tenir ainsi sur ses genoux.

Et son corps réclamait plus.

Elle s'aperçut avec stupeur qu'elle était en train d'onduler contre la main de Gabriel, l'incitant à aller plus loin. Il lui sourit, happa à nouveau la pointe de l'un de ses seins tandis que ses doigts pénétraient fermement sa chair.

Constance retint un cri sous une vive douleur qui éclata en elle.

Gabriel sourit plus largement.

— Je savais que tu n'étais pas la séductrice que tu prétendais être…

— Depuis quand ai-je cessé d'être crédible ?

— Depuis la calèche.

Il l'embrassa avec douceur tout en l'allongeant sur le sofa, calant sa tête sur un coussin. Il dut se débarrasser de son pantalon à un moment, car Constance ne tarda pas à sentir sa peau nue contre ses jambes.

Elle releva instinctivement les jambes, frissonna de plaisir en sentant son membre peser contre son intimité avide de lui.

Il lui caressa la joue et entra lentement en elle.

— Le temps d'un songe, tu es mienne.

Elle frémit.

Gémit lorsque la douleur revint, puis ferma les yeux. Gabriel lui caressait toujours la joue, murmurait des paroles réconfortantes dans son oreille.

Enfin, la douleur s'estompa et Constance ne sentit plus que sa présence, à lui, au plus profond de son corps. Il l'emplissait si bien, son regard lui souriait tant qu'elle se sentait enfin complète.

Elle sut alors qu'elle s'était donnée à l'homme qu'il lui fallait. Un homme bon, juste et droit, qui l'aimait autant qu'elle l'aimait et serait capable de rendre cet instant inoubliable.

Le temps d'un songe, et ensuite ?

Gabriel commença à bouger en elle, l'arrachant à ses pensées. Constance ne fut bientôt plus que sensations, auxquelles elle s'abandonna avec délice. Elle se fondit dans le souffle de Gabriel dans son cou, dans ses mains parcourant son corps… Le tout produisait en elle une véritable tempête qui enflait progressivement, menaçant de tout dévaster sur son passage.

Curieusement, cela n'inquiétait nullement Constance.

Au contraire.

Elle ignorait s'il était possible de ressentir plus de volupté encore, et cependant elle en voulait plus. Encore plus !

— Gabriel…

Elle s'arqua contre lui lorsqu'il accéléra ses coups de reins. L'ouragan qui montait en elle s'intensifia brusquement, noyant ses flancs d'une intense chaleur… Constance songea vaguement que, tel Icare, elle s'approchait tant de quelque chose d'interdit qu'elle risquait de se brûler à jamais ; pourtant, lorsque Gabriel lui demanda si tout allait bien elle ne put articuler qu'un seul mot.

— Encore…

Il obéit sans sourciller, abandonnant sa maîtrise de lui-même pour donner libre cours à sa passion. Il marmonna quelque chose – peut-être son prénom – et Constance l'embrassa dans le cou au moment même où le plaisir s'empara d'elle.

Une vague de feu la submergea.

Elle cria, sans doute.

S'agrippa à Gabriel de toutes ses forces, comme si lui seul pouvait la préserver du naufrage sur cet océan inconnu.

Lorsque tout se calma autour d'elle, que le monde parut se stabiliser tandis qu'elle reprenait peu à peu ses esprits, elle se blottit dans les bras de Gabriel. L'oreille collée à son torse, elle s'endormit bercée par les battements effrénés de son cœur.

Tout ceci ne devait rester qu'un simple songe ?

Ce qui signifiait que cela ne devrait pas se reproduire… Qu'il ne faudrait pas même y faire allusion, tout juste se permettrait-elle d'y penser les soirs d'hiver, dans sa vieillesse.

Un unique songe.

À mi-chemin entre rêve et réalité, Constance sourit contre la peau moite de Gabriel.

Jamais de la vie.

Chapitre 29

Gabriel s'éveilla parfaitement reposé, le cœur léger et le corps apaisé. Sa position était néanmoins plutôt inconfortable. Ses jambes dépassaient du lit et il n'avait pas de coussin sous la nuque. Juste une barre de bois.

Il grimaça, ouvrit un œil. Il mit une poignée de secondes à se rappeler où il était… Et ce qui s'était passé entre Constance et lui.

Il ouvrit une deuxième paupière avant de se redresser.

Il était nu, seul dans le salon.

Où est Constance ? Crédieu, elle aurait pu me réveiller !

Il récupéra ses vêtements qu'il enfila en hâte. Et si un domestique était entré ? Il secoua la tête tout en boutonnant sa chemise.

Enfin, des pas délicats se firent entendre et la porte s'entrouvrit sur le visage empourpré de Constance.

— Vous êtes éveillé ? J'ai dû m'occuper d'un problème domestique mais j'ai veillé à bien fermer la porte. Personne ne vous a vu.

Gabriel ignorait s'il devait se sentir soulagé ou furieux d'avoir été enfermé à clé dans son sommeil.

— Bien. Je… Je vais vous laisser, à présent.

— Vous pouvez utiliser l'entrée de service, il n'y a personne en cuisine pour l'instant. Ce sera plus discret.

— Bien entendu, articula-t-il avec peine, veillant à ne pas grincer des dents.

— Oh ! attendez ! Quelqu'un. Je viendrai vous chercher lorsque la voie sera libre.

Elle s'effaça sur ces mots, le laissant seul et quelque peu marri de ce dialogue insignifiant.

Un étrange agacement envahit Gabriel pendant qu'il enfilait ses bottes. « Je viendrai vous chercher lorsque la voie sera libre. » Il n'avait été question que du plus sûr moyen de se débarrasser de lui.

C'était tout ? Pas même une parole sur ce qui venait de se passer entre eux ?

Elle était sérieuse, avec cette histoire de songe.

Gabriel en conçut une rage froide.

Comme il devait attendre le signal de Constance en brave toutou bien élevé, il fit le tour de la petite pièce, s'attarda sur une gravure de paysage puis sur une aquarelle de pic-vert. Un petit tas de journaux abandonnés sur un antique guéridon attira son attention.

Constance lit donc vraiment les journaux… Comme toute femme intelligente. Voilà qui ne me surprend guère, finalement.

Il explora les titres, fut surpris d'en trouver de tous les bords. Un article du *Républicain* avait été découpé et placé à l'écart… Il titrait « Une innocente spoliée au profit d'un député » et arborait une signature étrange : Narcisse Constant. Un pseudonyme, certainement. Le journaliste qui avait accepté de publier l'histoire de

Constance ne tenait vraisemblablement pas à dévoiler son identité.

À moins que…

« Constant ». Comme « Constance ».

Se pouvait-il que cette entêtée ait rédigé elle-même ce papier au ton virulent ? Gabriel secoua la tête, maudissant l'opiniâtreté de la demoiselle.

Il remit la pile de journaux en place ; un feuillet s'échappa, voleta jusqu'au parquet.

Gabriel le ramassa, lut par réflexe la première ligne…

C'était une lettre, commençant par ces mots : « Douce Diane… »

La gorge serrée, Gabriel parcourut la missive et demeura interdit. Les mots, dessinés avec grâce, dansaient devant ses yeux en une furieuse sarabande. Une horrible vérité lui apparut.

Constance avait un amant.

Voilà qui expliquait sa hâte à le renvoyer chez lui !

Il s'obligea à lire la suite. Son rival était un certain capitaine Delmotte – le nom explosa dans la tête de Gabriel.

Le militaire obséquieux avec qui elle badinait, lors de cette soirée de prairial chez Germaine de Staël.

Gabriel serra le poing sur la missive. Delmotte s'y épanchait longuement en des métaphores dégoulinantes de mièvrerie pour assurer Constance de son plein attachement… Et lui proposait de réitérer à son retour sa proposition de mariage.

Elle était donc comme les autres ! Elle ne cherchait qu'à se faire épouser… Pendant qu'il avait bataillé pour lui assurer un avenir moins misérable, Constance avait donc batifolé d'un homme à l'autre jusqu'à obtenir enfin le précieux Graal !

D'où la nécessité pour elle de reléguer leur unique moment d'amour aux oubliettes ! Elle était déjà promise à un autre.

Et si elle avait prémédité tout cela ? Peut-être souhaitait-elle ne pas arriver vierge entre les draps de Delmotte pour une obscure raison qui n'appartenait qu'à elle, et…

Elle doit être aux anges.

Elle a tout ce qu'elle voulait, à présent.

Lâchant la lettre, Gabriel s'empara d'une plume qui traînait sur le secrétaire, ouvrit l'encrier et griffonna un rapide message dans la marge du courrier de Delmotte avant de partir en claquant la porte.

Au diable la discrétion ! Mademoiselle d'Albert n'avait qu'à assumer les conséquences de ses actes.

« Vous n'avez plus guère besoin de mes services, avait-il écrit. J'ai accompli ce que je pouvais pour vous. Bonne route, Mademoiselle d'Albert – et félicitations pour votre future union. »

Cette fois, c'était bel et bien un adieu.

Gabriel avait ouvert les yeux, au propre comme au figuré, et comptait bien ne plus se laisser manipuler.

Chapitre 30

À peine eut-il refermé la porte de service de la maison de Joséphine que la pointe acérée d'une baïonnette lui piqua le ventre à travers son veston mal boutonné.

— Mais que…

— Plus un geste, citoyen.

Ils étaient une demi-douzaine de soldats, à moitié dépenaillés, à l'encercler sur le pas de la porte. Gabriel réfléchit à toute vitesse. Sa seule échappatoire aurait été de retourner dans la maison en fermant à double tour derrière lui, mais il ne le ferait pas. Cela aurait mis en danger non seulement Constance mais aussi tous les habitants.

— Comment m'avez-vous trouvé ici ?

— Nous savons que la dame qui réside dans cette maison est l'une de tes clientes. Nous avons interrogé le voisinage et quelqu'un t'a vu entrer.

Gabriel pesta.

Le soldat qui tenait la baïonnette, plus âgé que lui, le visage dévoré par une épaisse moustache où persistaient quelques reliefs de nourriture, redressa son fusil d'un geste sec.

— Tu as ordre de nous suivre.

— Au nom de qui ? s'enquit prudemment Gabriel.

— Au nom du président directeur Carnot.

Gabriel s'exécuta, la mort dans l'âme.

Si Carnot m'arrête, c'est qu'il sait que j'ai fait partie de la bande de Babeuf.

Il suivit la cohorte de soldats sans protester. Cela ne servirait qu'à recevoir quelques coups. Mieux valait s'expliquer directement avec Carnot et ses hommes, si on lui en laissait l'occasion.

Quelle ironie !

Tomber maintenant pour sa vieille amitié avec Gracchus, alors que Jacquot avait voulu sa perte car il le prenait pour un traître… Jamais Gabriel n'aurait dénoncé un ancien ami.

Et aujourd'hui, il affronterait son destin la tête haute.

L'image du pas tranquille de Saint-Just lorsqu'il avait monté l'escalier de l'échafaud, son regard serein et le demi-sourire qu'il lui avait adressé, tout ceci remonta à sa mémoire.

Gabriel y puisa une force nouvelle.

Oui, il se montrerait digne quoi qu'il arrive.

Chapitre 31

17 thermidor an IV – jeudi 4 août 1796

— Voyons, très chère, tu ne peux pas ne pas venir ! Toute la fine fleur de Paris sera là. Je gage de pouvoir te trouver un remplaçant avantageux au capitaine Delmotte…

Constance secoua la tête sous l'expression médusée de Thérésa Tallien, qui était venue en personne lui demander de l'accompagner le soir même aux jardins.

— Je me sens un peu souffrante.

— Ne me dis pas que tu t'es entichée de Delmotte au point de manquer la fête de l'Abolition[1] ! Tout Paris prétend que tu as refusé sa demande en mariage.

Les nouvelles circulaient vite, même les plus secrètes… Constance s'en moquait.

— La rumeur dit vrai, répondit-elle en haussant une

1. L'abolition des privilèges, qui fut votée par l'Assemblée nationale constituante dans la nuit du 4 août 1789. Il s'agit de l'abandon du système féodal, à l'initiative du Club breton (futur club des Jacobins).

épaule. J'ai éconduit le capitaine car je ne l'apprécie pas au point de l'épouser.

Thérésa fronça ses sourcils fins si fort qu'un profond sillon barra son front.

— Depuis quand le mariage est-il affaire de sentiments, Constance ? Joséphine ne t'a-t-elle donc rien appris ?

— Eh bien, disons que je n'avais nul intérêt à accepter sa demande, voilà tout.

— Fort bien. Alors pourquoi refuses-tu de m'accompagner à la fête ? Lorsqu'il le saura, Delmotte en sera vert de jalousie, tu peux me croire. Et si tu parais dûment apprêtée dans une magnifique tenue qui marquera les esprits, je peux te promettre que les prétendants pour te faire oublier ce petit capitaine se bousculeront ce soir !

Constance afficha un pauvre sourire.

— Vraiment, je ne souhaite pas venir. Mieux vaut que je me repose afin d'éviter que cette soudaine lassitude ne se transforme en fluxion de poitrine.

Thérésa finit par abandonner, mais elle n'était pas dupe. Elle pressa le bras de Constance avant de prendre congé, plongeant ses yeux dans les siens.

— Qui qu'il soit, il ne vaut pas la peine que tu gâches ta jeunesse pour lui. Vis, Constance ! N'attends pas un homme pour vivre ta vie comme tu l'entends.

Constance promit puis, une fois son invitée reconduite à la porte, elle retrouva avec soulagement la solitude de sa chambre.

Elle se laissa tomber sur le lit.

Bien sûr, qu'elle tenait à son indépendance et ne comptait point limiter sa vie au regard d'un homme ! Bien entendu. Comme toutes les jeunes femmes de son époque, Constance était éprise de liberté avant de l'être d'un homme.

Seulement…

Gabriel lui manquait. Et maintenant qu'elle avait connu la chaleur de ses bras, la folle béatitude de son étreinte, le manque de lui n'était que plus cruel.

Pourquoi ne répondait-il point à ses lettres ?

À quoi jouait-il, exactement ?

Constance s'était même rendue en personne à son étude, qu'elle avait trouvée fermée. Personne pour lui apporter de réponse. Ses voisins directs ne l'avaient pas vu, Germain était introuvable… En bref, c'était comme si Gabriel s'était évaporé de la capitale.

Il m'évite peut-être.

Cette pensée tourmentait Constance jour et nuit. La possibilité que Gabriel puisse désirer ne plus la revoir au point de quitter temporairement Paris la mettait à la torture. En même temps, elle n'avait pas le droit de se plaindre : c'est elle qui avait suggéré de faire de ce moment d'amour un songe. Un songe unique, vite oublié. Elle avait si peur que Gabriel la repousse, si elle s'était pendue à son cou en lui avouant ses sentiments pour lui !

Et puis, en s'éveillant dans ses bras, elle avait fermement décidé de changer d'avis. Ce qu'ils avaient vécu tous les deux était si fort ! Comment serait-il possible de l'oublier ? De passer à autre chose en prétendant qu'il ne s'était rien passé ?

Pour Constance, c'était tout simplement impossible.

Elle étouffa un sanglot dans son poing. Sans doute Gabriel n'avait-il point vécu la même chose… Après tout, il avait dû connaître plusieurs femmes, plus expérimentées que Constance.

Il n'a pas apprécié. Il a pris ce que je lui offrais sans rien désirer d'autre.

Ai-je été un simple interlude pour lui ? Un bon moment entre deux affaires ennuyeuses ?

Sa conscience lui hurlait que non, pourtant Constance devait se rendre à l'évidence : Gabriel ne voulait pas donner suite à leur histoire. Elle se souvint subitement du mot qu'il avait laissé dans la marge de la lettre du capitaine Delmotte, qu'elle n'avait pas trouvé avant le soir : cela laissait peu de place au doute. Gabriel lui avait fait ses adieux en lui souhaitant un bon mariage : il se désintéressait donc d'elle.

Leur amour ne dépasserait jamais le stade du songe.

Allons ! C'était ton idée, bécasse, alors cesse donc de geindre. Thérésa et Joséphine ont raison, je n'ai besoin de nul homme pour mener ma vie.

Elle se ressaisit, sauta du lit pour saisir la pile de journaux reçue ces derniers jours, qu'elle n'avait pas fini d'éplucher. Elle en sélectionna trois et commença à les feuilleter sur son lit.

Mieux valait s'occuper l'esprit et cesser de soupirer inutilement après un amant perdu.

Soudain, un gros titre du *Rédacteur*[1] attira son attention.

> « *Un avocat en vue impliqué dans la conspiration d'un dangereux anarchiste.* »

Le cœur de Constance se mit à battre furieusement.

1. Le journal du Directoire.

Elle se jeta sur la page où se trouvait l'article et poussa une exclamation de stupeur.

« *Les interrogatoires des conspirateurs de la bande de Babeuf, ce dangereux anarchiste dont les tribunes sèment le désordre depuis trop longtemps, portent enfin leurs fruits. Le président directeur Carnot, dont les méthodes semblent d'une efficacité qui n'a d'égale que sa persévérance, a pu obtenir plusieurs noms de personnalités impliquées dans la Conjuration des Égaux. Ce mouvement anarchiste a fort heureusement été dénoncé avant de pouvoir mettre en danger le Directoire et la France tout entière. Ce 7 thermidor, un avocat parisien du nom de Gabriel Rocheran a été arrêté et conduit dans les geôles du président directeur, où il sera interrogé avant son procès, dont la date a dorénavant été fixée. Ce dernier aura lieu le 30 thermidor*[1] *à 2 heures de l'après-midi, et nous ne doutons point que la justice, une fois de plus, triomphera de la subversion !* »

Sans voix, Constance lâcha le journal.

Des mots terribles dansaient devant ses yeux.

Geôles.

Anarchiste.

Subversion.

Justice.

Elle se leva, commença à faire les cent pas tandis que son cerveau assemblait les pièces manquantes.

Le 7 thermidor… C'était le dernier jour où elle avait vu Gabriel. Sans doute avait-il été arrêté sur le chemin

1. Le 17 août 1796.

de chez lui, ce qui expliquait qu'il n'ait plus donné signe de vie depuis ce jour.

S'agissait-il d'une mascarade, une façon de l'écarter définitivement ? Ou bien avait-il réellement trempé dans des complots anarchistes ?

Le procès aurait lieu d'ici deux semaines. Sans doute la vérité y éclaterait-elle… Constance pouvait-elle y assister ? En s'adressant aux bonnes personnes, nul doute que oui.

Elle s'empara d'une plume et d'une feuille vierge, écrivit tout en tâchant de garder son calme.

Gabriel était en danger.

Quelle importance, qu'il lui ait laissé un mot d'adieu sans équivoque ? Qu'il veuille ou non d'elle, Constance n'avait nulle intention de l'abandonner à son sort.

Chapitre 32

30 thermidor an IV – mercredi 17 août 1796

Le jour du procès de Gabriel, il régnait une chaleur accablante sur la capitale. Un gros orage avait transformé les rues en ruisseaux de boue durant la nuit, pourtant la température refusait obstinément de baisser.

Constance s'éventait, du haut de la tribune où elle avait pris place. Un peu loin de la barre des accusés, mais stratégiquement située pour bien entendre.

Elle s'agita sur son banc, observa les autres visiteurs prendre place tout autour de la pièce. Il y avait beaucoup de curieux simplement venus assister au spectacle de la journée ; le procès de Gabriel ouvrirait les festivités, puis trois autres accusés suivraient.

Constance baissa les yeux sur la rambarde poussiéreuse où une araignée tissait laborieusement sa toile et s'éventa de plus belle. En hauteur, la chaleur était étouffante.

— Y a pas à dire, je préférais l'ancienne salle ! lâcha-t-on près d'elle.

Après la fin de la Terreur, la salle de la Liberté du palais de Justice, où le tribunal révolutionnaire avait condamné des milliers d'hommes et de femmes à la guillotine, avait été abandonnée au profit d'une pièce plus grande à l'atmosphère moins oppressante. Une façon de rompre avec la Terreur, sans doute. Bien que les condamnations ne se soient guère arrêtées avec la chute des jacobins, malheureusement… Au moins pouvait-on croire que les temps avaient changé.

— Y fait chaud, hein ?

Constance adressa un sourire poli à la femme replète armée d'un panier couvert d'un linge, qui venait de prendre place à son côté. Cela ne suffit toutefois pas à dissuader sa voisine de faire la conversation…

— Vous avez pas l'habitude des procès, vous, hein ?

— En effet, confirma Constance. C'est mon premier, pour tout vous dire.

Les yeux de la femme se mirent à briller.

— Le tout premier ? Dame, ça se fête !

Ôtant le linge qui couvrait son panier, elle tendit à Constance une pêche un peu dure et un morceau de fromage qui, de toute évidence, supportait aussi mal la chaleur que Constance.

Elle prit les provisions avec joie, heureuse de ce partage innocent, et croqua dans le fruit. L'acidité fit refluer la vague nausée engendrée par la chaleur poussiéreuse de la tribune.

— Au fait, je m'appelle Perrette. Et toi ?

Constance s'efforça de ne pas trahir sa gêne devant un comportement si cavalier : Perrette était fort affable et elle ne voulait point se montrer désagréable avec une personne si généreuse.

Alors elle donna son nom aussi. Elle refusa toutefois

de boire à la bouteille de cidre que sa nouvelle et improbable amie lui proposa… C'était trop lui demander.

Un brouhaha monta de la salle, à présent bondée.

Enfin, plusieurs officiels entrèrent et, entre deux soldats de la garde nationale, apparut Gabriel.

Pâle et amaigri.

Le dos droit, mains menottées devant lui, il prit place à la barre des accusés et affronta le regard de ses juges sans faillir.

Constance sentit une vague de fierté la submerger.

Que cet homme était courageux !

Elle se félicita qu'il ne l'ait pas aperçue, tout en haut de la tribune ; elle ne voulait pas le déconcentrer. Il aurait certainement besoin de toutes ses facultés pour se défendre. De la Terreur, Constance avait conservé une solide défiance envers la justice et elle devinait qu'il en était de même pour Gabriel.

Un coup retentit sur la tribune du jury d'accusation, qui fit taire les derniers bavards. Ensuite, le procès débuta.

Constance ne lâcha pas Gabriel des yeux, but ses paroles avec avidité. Il reconnut les accusations mais se défendit avec éloquence, sa voix claire proclamant sa vérité aux quatre coins de la salle.

Le cœur battant, Constance écouta avec ferveur.

Gabriel avait fait partie des proches de Gracchus Babeuf, oui.

Il avait participé à de nombreuses actions illégales, oui.

Il avait ensuite abandonné Babeuf pour accomplir de brèves missions pour un certain Saint-Just…

Il avait côtoyé les députés Jacobins du temps de la

Terreur, oui, mais sans jamais prendre part aux décisions politiques.

Il avait douté, après l'exécution massive des députés girondins, puis avait repris espoir en un avenir lumineux.

Il avait finalement assisté à l'exécution sans procès de ses amis jacobins, croisé une dernière fois le regard désenchanté de Saint-Just, puis le couperet avait définitivement rompu les liens qui l'avaient rattaché à la Révolution.

Ensuite, Gabriel s'était évertué à gagner honnêtement sa vie sans plus songer au passé, en remerciant la Providence d'avoir survécu.

Comme moi.

Constance se mordit la lèvre. Elle se sentit soudain plus proche de Gabriel que jamais. Ils n'étaient point si différents, tous les deux : ils se ressemblaient tant, en réalité, que cela en était presque effrayant. Constance brûlait de le prendre dans ses bras, de lui avouer son amour en lui promettant un soutien éternel…

Mais avant cela, il fallait qu'il soit reconnu innocent de toute implication dans la Conjuration des Égaux.

Finalement, au terme d'une séance interminable qui lui mit les nerfs à vif, et ce malgré les rasades de cidre que Perrette l'obligea à ingurgiter, Constance eut le soulagement d'entendre les mots qu'elle espérait.

— Citoyen Rocheran, tu es innocenté de l'accusation de conspiration retenue contre toi. Tes fautes passées ne comportant aucun crime contre le peuple ni contre la nation, tu vas rejoindre ta cellule en attendant de connaître le verdict de la justice.

Constance dut retenir un hurlement de joie. Gabriel

n'était pas condamné ! Certes, il n'était pas encore libre, mais il sembla à Constance que le pire était passé.

Il ne restait qu'à le faire sortir de prison, maintenant. D'après les rumeurs qui couraient sur la lenteur des processus juridiques, cela pouvait prendre pas mal de temps…

Sauf si je fais jouer mes relations.

Constance prit congé de Perrette et quitta la salle en courant, bien déterminée à faire libérer Gabriel le plus rapidement possible.

Quoi qu'il lui en coûte.

Chapitre 33

2 fructidor an IV – vendredi 19 août 1796

En entrant dans le salon de Thérésa Tallien, en ce vendredi après-midi, Constance eut la sensation d'être un soldat partant au front, baïonnette au clair.

Elle avait sorti ses armes les plus redoutables : robe translucide et bijoux artistiquement placés. Ses cheveux de feu, laissés libres sur ses épaules, attiraient tous les regards.

Constance avait un plan.

Thérésa Tallien avait été assez bonne pour inviter le président Carnot, à sa demande expresse : Constance comptait bien en profiter pour obtenir la libération de Gabriel.

Elle rendit son salut à une connaissance, rougit de bonne grâce devant la courbette d'un homme suffisamment âgé pour être son père, puis se hâta de traverser le premier salon d'une démarche un rien martiale.

Comme Thérésa le lui avait annoncé à son arrivée, le président Carnot était là. Dans le second salon, en train de siroter une flûte de champagne tout en écoutant un soldat grisonnant, sourcils froncés.

Constance hésita.

Devait-elle l'aborder directement ? Sans aucune finesse ? Ou bien mettre en scène quelque événement susceptible de la mettre en relation avec lui d'une manière innocente en apparence ?

Elle sourit en se remémorant sa première rencontre avec Gabriel.

Il y a du champagne... C'est parfait.

Elle saisit au vol une coupe sur le plateau d'un jeune serveur qui lui adressa un clin d'œil effronté, puis se jeta sur le dos du président du Directoire sans le moindre scrupule.

— Bonté divine ! s'écria celui-ci en sauvant de justesse le fond de sa coupe.

— Foutredieu ! s'exclama moins élégamment le vieux militaire en fusillant Constance du regard, son uniforme dégoulinant de champagne.

Constance sortit le grand jeu.

— Oh... Pardon, monsieur, je suis navrée... Seigneur, qu'ai-je fait ? Je suis désolée, j'ai trébuché sur le tapis, voyez-vous, et... Oh ! suis-je sotte ! Je ne vous ai pas blessé, au moins ?

Carnot s'adoucit, esquissa un sourire.

— Me blesser, mademoiselle ? Mais comment le pourriez-vous ?

Constance papillonna des cils, modèle d'innocence et de sincère apitoiement.

— Mais vous êtes le président Carnot ? Oh ! Me voilà mortifiée...

— Mais non, ce n'est rien.

— Mais si !

— Allons, remettez-vous... Venez prendre un verre, mais regardez devant vous, cette fois !

Elle le suivit dans un gloussement, sous le regard atterré du soldat qui tourna les talons, sans doute pour éponger sa veste d'uniforme.

Carnot tendit à Constance un petit verre de liqueur.

— Pas de champagne, pour vous : un peu de cognac sera plus revigorant.

— Merci, monsieur.

Il l'observa tremper délicatement les lèvres dans la boisson, mais son expression neutre inquiéta Constance. Le président Carnot n'était semble-t-il guère sensible à son charme.

Il lui fit galamment la conversation durant quelques minutes puis, lorsqu'elle sentit qu'elle allait perdre l'occasion qu'elle attendait, Constance se jeta à l'eau.

— Je suis une amie de Gabriel Rocheran, le saviez-vous ?

Carnot plissa les paupières.

— Et ?

— À présent qu'il a été innocenté, je suppose qu'il ne devrait pas tarder à retrouver sa liberté, n'est-ce pas ?

— L'enquête n'est pas terminée, mademoiselle.

Lazare Carnot s'était fermé comme une huître.

Mauvaise tactique, Constance... Le voilà sur ses gardes.

Jouant le tout pour le tout, elle poussa un soupir nerveux et saisit le bras de son interlocuteur.

— Écoutez, monsieur Carnot : je suis inquiète pour lui. Gabriel est innocent, je le sais ! Je suis prête à le jurer sur ma vie. Je ne comprends pas pourquoi il se trouve encore derrière les barreaux.

— Je vous l'ai dit, l'enquête n'est pas terminée. De plus, je n'ai guère pour habitude de parler justice et politique avec les jeunes demoiselles.

— Ah oui ? Peut-être devriez-vous essayer, dans ce cas.

— Pardon ?

— Je ne suis pas une écervelée, monsieur Carnot ! J'étais présente au procès de Gabriel Rocheran, j'ai suivi toute l'affaire. Je suis parfaitement apte à entendre vos arguments.

Il la jaugea du regard, semblant peser le pour et le contre. Constance pesta contre les a priori typiquement masculins qui faisaient des femmes de fragiles petites choses dénuées de raison et de bon sens… Avait-elle bien choisi ses armes en sélectionnant le charme pour manœuvrer les hommes ? Le doute lui vint en voyant la mine fermée de Carnot.

Finalement, il haussa les épaules.

— Si vous êtes son amie, vous serez d'accord avec moi pour l'innocenter totalement.

— Mais je…

— Apprenez que je ne laisse jamais rien au hasard, mademoiselle : je ne compte pas libérer le citoyen Rocheran avant une preuve certaine et irréfutable de sa non-implication dans la trahison de Babeuf. Maintenant, je dois vous laisser.

Il l'abandonna sans plus de cérémonie.

Ulcérée, Constance avala cul sec le reste de son cognac. Elle toussa dans son poing, le cœur au bord des lèvres, et se mit à réfléchir à toute vitesse. Que pouvait-elle bien faire, à présent qu'il était évident que le président Carnot ne l'aiderait pas ?

Attendre que Gabriel soit innocenté.

Et s'il ne l'était jamais ? Carnot ne semblait pas porter l'avocat dans son cœur. Constance sentait qu'il y avait là plus qu'une simple affaire de probité et que la conscience professionnelle du député se doublait d'une profonde aversion pour Gabriel… Carnot ferait tout pour le garder sous les verrous, elle en était certaine.

Alors, que faire ?

Elle essuya les dernières larmes qui embuaient ses yeux après son verre de cognac, et n'en crut pas ses yeux lorsqu'elle aperçut devant elle, au centre d'un groupe de discussion, le directeur Barras. Le fidèle allié de Joséphine ! Constance le connaissait assez bien, car il venait souvent visiter son amie rue Chantereine, avant son mariage avec Bonaparte.

Il m'aidera. Pour Joséphine, sinon pour moi !

Sûre d'elle, Constance se fraya un chemin jusqu'au petit groupe et capta le regard du directeur, brillant de plaisir. Il aimait être entouré, et il aimait les femmes. Ce serait sa chance, décida Constance qui aimanta ses yeux aux siens.

— Bonjour, Constance ! Joins-toi à nous. Je disais justement à mes amis que…

L'orchestre se mit à jouer plus fort, et il grimaça.

— Diable ! On ne s'entend plus.

— Je dois vous parler, fit Constance à voix basse, en se penchant vers lui.

— Ah oui. De quoi donc, petite ?

— De…

— Attends, éloignons-nous un peu. Je n'entends rien dans cette cacophonie !

Barras la guida vers une porte close, qu'il ouvrit pour découvrir un petit boudoir.

— Ici nous serons bien, conclut-il en refermant derrière eux.

Soudain inquiète, Constance sursauta.

— Pourquoi nous enfermer ? Je serais plus à mon aise si vous laissiez cette porte ouverte…

— Allons, viens là, petite Constance.

Il l'enlaça, baignant son visage d'une haleine chaude et moite.

Constance se débattit.

— Non ! Arrêtez !

L'énergie qu'elle devait déployer pour éviter ces lèvres qui cherchaient les siennes l'épuisait. Elle ne tiendrait pas longtemps.

Comment s'était-elle laissée piéger de la sorte ? Tout était allé si vite… Elle ne s'était pas montrée assez méfiante, persuadée que le directeur l'aiderait pour faire plaisir à Joséphine, et…

Quelle idiote !

Une sourde colère l'envahit en sentant les mains du directeur glisser sur son postérieur. Elle sut alors qu'elle avait fait fausse route depuis le départ : ce n'était pas en jouant de ses charmes que l'on obtenait quelque chose de la part des hommes, non. C'était par la force, voilà tout.

— Arrêtez, j'ai dit !

Elle écrasa son talon sur le pied de Barras, et lui mordit la joue en même temps.

Barras poussa un cri et la lâcha aussitôt.

— Qu'est-ce qui te prend, petite folle ?

— Je vous ai dit non, monsieur.

— Comment ? Tu me dis non, à moi ?

Constance croisa les bras sur sa poitrine en tâchant de maîtriser sa voix.

— Absolument.

— Mais alors, que me veux-tu ? C'est toi qui es venue m'attiser, ainsi vêtue et… Je croyais que c'était ce que tu voulais.

Il marquait un point.

Constance recula d'un pas, secoua la tête.

— Je vous assure que non ! Je suis désolée si ma tenue ou mon comportement ont pu laisser entendre une telle chose. C'est une erreur que je ne commettrai plus, je vous l'assure, quand bien même ce n'est pas à sa tenue que l'on juge une femme disponible.

La pensée qu'elle perdait peut-être sa chance de faire libérer Gabriel la taraudait, mais elle ne pouvait se résoudre à perdre son honneur. Même pour Gabriel.

Barras grogna en se massant la joue à l'endroit où les dents de Constance avaient laissé une trace en demi-cercle.

— Ça se voit ?

— Quoi donc ?

— Ta morsure, espèce de mégère !

— À peine.

Constance sourit intérieurement. Au moins, cela constituait une leçon d'importance pour le directeur Barras ! L'argent et le pouvoir ne lui garantissaient pas de pouvoir mettre toutes les femmes qu'il croisait dans son lit.

— Que diable va-t-on s'imaginer, en voyant ça ? maugréa-t-il.

— Eh bien... Cela n'entachera en rien votre réputation, n'ayez crainte. Les gens penseront simplement que nous avons vécu une étreinte un peu... sauvage. Voilà tout.

Il ricana.

— Oui. Autant ne pas les détromper. Quant à toi, ne t'avise plus jamais de m'approcher !

Barras rouvrit la porte sur ces mots et sortit en trombe, laissant Constance seule et désemparée.

Toutes ses tentatives avaient échoué !

Lazare Carnot ne s'intéressait qu'à la vérité, Paul Barras qu'à la bagatelle...

Qui donc va m'aider, à présent ?

Constance songea non sans amertume que tous ses efforts, durant ces deux années, n'avaient guère porté de fruits. Non seulement elle s'était fourvoyée en croyant maîtriser son destin par le biais de son réseau de connaissances, mais de plus toutes ces relations, aujourd'hui, ne lui étaient d'aucun secours.

Elle serra les poings.

Gabriel avait besoin d'elle : elle devait trouver une issue.

Que ferait-il, à ma place ? Qui consulterait-il ?

Soudain, la réponse lui apparut avec netteté. Constance sut qu'elle tenait la solution, et elle se dirigea vers les vestiaires de l'hôtel Tallien d'une démarche assurée.

Un seul homme se trouverait suffisamment impliqué

dans les déboires de Gabriel pour que l'on fasse pression sur lui. Un seul homme pouvait éventuellement se trouver menacé par la réclusion de Gabriel, si l'on commençait à répandre de fausses rumeurs…

Cet homme était Jean-Jacques Régis de Cambacérès.

Chapitre 34

5 fructidor an IV – lundi 22 août 1796

Gabriel n'en crut pas ses yeux lorsqu'on vint le tirer de sa cellule à une heure fort matinale pour le traîner jusque dans le bureau de Lazare Carnot en personne.

Le président du Directoire était déjà au travail, la mise impeccable et la lèvre sévère. Il ne lui adressa pas un regard.

— Assieds-toi, citoyen, lâcha-t-il en reposant sa plume.

Gabriel obéit, un rien anxieux. Cette convocation ne lui disait rien qui vaille.

— Tu as décidément des amis haut placés, Rocheran... Bref. Quoi qu'il en soit, tu es libre.

— P... Pardon ? bégaya-t-il, sous le choc.

— Tu es libre. Profites-en avant que je ne change d'avis !

Gabriel secoua la tête. Quel était donc cet incompréhensible retournement de situation ?

Carnot s'appuya contre le dossier de sa chaise et le toisa avec un évident ressentiment.

— Je n'aurai jamais la preuve dont j'avais besoin

pour t'envoyer au bagne… Dommage. Je déteste savoir de dangereux individus subversifs en liberté. Mais je te préviens, Rocheran : à la moindre incartade, à la moindre rumeur qui me parlera de toi, cette fois je ne lâcherai rien. Tu m'as compris ?

Gabriel eut un rire nerveux.

— Si seulement je savais de quoi vous me parlez ! Je… Je ne comprends rien à cette histoire. Qui donc a témoigné en ma faveur ?

— Tu n'as point à le savoir.

— Qui est assez puissant pour obtenir une telle faveur de vous ? réfléchit Gabriel à haute voix. Quelqu'un de haut placé…

— Il ne souhaite pas dévoiler son identité, rétorqua Carnot avec un claquement de langue impatient. Maintenant, pars et tiens-toi tranquille !

Les deux gardes qui l'avaient escorté jusqu'au bureau réapparurent et le firent se lever. Gabriel obtempéra sans rechigner, trop heureux de son aubaine.

Après avoir récupéré sa bourse ainsi que de menus objets contenus dans ses poches, il prit à pied la direction de son domicile. Perdu dans ses pensées et comme assommé par ce qui lui arrivait. Il n'avait réellement aucune idée de ce qui s'était passé… Qui donc aurait eu un intérêt personnel à le faire libérer ? Il avait beau se creuser la tête, il ne voyait pas.

Cesse donc de te tourmenter ! Tu es libre, non ?

C'est avec émotion qu'il retrouva sa cage d'escalier sombre, son palier poussiéreux et…

Il se figea, la clé de son étude à la main.

Devant la porte, assise sur le vieux plancher, se tenait

Constance. Enroulée dans un châle, elle leva sur lui des yeux inquiets.

Ils ne s'étaient pas retrouvés face à face depuis près d'un mois, lorsqu'ils avaient cédé à la passion sur le sofa de la maison de Joséphine... Gabriel regrettait amèrement son départ en catimini, qui avait suivi leur réveil. Comment avait-il pu céder devant son rival sans se battre ?

Ils ne se parlèrent pas.

L'urgence, pour Gabriel, était de retrouver la chaleur des bras de Constance tout comme la douceur de ses lèvres. Le choc de la trouver là, devant chez lui, dans l'attente de son retour, avait annihilé toute bienséance en lui, et il se retrouva bientôt à serrer Constance contre lui sans bien comprendre comment il avait pu se jeter sur elle de la sorte.

Elle se blottit plus près encore, enfouit le nez dans sa cravate malpropre sans le moindre embarras. Gabriel caressa ses cheveux, qui cascadaient follement dans son dos, huma avec délice leur parfum d'eau de rose.

Alors, enfin, les mots trouvèrent le chemin de ses lèvres.

— Vous m'avez tant manqué, Constance...

Pour toute réponse, elle sourit contre son cou.

— Dans le mot que vous m'avez laissé, vous affirmiez pourtant que nos relations étaient terminées.

— Je divaguais !

Prenant son visage en coupe, il le releva vers le sien afin de capter son regard.

— Ce que je vais vous dire me coûte, alors écoutez bien. Peu importe que ce scélérat de Delmotte vous ait demandée en mariage ; peu importe que vous ayez accepté ou non. Je vous veux, Constance. De grâce… choisissez-moi.

Ses grands yeux noisette s'embuèrent légèrement, mais elle rit pour donner le change.

— Allons donc ! Donnez-moi une bonne raison de vous choisir vous, plutôt que…

Gabriel fondit sur ses lèvres, qu'il embrassa avec une profonde tendresse. Lorsqu'il s'arracha à elle, ce fut pour la trouver haletante, le regard voilé.

— Voilà ma raison, souffla-t-il. T'en faut-il une autre ?

— Eh bien… Peut-être, effectivement. Je ne pense pas avoir encore été pleinement convaincue par votre prestation.

Ils se sourirent, et cette fois c'est Constance qui commença un baiser qui se fit rapidement plus profond. Lorsque sa langue se mêla à la sienne, Gabriel sentit un brasier enflammer ses reins.

Plus rien ne lui importait que le besoin qu'il ressentait de faire cette femme sienne, de pouvoir partager sa vie avec elle. Nulle autre ne créait ce manque et cette violente tendresse, presque terrifiante, qui submergeait son âme lorsqu'il la tenait dans ses bras.

Il ne voulait plus souffrir ; il ne voulait plus la laisser s'éloigner.

Il s'obligea à quitter sa bouche.

— Et maintenant ? ajouta-t-il, pantelant. Me choisis-tu ? Parce que, moi, je t'ai choisie. Je t'aime, Constance. Tu as illuminé ma vie à un point que je pensais impossible, tu as éveillé à nouveau mon cœur, endormi depuis tant d'années… Je t'ai aimée alors même que tu m'exaspérais, j'ai lutté contre cette attirance, avant de comprendre que je n'étais pas de taille contre mon propre cœur.

— Oh ! Gabriel…

— Plus rien ne compte à présent qu'une question que je veux te poser. Une seule question. Constance, désires-tu partager ma vie ?

— Tout dépend, lâcha-t-elle avec un sourire moqueur. Comptes-tu m'embrasser ainsi tous les jours ?

— Bien sûr.

— Et toutes les nuits ?

— Et plus, encore…

Le sourire de Constance s'évanouit, tandis que le désir envahit son regard.

— Je te choisis, Gabriel.

— Vraiment ? Tu ne changeras pas d'avis pour les beaux yeux d'un militaire rencontré dans un bal ?

Elle lui donna une petite tape sur le bras.

— Je t'aime aussi, tout goujat que tu es ! Je crois que je n'ai jamais eu le choix : mon cœur t'a choisi depuis bien longtemps, bien avant que je m'en rende compte.

— Je n'ai pas grand-chose à t'offrir, mais…

— Tout ce que je veux, c'est toi, Gabriel.

Les yeux dans les yeux, ils laissèrent leurs doigts s'entremêler spontanément et Gabriel guida son amante vers l'étage supérieur où se trouvait son modeste appartement.

Ils avaient tant à se dire…

Tant à rattraper.

Chapitre 35

20 fructidor an IV – mardi 6 septembre 1796

— Es-tu sûre de vouloir y assister ?

Constance rassura Gabriel d'un sourire un peu crispé.

— Oui. Il le faut.

— Tu sais, je comprendrais si jamais tu préférais que nous partions.

— Non, ça ira.

Déterminée, Constance croisa les bras sur sa poitrine et fixa son regard sur les hautes fenêtres barrées de planches.

C'était aujourd'hui que son hôtel particulier devait être démoli. Après avoir accepté de faire libérer Gabriel afin de mettre un terme à la rumeur qui le plaçait à l'origine de son arrestation, le député Cambacérès avait changé son fusil d'épaule. S'il ne pouvait guère rendre sa propriété à Constance, il avait semblait-il choisi de renoncer à la conserver lui-même. Sans doute espérait-il que cela ferait taire les rumeurs… Avec raison, songea Constance.

La maison démolie, l'épisode serait définitivement clos.

Et le passé de Constance avec.

Voilà pourquoi elle avait tenu à être présente, au milieu de la foule de badauds qui ne manquait jamais ce genre de spectacle. Gabriel l'avait conduite à distance, à un carrefour voisin, afin d'assister à la démolition en toute sécurité.

Elle serra sa main.

— Tu sais, murmura-t-elle, j'ai la sensation que cette démolition est une bonne chose.

— Vraiment ? s'étonna-t-il en serrant ses doigts dans ses siens.

Elle hocha la tête.

— Je crois que mon passé, qui n'est plus, devait bénéficier de véritables funérailles pour que je puisse enfin passer à autre chose. Comprends-tu ?

Il passa un bras autour de ses épaules en un geste protecteur.

— Oui, je comprends parfaitement.

Notant ses traits crispés, Constance lui caressa la joue.

— Qu'y a-t-il, Gabriel ?

— Eh bien, disons que j'ai ressenti la même chose lors de ma libération de prison… Mon passé est ressorti au grand jour au cours du procès, et puis je m'en suis affranchi. Un peu comme si tout était resté là-bas, dans la cellule, et que j'étais sorti libéré de ces chaînes-là.

— Est-ce que tu entends toujours les chants des girondins ?

Le bras de Gabriel se figea sur ses épaules, et Constance serra sa main plus fort. Le fait qu'il lui ait suffisamment accordé sa confiance pour lui parler du souvenir qui, des années après les faits, continuait à le hanter, l'avait touchée au-delà des mots.

Gabriel secoua la tête.

— Il est un peu tôt pour juger de ma guérison, mais… Pour l'instant, non, je ne les ai pas entendus.

— Bien.

Les ouvriers entrèrent dans l'hôtel particulier des d'Albert, et Constance retint son souffle.

C'était maintenant. La guérison de ses propres blessures commençait aujourd'hui, et elle avait bien l'intention d'enterrer son passé pour de bon. Il le fallait, si elle voulait pouvoir commencer une nouvelle vie aux côtés de Gabriel.

Au bout d'un instant, un coup sourd résonna depuis le dernier étage, sous les combles.

Puis, un autre.

Cette fois, c'est bel et bien terminé…

Une angoisse sourde montait en Constance. Elle prit réellement conscience que plus jamais elle ne reverrait sa famille, ses parents et sa sœur. Plus jamais elle ne vivrait les jours heureux d'avant ; ils avaient bel et bien disparu. Brutalement, par une matinée de 1796, quand son destin avait basculé.

Elle écrasa une larme au coin de son œil, bien décidée à surmonter son émotion.

Le passé ne devait-il point mourir pour permettre au futur de naître ?

Gabriel la serra plus fort contre lui, tandis qu'un pan de toit s'effondrait brusquement vers l'extérieur, atterrissant sur le seuil de la maison dans une pluie de fragments d'ardoise.

De là où elle se tenait, Constance se sentit soudain étrangement détachée des événements. Comme si tout se déroulait fort loin d'elle, étouffé par la distance…

Elle assista à la démolition de toute la toiture, puis du premier étage. Lorsque la façade s'écroula sur les anciens parterres de fleurs dans un nuage de brisures de pierre et de poussière de plâtre, dévoilant l'intérieur d'une chambre et celui d'un salon, elle se sentit étrangement soulagée.

Déchargée d'un poids immense, dont elle n'avait pas ressenti l'ampleur de la charge jusque-là.

Elle revit en pensée les visages de son père, de sa mère, de sa sœur Antoinette… Ils lui souriaient avec calme. Elle leur sourit en retour, heureuse de pouvoir se rappeler tant de bons souvenirs de sa jeunesse.

— Adieu, murmura-t-elle.

Puis elle se haussa sur la pointe des pieds pour embrasser la joue de Gabriel.

— Si nous y allions, à présent ?

— Comme tu le souhaites.

— C'est terminé. Je ne veux plus songer qu'à l'avenir, avec toi.

Il lui sourit avec tendresse avant de la guider loin de son ancienne rue, où un temps désormais révolu achevait d'expirer son dernier souffle.

Épilogue

Trois ans plus tard…
25 brumaire an VIII –
samedi 16 novembre 1799

Joséphine déposa les feuillets sur le sofa avec effarement.

— C'est vraiment vous qui avez écrit cela, Constance ?

— Cet article, oui. Mais c'est le journal lui-même que je voulais vous montrer.

Joséphine reprit la gazette, en inspecta le titre et la date.

— « La nouvelle aube ». Je n'en ai guère entendu parler, je crois bien… C'est l'édition d'aujourd'hui. Et alors ?

— Et alors, expliqua Constance en caressant distraitement son ventre rond, ceci est le tout premier numéro de mon propre journal.

Joséphine ouvrit de grands yeux.

— Vraiment ?

— Vraiment.

— Je croyais que vous souhaitiez devenir journaliste sous un faux nom, non que vous envisagiez de créer votre gazette…

— Gabriel a su me persuader que la tâche était à ma portée et qu'elle m'apporterait plus de satisfaction encore.

— Ce Gabriel ! se moqua gentiment Joséphine. Que vous a-t-il transformée, ma chère ! J'ai peine à reconnaître en vous l'oisillon esseulé que j'ai recueilli à la sortie des Carmes.

— L'oisillon a, depuis, appris à voler.

— J'en remercie votre époux ! Alors, ce journal ?

— Le premier numéro est sorti des presses de l'imprimerie ce matin même. Je dois avouer que le rôle de rédactrice en chef me passionne ! Je ne rencontre point en personne les gens qui écrivent pour moi, bien sûr ; et je dispose d'un pseudonyme pour préserver mon identité.

— Rassurez-moi, ce n'est point un journal satirique, n'est-ce pas ? Ou pire, politique ?

Constance eut un rire amusé.

— Oh ! pas du tout ! J'y évoque les difficultés quotidiennes des Parisiens, qu'elles soient d'ordre domestique, économique ou alimentaire… Rien de révolutionnaire.

Les deux femmes partagèrent un sourire de connivence, puis Joséphine replia le journal.

— Fort bien. Je vous félicite pour votre réussite, très chère.

— Qui n'est rien comparée à la vôtre… Épouse du Premier consul[1], quelle responsabilité !

— Oh ! assez de politique, je vous en supplie !

1. Une semaine auparavant, le 18 brumaire de l'an VIII, le Directoire fut renversé par un coup d'État et remplacé par le Consulat. Bonaparte fut Premier consul, l'abbé Sieyès et Pierre-Roger Ducos les deuxième et troisième consuls.

Je n'entends que les mots « Premier consul » à tout bout de champ, c'est exaspérant… Dites-moi plutôt, Constance, comment se déroule votre grossesse ? Votre taille me paraît avoir doublé depuis la dernière fois que je vous ai vue.

Constance haussa une épaule, réticente à évoquer sa vie privée. Même avec Joséphine.

— Tout va bien. La naissance est prévue pour le mois prochain, et je dois dire que je suis assez impatiente.

Joséphine effleura son bras d'une main légère.

— Profitez de l'instant, Constance. Porter la vie relève du miracle.

— Je le sais.

Depuis leur mariage, Gabriel et Constance avaient en vain essayé d'avoir un enfant : soit cela ne fonctionnait pas, soit le bébé partait trop tôt. Constance qui, après les revers qu'elle avait vécus, était avide de connaître le bonheur, avait alors expérimenté la frustration, la colère, le déni. Elle s'était demandé pourquoi Dieu ne lui octroyait point cette félicité que d'autres connaissaient… Elle avait prié, pleuré.

Heureusement, son couple avec Gabriel en était ressorti plus soudé que jamais et leurs efforts avaient fini par payer.

Constance se leva et arrangea sa robe.

— La vie est parfois cruelle, mais j'ai appris qu'elle souriait souvent aux âmes opiniâtres.

— Je suis bien d'accord, approuva Joséphine en se dirigeant vers la porte du salon.

— Croyez-vous qu'ils aient terminé ?

Joséphine se figea, la main sur la poignée.

— Oui. Écoutez donc !

Deux voix se rapprochaient, l'une sèche et marquée d'un accent chantant, l'autre grave et sévère.

Joséphine ouvrit la porte à la volée.

— Enfin ! s'exclama-t-elle, faussement fâchée. Regardez, Constance, nos époux daignent enfin se rappeler notre existence.

Bonaparte la réprimanda avant de lui embrasser la main, tandis que Gabriel enlaçait son épouse en prenant garde à contourner son ventre.

— Alors ? s'enquit-elle en décelant sous son impassibilité des rides soucieuses au coin de ses yeux.

— Alors, le Premier consul ici présent m'a offert de participer à la tâche de rédiger un Code civil pour la France.

Constance et Joséphine poussèrent des exclamations ravies, ce qui eut pour effet d'agacer Bonaparte et d'ajouter à l'humeur sombre de Gabriel.

— Voyons, Gabriel ! s'écria Joséphine en riant. Vous venez de recevoir une charge honorable, doublée sans doute d'un beau salaire, et on jurerait que vous venez de perdre toute votre fortune aux dés ! Peu-on savoir ce qui vous rend si maussade ?

C'est Bonaparte qui répondit pour lui, une lueur amusée dans son regard d'aigle.

— Je veux qu'il fasse équipe avec Cambacérès.

Constance hoqueta, mais Gabriel la rassura aussitôt.

— Pas d'inquiétude, nous venons de nous voir brièvement pour accepter notre mission commune, et… disons que nos relations seront correctes.

— Ne te garde-t-il pas rancune de vos affrontements

d'il y a trois ans ? Tu as tout de même voulu le jeter du haut d'une montgolfière…

Bonaparte, qui ignorait cette anecdote, éclata de rire et lança quelque chose en corse en donnant une bourrade amicale à Gabriel.

— Voilà un homme comme je les aime ! Allons, tout ceci est loin. Cambacérès et toi ferez du bon travail parce que je le veux, et parce que la France a besoin de vos talents.

Gabriel inclina la tête.

— Bien entendu. Nous mettrons tout en œuvre pour mener cette mission à bien.

— Parfait ! Je vous laisse, à présent.

Constance et Gabriel prirent à leur tour congé de Joséphine et, lorsqu'ils s'installèrent dans le fiacre qui devait les ramener chez eux, Constance attira son mari près d'elle pour lui voler un baiser.

— Félicitations, monsieur Rocheran. Pour vos nouvelles fonctions, et aussi pour vos relations cordiales avec Cambacérès. Je suis persuadée que tu accompliras un excellent travail !

— Encore ! Cela devient une habitude de te jeter sur moi dans les calèches, dirait-on…

— La première fois, c'était toi.

— Ah ? Oui, en effet.

Il l'embrassa tendrement pendant que le fiacre prenait de la vitesse. Puis il posa la main sur son ventre rebondi avant de plonger son regard dans le sien.

— Cette nouvelle aube promet d'être fort lumineuse.

— À ce sujet, je suis désolée mais nous devons faire un détour… J'ai averti le cocher.

Gabriel fronça les sourcils.

— Dans quel but ?

— Tu verras.

Constance s'amusa du regard sombre que lui jetait son mari, accoutumé à ses excentricités.

— C'est au sujet de ton journal, je me trompe ?

— En effet. Tu te trompes fortement.

— Alors, quoi ?

Mais Constance refusa fermement de lui révéler quoi que ce soit tant qu'ils n'étaient pas arrivés à destination, et Gabriel se rencogna de son côté du fiacre.

Lorsque les roues s'immobilisèrent, il descendit le premier puis aida Constance, gênée par son état, avant de se rendre compte du lieu où ils se trouvaient.

— Pourquoi diable m'avoir amené ici ? J'ai horreur des bords de Seine en fin de journée, l'air y est humide et froid.

— Si tu cessais de geindre, juste un instant, et consentais à tourner ton regard sur ta gauche ?

— Qu'y a-t-il donc, sur ma gauche ? Constance, je ne prise guère ces enfantillages, et…

Enfin, il se tut. Le regard rivé à ses traits qui se détendirent subitement, Constance vit la surprise succéder à l'agacement, bientôt effacée par une expression de sérénité absolue. Elle glissa son bras sous le sien tout en se plaçant à côté de son mari pour assister, elle aussi, au splendide coucher de soleil sur la Seine.

— N'est-ce pas magnifique ?

— Certes, reconnut-il en s'ébrouant, mais pourquoi ce soir ? Nous aurions pu venir n'importe quand.

— Je voulais te faire une surprise. Pour qu'une

nouvelle aube se lève, le jour doit finir… Mais chaque fin est suivie d'une renaissance, Gabriel. Toujours ! Tu m'as aidée jadis à dépasser mon envie de revanche pour aller de l'avant… Laisse-moi t'aider à mon tour.

Il entoura ses épaules de son bras, plus touché qu'il ne voulait bien l'admettre. Constance savait qu'il faisait encore des cauchemars. Moins fréquents qu'auparavant, mais toujours aussi angoissants car au réveil elle le trouvait toujours bouleversé.

— Et tu crois qu'un coucher de soleil va effacer tout cela ? murmura-t-il avec tendresse. Ma chère petite femme… Je t'aime chaque jour davantage et je me réjouis de t'avoir près de moi, mais tu dois admettre que ton remède est bien léger.

Elle refusa son baiser, l'obligea à la regarder dans les yeux.

— C'est à toi de décider, Gabriel. Confie tes blessures au soleil, une bonne fois pour toutes : il les emportera avec lui dans les ombres de la nuit, et demain tu pourras renaître libéré du passé.

— Toutefois…

— Cela vaut la peine d'essayer, non ?

— Constance…

— Allons ! Fais-le, mon cher amour. Il est temps de te délivrer.

Il soupira, secoua la tête avec incrédulité, marmonna quelque chose au sujet des femmes capables de faire faire n'importe quelle idiotie à leurs hommes. Ensuite, il reporta son attention vers le soleil couchant.

Les reflets d'or dansaient joyeusement sur les flots sombres. Quelques oiseaux tournoyaient dans le ciel aux nuages iridescents, et les passants ne leur prêtaient aucune attention ; ils étaient simplement, à leurs yeux, un couple d'amoureux en train de vivre un moment d'intimité face à un spectacle propice à l'expression sentimentale.

Constance laissa du temps à Gabriel. Elle le vit fixer l'astre déclinant, les yeux un peu humides, puis déglutir et finalement se tourner vers elle.

— C'est fait. Merci, ma chère.

— Bien.

— J'ai dit adieu aux fantômes de mon passé pour mieux accueillir la vie nouvelle qui va bientôt surgir dans ce monde, ajouta-t-il avec une caresse pour son ventre. Je suis chanceux d'avoir une femme aussi formidable ! Une femme que j'aime de tout mon cœur.

— Nous y allons, alors ?

— Nous y allons.

— Au fait, je t'aime aussi.

Bras dessus bras dessous, ils s'éloignèrent vers leur fiacre en imaginant déjà les délices que leur réservait l'avenir.

Précisions de l'autrice

La principale difficulté de la période que j'ai abordée dans ce roman réside dans le manque de travaux historiques traitant de la vie sous le Directoire en France. Les périodes antérieure et postérieure, la Révolution et le Consulat, sont bien plus amplement analysées, et aussi du point de vue de la vie quotidienne.

Le Directoire est plus souvent oublié. Il s'agit pourtant de quatre années complexes de l'Histoire de France : de 1795 à 1799, la Première République française va tenter de s'affirmer, de survivre aux complots et aux intérêts personnels. La Terreur est terminée, mais la violence est pourtant présente sous une forme différente… Violence de la menace extérieure sur les frontières, violence des divers coups d'État qui tentent de renverser les directeurs, violence des arrestations qui se poursuivent, quoique moins que sous la Terreur.

Le Directoire est aussi une période passionnante, où le sentiment de liberté retrouvée et un certain optimisme sociétal engendrent un foisonnement culturel et artistique. Les « salons » (même si le terme date du XIXe siècle, c'est encore celui qui convient le mieux) de Mesdames de Staël, Tallien, de Beauharnais deviennent des lieux phares de la culture et de la politique. Les Incroyables et les Merveilleuses, tant décriés par la frange rigoriste de la population, illustrent quant à eux la soif d'amusement et de plaisirs qui s'empare alors de la jeunesse parisienne. On rit de tout, alors, et même de la mort ; cette compagne glacée qui a détruit tant de familles.

Étant donné que ce roman allait aborder des thèmes difficiles, tels que la répression, l'engagement patriotique, la violence populaire, le traumatisme et l'omniprésence de la mort, j'ai voulu que l'histoire d'amour prenne le temps de s'installer. Que les sentiments prennent le temps d'éclore, lentement mais sûrement, dans ce terreau pourtant peu propice.

Gabriel et Constance viennent de deux milieux différents. Ils s'opposent par bien des aspects, et pourtant leur point commun est si puissant qu'il va irrémédiablement les rapprocher : ce sont deux survivants. Ils ont survécu au pire, ils ont vaincu le destin et sont là, aujourd'hui, sans savoir véritablement comment retrouver une place dans le monde des vivants. Ils sont totalement inventés, même si j'ai eu plusieurs sources d'inspiration pour chacun d'eux (je vous laisse deviner lesquelles).

Par ailleurs, Gabriel et Constance sont le fruit d'une petite expérimentation à laquelle je me suis livrée… Comme je voulais impliquer mes lecteurs les plus fidèles, ceux qui me lisent depuis des années et avec qui j'ai développé des liens d'amitié, j'ai demandé au groupe Facebook des AnnaLyr'Addicts de m'aider à choisir les prénoms de mes héros, et j'ai été bluffée par le résultat ! Sans donner d'informations de dates ni de contexte, juste avec une description psychologique, le sondage a révélé deux prénoms qui correspondaient réellement aux personnages que j'avais en tête. Deux prénoms qui résonnaient avec force en moi.

Voici l'histoire de la naissance de Constance et Gabriel.

Ces personnages, je les ai côtoyés pendant des mois avec bonheur, et j'espère que vous les avez aimés aussi.

Ce roman met également en scène des personnages historiques : Joséphine de Beauharnais, Napoléon Bonaparte, Thérésa Tallien, Germaine de Staël, Barras, Cambacérès et Carnot, mais aussi Murat, Fortunée Hamelin, Gracchus Babeuf et Saint-Just. Qu'ils soient à peine évoqués ou bien présents dans le récit, j'ai tenté de rendre une version la plus réaliste possible de ces personnages historiques. Toutefois, chaque écrivain possédant sa vision et sa sensibilité propres, cela n'en reste pas moins une *version* de ces personnalités.

J'ai, parfois, été contrainte de prendre certaines libertés au sein des dialogues ; comment faire autrement ? Il est relativement aisé de retrouver des informations sur le physique, le caractère ainsi que les habitudes des personnages historiques, mais lorsqu'il s'agit de leur rendre la parole à travers les siècles, alors c'est l'art du romancier qui prend le pas sur l'Histoire.

D'autre part, j'ai choisi de faire du député Cambacérès un être ambigu, qui semble pendant un temps être le « méchant » de l'histoire mais s'avère juste ambivalent, porté par ses intérêts comme beaucoup d'hommes de pouvoir de cette époque. Son homosexualité est avérée, en revanche, s'il fut accusé d'avoir pris part à la fameuse affaire Le Maître, ses tendances monarchistes ne dépassèrent jamais le stade du soupçon. Il fut réellement affecté à la rédaction du Code civil par Bonaparte, car il en avait déjà écrit trois projets depuis 1793.

Le procès de Gracchus Babeuf et de ses conjurés s'ouvrit le 20 février 1797, pour aboutir à une condamnation à mort le 26 mai suivant. Babeuf se poignarda en plein tribunal, mais fut porté à l'échafaud le lendemain. L'un de ses complices fut guillotiné un peu plus tard, les autres soit déportés soit acquittés.

Il y eut une réelle tentative d'évasion, un peu plus tard que dans mon récit : le 29 juin. Elle échoua, ainsi qu'une seconde tentative postérieure. Babeuf a réellement confié sa femme et ses enfants à l'un de ses amis durant son incarcération ; j'ai choisi de remplacer ce personnage par Gabriel pour les besoins du récit. La Conjuration des Égaux est restée dans l'Histoire comme l'ultime sursaut des idéaux jacobins mais ce ne fut qu'un complot parmi d'autres au cours du Directoire, qui eut sans cesse à lutter contre des oppositions de tous bords.

L'emprisonnement de Joséphine et de Thérésa Tallien est véridique, ainsi que le graffiti écrit par la future impératrice sur les pierres de la prison des Carmes. Fortuné, le petit carlin de Joséphine, est lui aussi un personnage historique… ! Et l'épisode du mollet mordu durant la nuit de noces est réel, lui aussi, tout comme la cérémonie de mariage tardive car Bonaparte, pris par ses préparatifs de la campagne d'Italie, l'avait oubliée.

J'espère que l'histoire d'amour entre Constance et Gabriel a su vous toucher. Je formule également le souhait que ma version des personnages historiques ait été suffisamment crédible pour vous les rendre vivants, le temps d'une lecture, et que vous me pardonnerez certaines libertés prises au nom du récit fictif.

Pour aller plus loin…

— AULARD A., « Les derniers Jacobins », *La Révolution française*, tome XXVI, 1894, p. 80-94.

— BAYART J.-F., « Le concept de situation post-thermidorienne : régimes néo-révolutionnaires et libéralisation économique », *Questions de recherche / Research in Question*, 24, mars 2008.

— BOULANT A., *Saint*-Just. *L'archange de la Révolution*, Passés/Composés, 2020.

— DEVILLE G., « Thermidor et Directoire », Jean Jaurès (dir.), *Histoire socialiste de la France contemporaine*, tome V, Paris, Rouff, 1901-1908.

— GENDRON F., *La Jeunesse sous Thermidor*, Paris, PUF, 1983.

— GODECHOT J., *La Vie quotidienne en France sous le Directoire*, Paris, Hachette, 1977.

— LEFEBVRE G., *La France sous le Directoire. 1795-1799*, Paris, Éd. sociales, 1984.

— LEFEBVRE G., *Les Thermidoriens. Le Directoire*, Paris, Armand Colin, 2016.

— MARTIN J.-C., *Nouvelle histoire de la Révolution française*, Paris, Perrin, 2012 ; nouvelle édition revue 2019.

— MATHIEZ A., *Le Directoire*, Paris, Armand Colin, 1934.

— OBLIGI C., *Robespierre*, Paris, Belin, 2016.

— TULARD J., *Les Thermidoriens*, Paris, Fayard, 2005.

— WORONOFF D., *La République bourgeoise. De Thermidor à Brumaire, 1794-1799*, Paris, Seuil, 1972 ; réédition 2004.

Remerciements

Écrire un roman est une aventure. Plus encore lorsque les thèmes abordés résonnent en nous comme la Terreur et le Directoire résonnent en moi.

Je tiens à remercier mon mari et mon fils pour leur soutien, qui me comble de bonheur, et leur appui lorsque j'ai dû parfois faire passer l'écriture de ce roman en priorité.

Merci également à mon éditrice, Marianne, au prénom si éloquent lorsqu'on est plongé dans la période révolutionnaire ! Ses remarques pertinentes et ses suggestions pleines de bon sens m'ont permis de magnifier la romance entre Constance et Gabriel.

Merci à vous, chers lecteurs, pour avoir lu ce roman. Si vous l'avez apprécié, n'oubliez pas de laisser votre avis sur le site d'achat. Votre soutien est primordial, pour ce roman et pour mes écrits en général, alors un grand merci à vous !

Pour découvrir toutes mes actualités : anna-lyra.com